O Jovem Templário

Livro três
Órfão do destino

Michael P. Spradlin

Tradução
Ana Carolina Mesquita

ROCCO
JOVENS LEITORES

Título Original
THE YOUNGEST TEMPLAR
Book Three
Orphan of Destiny

Copyright © 2009 *by* Michael P. Spradlin
Copyright de ilustração do mapa © 2008 *by* Mike Reagan

Todos os direitos reservados. Nenhuma parte desta obra pode ser reproduzida sob qualquer forma sem a permissão escrita do editor.

Direitos para a língua portuguesa reservados com exclusividade para o Brasil à
EDITORA ROCCO LTDA.
Av. Presidente Wilson, 231 – 8º andar
20030-021 – Rio de Janeiro, RJ
Tel.: (21) 3525-2000 – Fax: (21) 3525-2001
rocco@rocco.com.br
www.rocco.com.br

Printed in Brazil/Impresso no Brasil

Preparação de originais
TATIANA McALISTER LEAL

CIP-Brasil. Catalogação na fonte.
Sindicato Nacional dos Editores de Livros, RJ.

S752o
Spradlin, Michael P.
Órfão do destino / Michael P. Spradlin; tradução de Ana Carolina Mesquita. – Rio de Janeiro: Rocco Jovens Leitores, 2014.
(O jovem templário; 3) Tradução de: The youngest Templar: book III: Orphan of destiny. – Primeira edição.
ISBN 978-85-7980-199-0
1. Literatura infantojuvenil americana. I. Mesquita, Ana Carolina. II. Título.
14-09574   CDD – 028.5   CDU – 087.5

O texto deste livro obedece às normas do
Acordo Ortográfico da Língua Portuguesa.

*Este livro é para as garotas
Pilar Elizabeth Mackey e Jordan Jean Mackey.
Elas são presentes para todos nós.*

O Jovem Templário

Livro um
Guardião do Graal

Livro dois
Trilha do destino

Agradecimentos

Se você tem sorte o bastante para ser um autor publicado, rapidamente aprende que um livro finalizado é resultado de um esforço que envolve dezenas de pessoas. Portanto, ofereço meus sinceros agradecimentos ao meu agente, Steven Chudney, por ouvir com paciência minha enxurrada de ideias. Agradeço também ao meu editor, Tim Travaglini, por encontrar em uma maçaroca de palavras a história que ali havia (eu sabia que estava lá em algum lugar!). Obrigado às incríveis equipes de marketing e de vendas do Penguin Young Readers Group. Aos meus colegas Brian Murray, Josh Marwell, Michael Brennan, Carla Parker, Elise Howard e Liate Stehlik pelo seu incansável apoio. A Stephen Dafoe e Christine Leddon pelas constantes orações em meu nome. À Shelly e Terry Palczewski por sempre estarem presentes, embora já tenham ouvido tudo isso. Obrigado aos funcionários da Homer Public Library por me proporcionar um ótimo evento todos os anos. À minha mãe e minhas irmãs por me darem mais apoio do que mereço. Aos meus filhos, Mick, Jessica e Rachel, por sempre me deixarem contar as histórias. E à minha esposa, Kelly, por todas essas coisas e tudo o mais, uma vez que não seria capaz de amá-la mais do que já a amo.

O Jovem Templário

Prólogo

Estou mais perto agora, Sir Thomas.

Onde você estiver, acredito que me observa. E, se isso for mesmo verdade, então sabe o quão longe cheguei – embora não possa afirmar que o mérito tenha sido apenas meu. Meus amigos Robard e Maryam se mantiveram firmes e, à sua própria maneira, também transportaram o Graal. Sei que o senhor me disse para não contar a uma alma sequer, mas eu não podia mais deixar que eles arriscassem suas vidas sem saber o porquê. E descobri, por meio de sua amizade e feroz lealdade, um ritmo muito mais leve em um percurso bastante arriscado.

Estou cansado.

Mais cansado do que jamais estive. Tão exausto que meus ossos doem ante o mero pensamento de me mexer. Quando estávamos no Salão dos Cavaleiros, lá em Acre, e o senhor me entregou este alforje de couro, que nunca deixo de lado, não me foi dada indicação alguma da distância que iria percorrer. Voltaria à Inglaterra, sim, mas enfrentaria uma jornada muito maior do que minha alma poderia suportar.

Eu vi coisas, Sir Thomas.

Morte e dor, amor e alegria. E mais de uma vez desejei amaldiçoar seu nome. Atirar os braços aos céus e perguntar: "Por que eu?" Quem é esse Tristan de St. Alban que fez um Cavaleiro Templário acreditar que seria capaz de desempenhar uma missão tão importante?

Ainda levo sua espada, senhor.

E, sinto-me envergonhado de dizer, um dia estarei diante do meu criador e lhe direi que a empunhei com raiva e tirei a vida de outros homens. Desejavam me matar, sem dúvida, mas essa é uma constatação que não me traz paz alguma.

Eu seguirei em frente, meu senhor.

Como com os monges que me criaram, não consigo suportar a ideia de desapontar o senhor. Seu rosto assombra os meus sonhos. O senhor me treinou bem. Porém, muitas vezes receio que não tenha me treinado bem o suficiente.

Conheço o poder do Graal, Sir Thomas.

Na batalha ou em perigo, quando tudo ao meu redor parece estar perdido, ouço a música dele. Será que ele a ressoa porque sou digno? Ou será que tenta me guiar por um caminho que seria incapaz de encontrar – fraco demais para encontrar – sozinho?

Onde está o senhor, Sir Thomas?

Se estiver mesmo me observando, verá que estou à beira de um completo e absoluto fracasso. Meus amigos podem morrer, e o sangue deles manchará minhas mãos e arderá em meu coração. Nada mais me resta a fazer, a não ser continuar lutando, como o senhor me instruiu. Não desistirei. Tampouco pararei até ter entregado o Graal, conforme suas ordens. Ou morrerei tentando.

Estou cansado.

Mas seguirei lutando, Sir Thomas.

Seguirei lutando.

Calais, França
Início de dezembro de 1191

I

u devia ter confiado em Maryam. Os amigos, os bons amigos, aprendem a acreditar uns nos outros, especialmente quando suas vidas estão em risco. Afinal, ela era membro do Al Hashshashin e uma das guerreiras mais inteligentes e determinadas que já vi. Nos últimos meses, provou ser mais do que capaz de salvar a própria pele. Na tentativa de salvá-la, eu provavelmente só estaria a atrapalhando.

A flecha de Robard errou o alvo, claro. De seu esconderijo atrás da carroça, diante do castelo da Rainha Mãe Eleanor de Aquitânia, ele se levantou e atirou na corda que rodeava o pescoço de Maryam, quando ela estava prestes a ser enforcada por Sir Hugh. Eu mantinha a Rainha Mãe na ponta da espada, decidido a arrancar-lhe a vida se preciso fosse. Pelo menos, foi o que disse a mim mesmo. Eu estava blefando, é claro. Não mataria a indefesa Eleanor. Porém, na loucura de possuir o Santo Graal, a relíquia mais sagrada de toda a Cristandade, Sir Hugh estava decidido a matar Maryam, caso eu não o entregasse a ele. Ele chutou o barril onde ela estava se equilibrando arriscadamente. Entretanto, Maryam ainda não estava preparada para morrer.

O barril cambaleou e Maryam balançou de um lado para o outro, dobrando as pernas para frente e para trás, na luta para manter um certo equilíbrio. Enquanto a flecha de Robard zunia pelos ares na direção daquela forca improvisada, os guardas do rei exaltavam ordens, mas suas vozes se abafavam.

Foi então que, na minha pressa para alcançar Maryam, empurrei Eleanor bruscamente para o lado. Foi um erro terrível. Manter a Rainha Mãe como refém era a única vantagem que nós três tínhamos (bem, quatro, se contarmos Anjo) naquele castelo rodeado por guardas reais fortemente armados e um Cavaleiro Templário definitivamente insano.

— Você morrerá, garoto! — vociferou ela, assim que caiu no chão. — Guarde bem as minhas palavras, escudeiro! Irei persegui-lo e matá-lo com as minhas próprias mãos antes que você ouse ameaçar o reinado do meu filho!

Os sons e barulhos pareciam longínquos e distantes dentro da minha cabeça e, naquele instante, a ladainha da Rainha Mãe apenas se misturou com o caos ao meu redor. Robard berrava obscenidades enquanto Sir Hugh gritava para ninguém se aproximar, mas me movi adiante com a espada em punho.

Levou muito pouco tempo para que a flecha de Robard penetrasse, com um baque seco, na viga de madeira onde a corda de Maryam estava presa. Meu coração afundou. A luz turva das tochas revelou que Robard havia errado. Por pouco, mas, naquele caso, um único centímetro de diferença já significava a morte. Eu não podia culpar Robard. Com exceção da iluminação oscilante que as chamas proporcionavam ao ambiente, a noite estava um verdadeiro breu. Foi um milagre ele ter conseguido atingir tão perto. De qualquer forma, isso não importava mais. Eu jamais me perdoaria pela morte de Maryam. Enquanto corria em sua direção, implorava a Deus que poupasse sua alma.

Mas Maryam não precisava de salvação. Um átimo de segundo antes de o pé de Sir Hugh atingir o barril, ela deu um salto para diante. Assisti estupefato enquanto seu corpo subia alto o bastante para agarrar a viga com ambas as suas mãos. Sir Hugh olhou para ela, confuso com o que seus olhos testemunhavam. Ele esperava, de imediato, vê-la pendurada com a corda em volta do pescoço, dando seu último suspiro. Em vez disso, Maryam oscilou o corpo com destreza para o alto, até se sentar na viga do molinete que momentos antes havia servido de forca para ela.

Sir Hugh esbravejou e brandiu a espada para Maryam, mas tomou impulso com as mãos para se levantar e evitar a lâmina, que se cravou grosseiramente na madeira. Outra flecha atirada por Robard por pouco não atingiu Sir Hugh, que se jogou em disparada atrás da carroça.

O capitão da guarda moveu-se, a fim de me interceptar.

— Maryam! Pegue! — gritei, atirando minha espada para ela com o punho em sua direção.

Ela a apanhou com facilidade e, com um mero giro das mãos, cortou a corda e pulou no chão. Ela então se encontrou na linha de fogo de Robard, bloqueando suas flechadas, enquanto Sir Hugh corria para confrontá-la. Al Hashshashin ou não, Maryam não era páreo para ele num duelo de espadas.

Ouviu-se um grunhido de dor quando uma flechada lançada por Robard atingiu outro guarda.

O capitão me alcançara. Em nossos encontros anteriores, ele provou ser um camarada dos mais determinados.

— Parado aí, escudeiro! — disse ele, erguendo sua espada. Ele esperava que eu, desarmado, fosse uma presa fácil. Mas, enquanto se movia entre mim e Sir Hugh, fintei para a esquerda, e o capitão parou por um instante. Com toda a força e o impulso que fui capaz de reunir, lancei-me na direção de suas pernas.

Ele tentou se desviar da direção em que eu me atirava, mas acertei com toda a força meu ombro contra a sua cintura. Todo o ar foi expelido de seus pulmões e, soltando um gemido, ele involuntariamente se prostrou e tombou no chão. Assim que caí em cima dele, dei uma cotovelada em seu queixo e senti um estalar que me trouxe grande satisfação. A cabeça do capitão foi para trás, atingindo em cheio as pedras do pavimento, e um leve grunhido escapou de seus lábios. Com um forte som metálico, sua espada foi para longe de seu alcance e caiu no chão.

Sem permitir que tivesse um segundo sequer para se recuperar, apanhei sua arma e disparei atabalhoadamente para o lado de Maryam.

— Corra até onde estão os cavalos! Robard está logo atrás de nós! Depressa, antes que fechem os portões!

Maryam deu um salto e foi cumprir o que a ordenei. Coloquei-me na frente dela, e Sir Hugh veio até a mim, brandindo malevolamente sua espada. A espada do capitão parecia um tanto desajeitada e estranha ao meu toque, mas a ergui com rapidez o suficiente para bloquear o que Sir Hugh pretendia fazer. Faíscas cintilaram quando nossas lâminas de aço se chocaram.

— Você morrerá, escudeiro! — bradou ele. — Esta noite você morrerá.

Ele tornou a brandir a espada e me afastei, tentando aumentar nossa distância. Maryam rapidamente recuperou suas adagas dos fundos da carroça e fugiu para longe. Eu não estava com a menor vontade de lutar com Sir Hugh. Ele era forte e experiente demais com a espada. Eu só precisava ganhar tempo.

— Tristan! — berrou Robard atrás de mim. — Saia da frente! Posso atirar nele.

Sir Hugh e eu giramos simultaneamente. Me movi para a direita e ele saltou de novo para atrás da carroça. A flecha de Robard sibilou pelo ar, onde Sir Hugh já estivera. Será que não havia como matar este homem?

Olhei para trás. Dois guardas conduziam a Rainha Mãe de volta para a fortaleza, enquanto o capitão continuava caído no chão aos gemidos. Três outros guardas se escondiam atrás de um poço de pedra, situado no meio do pátio do castelo, com medo de Robard e suas flechas.

Precisávamos sair dali. Eu não tinha ideia de quantos guardas estavam à disposição no castelo, mas certamente eram bem mais do que os que estavam de fora. Ricardo Coração de Leão não deixaria uma tropa assim tão reduzida para proteger sua mãe. Quando a notícia do que havia acontecido chegasse até ele, eu poderia acrescentar seu nome à longa lista de inimigos que eu estava fazendo.

Olhei de novo para Sir Hugh. Ele continuava escondido atrás da carroça, nem um pouco disposto a sair e arriscar-se à ira de Robard. Pela luz tremeluzente da tocha pude ver a máscara de fúria que cobria seu rosto, enquanto seus olhos dardejavam de mim para Robard e vice-versa.

— Tristan! Rápido! — gritou Maryam.

Ela havia encontrado alguns cavalos soltos na confusão e agora montava um. Segurava as rédeas de duas éguas baias e as manobrava na direção de onde Robard estava escondido, na parte de trás da carroça. Ele apertou o passo e saltou para a sela, contendo o animal no lugar com a força de seus joelhos. Em um piscar de olhos, outra flecha já estava pronta para ser lançada. Maryam agitou minha espada curta para que a visse. Não esperei a reação de Sir Hugh: virei-me e disparei pelos poucos metros que nos separavam, saltando sobre as costas da égua que restava.

— Anjo! Aqui! — gritei, e esporeamos apressadamente na direção da saída do castelo. Anjo surgiu da escuridão, latindo alto.

Sir Hugh estava desvairado:

— O portão! Fechem o portão!

Alguém na torre deve tê-lo escutado, pois pude ouvir o alto ruído das correntes e observei horrorizado quando os portões começaram a ser acionados um tanto desajeitados.

Maryam e Robard já estavam quase alcançando a saída, mas, quando estavam prestes a atravessá-la, dois guardas do rei surgiram, um de cada lado do portão que se fechava, com as espadas estendidas.

Pensei que tentariam tomar de volta os cavalos, mas Robard atirou primeiro, atingindo um dos guardas com uma flecha na perna. O homem exclamou, caindo subitamente no chão, e a montaria de Robard quase o derrubou enquanto cavalgava. Tal conturbação, contudo, assustou o cavalo de Maryam, o qual empinou-se desenfreadamente. Manobrei minha égua para o lado direito de Maryam, decidido a protegê-la do segundo guarda.

Ela lutou para controlar a égua, que estava completamente irada, relinchando e dando coices. Anjo e Robard haviam conseguido atravessar o portão e aguardavam lá fora. Robard já havia se preparado para lançar outra flecha, mas estava incerto do que fazer.

Maryam esforçou-se ao máximo, mas sua égua não se acalmava. Por fim, ela soltou as rédeas e desmontou-a. O animal afastou-se correndo, dando coices descomedidos.

De fora da confusão, Sir Hugh atacou por detrás da carroça, empunhando a espada.

— Tristan! Maryam! Saiam daí! — clamou Robard.

Os três guardas do rei, ainda escondidos atrás do poço, também se juntaram à perseguição. O que estava perto do portão avançou na direção de Maryam, cujas costas estavam momentaneamente voltadas para ele. Ele usava a espada de batalha de Sir Thomas.

— Maryam! Cuidado! — gritei para adverti-la.

Maryam reagiu no mesmo instante: virou-se e sacou suas armas num só movimento. O guarda estava em cima dela e agitava a espada com toda a sua força. Ela cruzou as adagas por cima da própria cabeça, firmando suas mãos na lâmina e girando a espada longe da posse do homem, como eu já a vira fazer inúmeras vezes. Por precaução, chutou o guarda com força na virilha, e com um gemido agoniado ele caiu no chão.

O portão continuava descendo.

— Maryam! A espada! — berrei.

Ela apanhou a espada de batalha de Sir Thomas e correu em direção ao portão. Esporeei minha égua logo atrás e encontrei um espaço pequeno, mas suficiente, para passar por baixo.

— Vamos! — disse Robard. Ele ofereceu sua mão para Maryam, que impulsionou o corpo para cima e sentou-se na garupa da égua dele.

— Esperem! — gritei, desmontando da minha égua. — Robard, me dê cobertura!

— O que você vai...?

Mesmo sem entender, ele virou sua égua e, de pé nos estribos, lançou uma flecha por baixo do portão para acertar as pernas de alguém que vinha em nosso encalço. A flecha errou o alvo e atingiu o chão, mas ainda assim ouvi gritos estridentes de susto.

A voz aguda e venenosa de Sir Hugh ordenava que alguém levantasse os portões, mas, durante a confusão, continuavam descendo.

— Tristan! O que você está fazendo? — gritou Maryam para mim.

O portão era feito de tábuas grossas de carvalho. Duas grandes vigas em cada lado formavam uma ranhura que o mantinha no lugar enquanto era erguido ou abaixado. Rapidamente, tomei a espada do capitão e enfiei-a na ranhura entre o portão e a viga. Puxei o punho da espada para trás com toda a minha força e, afundando os calcanhares no chão, consegui cortar cerca de quinze centímetros da ponta da lâmina. Enfiei de novo o resto da espada na ranhura, bem ao lado do primeiro pedaço. Foi muito mais difícil proceder assim na segunda vez, mas, por fim, depois de empurrar o máximo que consegui, o restante da espada ficou ali. Torci para que isso impedisse que o portão fosse erguido pelo lado de dentro, o que nos daria um bom tempo para estender a distância entre nós e os que certamente nos perseguiriam.

— Boa ideia! — disse Robard. Maryam riu.

— Do que você está rindo? — perguntei, enquanto tornava a montar minha égua.

— De você. Como pensou em emperrar a porta? — perguntou ela.

— Planejei isso desde o começo — respondi, cheio de confiança. — Depois que saíssemos, claro.

— Você planejou isso — repetiu ela, incrédula.

— Certamente.

— Claro que planejou — retrucou ela.

Não havia tempo para responder. Com Anjo a bordo, cavalgamos noite afora.

Sir Hugh estava longe de se dar por vencido conosco.

2

ma estrada bastante conhecida nos levava do castelo até Calais.

— Para onde, escudeiro? — perguntou. Sua voz era forte e grave mediante o som provocado pelo vento corriqueiro e pelos ruídos dos cascos das éguas. Sob o luar, Maryam segurava a cintura dele com força, seu rosto escondido por trás de seu ombro. O alívio que ele sentia por tê-la ali atrás, sem ferimentos, era evidente na sua voz e no seu comportamento.

— Vamos para as docas. Precisamos adquirir um navio ou qualquer espécie de barco e atravessar o canal o mais rápido possível — respondi.

— Adquirir? — indagou Maryam, com um tom de deboche.

— Não me agrada a ideia de fazer mais uma viagem marítima, só que não podemos mais andar até a Inglaterra. Meu truque com a espada do capitão não vai manter o portão do castelo emperrado por muito tempo.

Enfiei os calcanhares no flanco da égua e disparei na frente dos meus amigos. Anjo correu à nossa frente, conduzindo o caminho.

Robard e Maryam adoravam zombar dos meus planos. A culpa era deles mesmos, por deixarem todo o planejamento nas minhas mãos. Fosse como fosse, era difícil culpá-los por se preocuparem. Fui o responsável pelas diversas situações perigosas em que nos metemos. Entretanto, cá estávamos, livres mais uma vez – ao menos por enquanto.

Sir Hugh não perdeu lá muito tempo. Enquanto o castelo sumia atrás de nós, o alto soar de uma trombeta cortou a escuridão. Freamos e vimos homens em cima das ameias, agitando tochas de um lado para o outro. Da cidade lá embaixo, um sino soou momentos depois, e o vento também trouxe aos nossos ouvidos gritos de alguns homens.

— O que está acontecendo? – quis saber Maryam.

— Não sei ao certo. Sir Hugh soou o alarme. O castelo deve possuir uma maneira de alertar a cidade. Se houver soldados ou Templários abrigados aqui, devemos tomar o dobro de cuidado!

Galopamos adiante, e eu temia que nossos perseguidores estivessem muito próximos. Será que já haviam conseguido levantar os portões?

Em questão de minutos alcançamos os arredores de Calais. Havia poucos cidadãos nas ruas àquela hora, e apenas o mais suave dos brilhos das estrelas guiava nosso caminho.

— Para que lado? – perguntou Robard.

— Robard – respondi, exasperado –, precisamos de um barco. Acredito que barcos fiquem no mar ou pelo menos perto.

— Não seja impaciente comigo, escudeiro – murmurou Robard.

Eu me senti mal por um instante, mas estava tentando pensar. Algo me dizia que devíamos evitar a cidade.

— Esperem – falei, puxando as rédeas enquanto minha montaria dava alguns passos até parar. Havíamos entrado numa rua deserta, contornada por alguns casebres simples. Uma trilha entre as construções nos levaria até o coração da cidade.

— Qual é o problema? – questionou Maryam.

— Não pensei que Sir Hugh fosse capaz de acionar um alarme. Ninguém aqui vai saber exatamente o que procurar, apenas sabem que o castelo disparou um sinal de alerta. Estou pensando que se...

— Minhas palavras foram interrompidas por um zumbido e dei um grito ao ver o dardo de uma besta entrar no cabeçote da minha sela. Minha égua deu um salto e arremeteu para a frente, quase me derrubando.

— Vão! – berrou Robard. Ele bateu as rédeas com força e seguimos em retirada, as éguas cavalgando freneticamente enquanto víamos ligeiros relances dos casebres ao nosso redor.

À nossa direita, eu podia ouvir gritos de ordem como "atrás deles!" e "por aqui!" Ainda não fazia ideia se nossos perseguidores estavam montados a cavalo ou não, mas não havia dúvidas de que estavam armados. Podia entender o desdém que Robard sentia pelas bestas. O arco longo produzia um soar distintivo, e o disparo de seu dardo era também bastante sonoro enquanto cruzava os ares, o que dava pelo menos uma chance para o combatente se desviar ou se lançar ao chão a fim de evitar um suposto tiro. Portanto, você não ouviria o disparo de uma besta até que seu dardo surgisse, como em um passe de mágica, no meio do seu peito.

— Abaixem-se! – gritou Robard, curvando-se para frente e abraçando o pescoço da sua montaria. Fiz o mesmo e pude jurar que senti o ar se mover enquanto outro dardo sibilava onde a minha cabeça estivera apenas há alguns momentos.

O chão de terra passou a ser um pavimento de pedra quando entramos propriamente em Calais, e o bater dos cascos das nossas éguas estrondava na escuridão. Logo, edifícios surgiram de ambos os lados da rua, e os ruídos provocados por nossa fuga ecoavam entre as paredes. Mais adiante, pensei ter visto um movimento estranho e avisei Robard para se virar.

— PARA A ESQUERDA, Robard! ESQUERDA! — alertei.

Ele manobrou o cavalo, como ordenei, para uma rua lateral. Por aquele caminho, não iríamos nos aproximar das docas, e encontrar um barco parecia improvável. Nossa virada abrupta nos facilitou alcançar uma boa distância de quem nos perseguia, mas parecia que diversos esquadrões se movimentavam pela cidade no esforço de nos encurralar. Achei que estávamos seguindo rumo ao sul, ou seja, paralelamente ao litoral, mas não tinha como ter certeza. As ruas eram estreitas e escuras, e era fácil se confundir.

Havíamos quase chegado à extremidade sul de Calais. Por entre uma brecha nos edifícios pude avistar o oceano e recuperei a compostura.

— Tristan? — disse Robard.

— Por aqui! — Dei rédea e avancei na frente dele. Anjo latia enlouquecidamente na escuridão, e os cães da cidade se uniram ao coro. Estávamos fazendo mais barulho do que um regimento de Templários numa batalha de grandes proporções. Virei minha montaria na direção do mar. Em algum ponto adiante devia haver algum barco para nós.

Continuamos em disparada, trançando entre ruas e becos. Pude ouvir mais cavalos e tive a certeza de que, quanto mais demorássemos, maiores seriam as chances de Sir Hugh surgir com mais homens ainda. Amaldiçoei minha estupidez por ter me dirigido direto à cidade. Devíamos ter seguido para o norte ou para o sul e, assim, encontrado um barco em algum outro ponto da costa. Minha ansiedade para nos livrar dele havia afetado meu julgamento.

A lua começou a aparecer por cima do horizonte para o noroeste. O ano estava avançado, era lógico que ficasse baixa no céu, mas a luz adicional seria tanto uma bênção quanto uma maldição para nós.

— Esperem — falei, enquanto fazíamos os cavalos pararem.

— Por que estamos parando? — perguntou Maryam.

— Precisamos sair dessas ruas — expliquei. — Com o nascer da lua seremos vistos. Precisamos ficar em silêncio. — Incitei minha égua para outra direção. — Precisamos ir para os campos, para o interior. Encontrar um lugar onde nós...

— Não — disse Robard em voz baixa.

— O quê? — retruquei.

— Eu disse que não. Vamos conseguir um barco e sair desse maldito país — declarou ele.

— Robard, não é uma boa ideia — expliquei. — Eles deram o alarme; estarão nos esperando nas docas...

— Nesse caso, irei atirar neles — interrompeu ele, agitando o arco diante de mim.

— Robard, talvez Tristan tenha razão... — disse Maryam.

— Não esta noite. — Robard apontou para o mar, por cima do ombro. — A Inglaterra fica além dessas águas. Nossa casa está tão perto que posso quase sentir seu cheiro. Não vou esperar mais uma noite. Nem mais um minuto. Matarei todos os guardas do rei com minhas próprias mãos, se preciso for, mas iremos zarpar esta noite.

A luz do luar se movimentou ao longo do rosto de Robard, que estava rígido como pedra. Percebi que era inútil discutir.

Meus ombros se afundaram com a exaustão que começou a me atingir. Eu estava muito cansado. Minha cabeça ainda doía da pancada que recebi quando nos deixaram inconscientes ao nos capturarem.

Eu não conseguia pensar. Anjo rosnou a alguns passos de distância de onde eu estava, erguendo o focinho para farejar o ar, e sua cabeça se virou para olhar na direção de onde havíamos vindo.

— Alguém está se aproximando — disse Maryam.

— Certo. Vamos rodear a cidade; evitar as ruas de pedra quando possível. Faremos menos barulho. Vamos seguir rodeando até as docas. Talvez ainda não estejam tomadas pelos guardas — disse eu. Minhas palavras, porém, demonstravam pouco entusiasmo.

— Ótimo — disse Robard.

Depois de alguns minutos cavalgando cuidadosamente, estávamos mais uma vez percorrendo a cidade, com o Canal da Mancha à nossa esquerda. Paramos por um momento para escutar. Estava estranhamente silencioso. Talvez tivéssemos temporariamente enganado os nossos perseguidores. Será que havíamos tido sorte o bastante para que perdessem nossa pista? Teriam suposto que havíamos ido embora para o interior?

— Não ouço nada. E vocês? — perguntou Robard.

— Sim. Ouço uma voz que está me dizendo que essa é uma péssima ideia.

Robard desdenhou em resposta. Ele havia tomado sua decisão.

Trotamos alguns metros mais para o interior da cidade, e logo pude avistar um único cais de madeira que se estendia pelo porto, com diversos barquinhos ali ancorados. Mais à frente, embarcações maiores oscilavam suavemente, também ancoradas. A rua diante das docas estava repleta de lojas, estalagens e outros edifícios. Tudo estava submetido à escuridão, e aquele vazio nos parecia estranho. Estava silencioso demais para ser verdade.

— Vamos percorrer o resto do caminho a pé — sugeri. — Podemos amarrar as éguas aqui, e, se tudo isso for uma armadilha, talvez possamos recuperá-los.

Robard não discordou. Amarramos as duas éguas em um poste ali perto de onde estávamos e abrimos caminho rumo à liberdade, andando o máximo possível pelas sombras.

— Anjo, conduza o caminho para nós — falei.

Como sempre, a cachorrinha dourada parecia saber exatamente aquilo de que precisava. Trotou cerca de vinte passos à nossa frente, inclinando a cabeça para a esquerda e para a direita, parando de vez em quando para farejar o chão.

Robard levava o arco em prontidão, Maryam sacara as adagas, e minha espada curta repousava confortavelmente na minha mão. Eu mal conseguia respirar enquanto seguíamos com todo o cuidado, meus olhos vasculhando cada canto, qualquer lugar onde um homem armado pudesse estar escondido.

Não vi nada.

Aguardamos, mantendo sempre as docas à vista, na esperança de que, caso houvesse alguém escondido, ele pudesse se desconcentrar e revelar sua presença.

— Tudo liberado — disse Robard.

Ele saiu das sombras e atravessou a rua, a poucos passos de distância das docas. Maryam o seguiu de perto, e então foi minha vez.

Enquanto me aventurava pela rua, senti um soco no lado direito do corpo. Um soco, não, pior: um soco não doeria tanto. Olhei para o meu quadril direito e fiquei chocado ao ver um dardo de besta saindo dele. A dor foi instantânea e imensa.

— *Beauseant!* — gritei, sem saber por que escolhera pronunciar o grito de batalha dos Templários. Tentei dar um passo para a frente, para advertir Robard e Maryam, mas minha perna não estava desempenhando sua função direito. Anjo latiu, e ouvi o grito ululante de guerra de Maryam e os maldizeres de Robard. Ele disparou uma flecha, e alguém gritou. Logo em seguida, mais um grito e o som desenfreado de passos. Minha visão começou a girar e pensei por um momento que estava novamente em Acre, com Sir Thomas ao meu lado.

— As ordens de Sir Thomas...

Não consegui concluir a frase, pois falar doía ainda mais do que respirar. Vi as adagas cintilantes de Maryam, ouvi um gemido de angústia e acredito que alguém morreu bem na minha frente.

Foi então que ouvi um zumbido suave, um tanto familiar, vindo de todos os lados e de nenhum ao mesmo tempo. Senti-me estranhamente acolhido e reconfortado por ele. Perto de mim, ouvi sons de pés correndo e gritos de homens raivosos. Enquanto o chão se apressava para me tocar, meu último pensamento foi:

"Por favor, não me deixe morrer na França."

Em algum lugar do Canal da Mancha

3

enti a sensação de movimento, de levantar e cair. Pude também sentir o cheiro e o gosto de sal, o que me fez sentir náuseas e pensei que iria vomitar.

Quando voltei a acordar, senti o vento soprando em meu rosto, porém, não estávamos nos movendo tanto quanto antes.

Meus olhos se abriram diante de um céu azul. Depois se fecharam e, quando tornei a abri-los, já era noite, e as estrelas estavam acima de mim. Fecharam-se mais uma vez e não pude mais ver as estrelas, porém, pude reconhecer uma luz vindo de algum lugar. Ouvi Robard dizendo: "Ele acordou." No entanto, voltei a perder meus sentidos antes que pudesse reagir ao que ele dizia.

Mais uma vez acordei, encontrando-me em um campo verdejante, suavemente agitado pelo vento. A brisa era suave, e o sol, no alto de um céu livre de nuvens, aquecia meu rosto. De repente, uma sombra veio sobre mim. Olhei para cima e avistei um pássaro, um pássaro enorme, circulando preguiçosamente pelo céu. Voou até quase desaparecer de vista, depois flexionou as asas e mergulhou em minha direção. Apanhou velocidade e observei, abismado, enquanto fazia isso. Sorri espantado diante da graça que essa criatura, que de início acreditei ser algum tipo de gavião, me transmitia. Quanto mais se aproximava, mais parecia ainda maior e continuou crescendo, e tive medo de que pudesse ser uma ave maior e que enfiasse suas garras em mim.

Virei-me e corri. A sombra do pássaro cobriu o sol, e a luz do dia já não parecia tão forte. Logo em seguida, ouvi um chiado horrível, agudo e cacarejante, e o pássaro começou a rir. "Impossível", disse a mim mesmo. "Pássaros não riem."

Minhas botas ficaram mais pesadas e olhei para minha ferida, notando que o sangue encharcava a túnica branca que estava usando. Exibia uma cruz, bordada no peito em vermelho vivo. A sombra estava quase me alcançando e, quando arrisquei espiar por cima do meu ombro, berrei em desespero, pois não se tratava de um pássaro. Era um dragão grande e poderoso, e seu rosto era o de Eleanor da Aquitânia, a Rainha Mãe. Enquanto as garras gigantescas do animal se dirigiam até mim, agarrei meu cinto em busca da minha espada, mas, espantado, percebi que eu estava desarmado. Tropecei e caí no chão, cambaleante, chorando de aflição por causa da dor que sentia pelo lado do corpo.

Quando dei por mim, já estava deitado no chão, enquanto Eleanor da Aquitânia estava de pé, com um pezinho minúsculo sobre meu peito, como se tivesse acabado de me vencer em uma luta corporal. Talvez tivesse mesmo, pois minha cabeça estava pesada e não parava de girar, assim como não conseguia erguer meus braços. Enquanto me espiava, seu rosto tornava-se curiosamente semelhante ao de um falcão, e seus olhos se escureciam. Desejei fechar os meus próprios olhos, mas não consegui.

— Olhe só para isso, seu pobre órfãozinho. Você foi atingido, órfão! Que tipo de idiota caminha direto para uma emboscada? E você ainda pensa que poderia ser rei? — Dito isso, atirou a cabeça para trás, e sua risada cacarejante ressoou ao meu redor.

— O quê? — consegui articular. A cabeça dela imediatamente se voltou para a frente, e seus olhos cravaram nos meus. — Eu, um rei? Não sou... Não... Não tenho a mínima ideia do que está falando! — E nenhuma palavra mais verdadeira jamais foi dita. Lembrei-me do que havia me ameaçado quando a fiz refém no castelo. "Verei você morto antes que *ouse* ameaçar o trono do meu filho", havia vociferado. Na ocasião, não dei muita atenção ao que a rainha disse. Não fazia o menor sentido para mim.

— E você ainda quer que eu acredite nisso! — Ela pressionou o pé diretamente na minha ferida, e urrei de agonia.

— Não! Pare! — clamei. — Não sei do que está falando!

— Ah! — exclamou para mim. — Acha que sou assim tão tola? Thomas Leux serviu o meu marido! Estava sempre lá para lamber as botas de Henrique! Ele contou a você! Sei que contou! Não minta para mim, *órfão*!

Ela literalmente cuspiu aquelas palavras sobre mim. Em toda a minha vida, com tudo o que já vira, mesmo no campo de batalha, acho que jamais havia me deparado com alguém tão bravo e cheio de ódio. Ela empurrou o pé de novo contra a minha ferida, e a dor me fez berrar:

— NÃO SOU UM REI!

Atiraram água sobre meu rosto, e a rainha desapareceu, sendo substituída por Maryam, de pé à minha frente com um odre gotejante em suas mãos.

— Calma aí, Templário — disse ela. — Sabemos com toda a certeza que você não é um rei.

Tentei explicar como a Rainha Mãe estava me atormentando, mas eu estava fraco demais e as palavras não vinham. Fechei os olhos.

Quando acordei de novo, havia água derramada sobre meus lábios. O gosto era maravilhoso. Algo lambia meu rosto e torci para que fosse Anjo, mas em meu estado de desorientação não pude ter certeza de que não era a Rainha Mãe ou, conhecendo bem a minha sorte, um enorme dragão na forma de Eleanor.

Meus sonhos me levaram para as muralhas acima de Acre, além do portão principal da cidade. Sir Thomas estava ao meu lado, resplandecente em sua túnica branca e também uma cota de malha cintilante. Sua espada de batalha pendia ao lado do corpo, e a mão dele segurava seu punho. Seu cabelo castanho avermelhado era agitado pela brisa. Sir Basil, com seu leal escudeiro Quincy, estava não muito longe dali. Ambos sorriam para mim. O tenor alegre do Graal pairava ao nosso redor, mas estranhamente não percebiam nada.

Sir Thomas analisava o campo abaixo de Acre, seu rosto revelando um semblante sério. Quando tentei fazer o mesmo e assim entender o que havia chamado sua atenção, não me senti capaz de tal coisa. O campo parecia deserto para mim, mas também pude ouvir os sons de uma batalha invisível se descortinando diante de nós. Minha confusão me exauriu.

Sir Thomas pousou a mão em meu ombro.

— Está preparado, rapaz? — perguntou ele.

— Preparado para o quê, Sir Thomas? — repliquei.

— Está quase lá — disse ele.

— O quê, Sir Thomas? — perguntei. — O que está quase lá? Por que o senhor está aqui? Eu o deixei para trás. Devo voltar a me unir ao senhor? Eu... eu... estou morrendo?

— Não, rapaz. Sua tarefa está quase chegando ao fim, mas você não deve vir para cá. Ainda não. Sua missão não está concluída, e o perigo mora adiante. Deve tomar mais cuidado do que nunca. Não pode perder. Não podemos perder. Volte e termine o que começou.

Você tem sido tão corajoso. Eu lhe disse em Acre que nem o próprio Sir Lancelote teve escudeiro melhor. Lembra?

— Sim, senhor — respondi. — Eu me lembro.

O calor de suas palavras me trouxe alegria por um instante.

— E é verdade. Agora vá. Termine isso. Você consegue. Não escolhemos você para essa tarefa: o Graal é quem escolheu. Lembre-se de que ele só ressoa para os dignos. Vá, rapaz. Você não irá enfrentar esse perigo sozinho, prometo, mas, mesmo assim, tome cuidado.

— Sir Thomas — abaixei a cabeça. — Quebrei meu juramento. O senhor ordenou que não contasse a ninguém que carrego o Graal. Nem mesmo a um irmão Templário. Mas Maryam e Robard mereciam saber. E Celia. Sir Hugh estava... Eu precisava... — Em meu sonho, era difícil falar e me explicar.

Sir Thomas desviou o olhar para as planícies abaixo de nós por longos instantes. Receei que estivesse bravo, mas sorriu.

— Não se preocupe, rapaz. Você escolheu bem os seus amigos. Eu não poderia ter feito melhor. Você mais do que cumpriu seu juramento a mim, Tristan. Contudo, deve terminar o que começou. — A voz dele era firme e repleta de determinação. — Não se esqueça, a ajuda estará lá quando necessário.

O som musical do Graal aumentou, e era impossível entender como Sir Thomas não conseguia escutá-lo. Estava mais alto do que jamais estivera, e Sir Thomas apenas sorriu e assentiu para mim com um gesto cordial da cabeça.

Então ele desapareceu, assim como Quincy e Sir Basil. Eu, porém, continuei de pé na alta muralha acima de Acre, com o sol brilhando intensamente e uma brisa acariciando meu rosto. Eu estava feliz. Mais feliz do que jamais estivera. Com um sorriso, olhei para trás, analisando as muralhas e os telhados dos edifícios presentes na cidade abaixo de mim. Devagar, percebi que estava deserta e que eu estava realmente sozinho. Se permanecesse ali, ficaria sem companhia para sempre. Teria sido por isso que Sir Thomas dissera que eu não pertencia àquele lugar? Estaria preocupado que eu passasse a eternidade em solidão?

Novamente me senti despertando de um sono, ouvi pássaros cantando e ondas batendo contra a costa. Estava deitado em solo firme, mas me lembrava ligeiramente de que estive em um barco em algum momento. Quanto tempo passara desacordado? Tentei me sentar, mas uma mão pressionou suavemente minha cabeça de volta para o chão. Uma voz me disse para descansar e, embora desejasse desobedecer, não consegui. Mais sono.

◆

Finalmente voltei à consciência, mas estava completamente escuro. Ouvi Maryam e Robard conversando em tom baixo. Tentei falar, mas as palavras novamente não vinham, e sentia uma dor ardente, latejante e dilacerante na lateral do corpo. Era como se houvesse um ninho de vespas embaixo da pele e dos músculos do meu quadril. Então, eu me lembrei da luta no porto de Calais e do dardo saindo da lateral do meu corpo.

Algo morno, áspero e úmido tocou minha bochecha, e o cheiro de cachorro molhado assaltou minhas narinas. Havia outro odor, uma fogueira acesa, o cheiro de algo cozinhando. O sentido de todas essas coisas me circundou, e tentei me concentrar nas profundezas da minha consciência. Meus olhos se abriram e eu disse, num engasgo:

— Vespas!

A luz se refletiu numa ampla rocha de onde eu jazia no chão, e, em questão de instantes, os rostos de Anjo, Maryam e Robard apareceram sobre mim.

— Finalmente ele acordou — disse Robard.

— Tristan, como se sente? — perguntou Maryam.

Anjo latiu.

— Sinto... De onde... a dor?

— De onde veio a dor? — Maryam tentou concluir a frase para mim. — Você foi atingido. Por um dardo de besta. Perdeu muito sangue. Mais de uma vez, achamos que perderíamos você. — A mão dela afastou suavemente o cabelo dos meus olhos.

— O que aconteceu? — perguntei.

— O que você lembra? — interpelou Robard.

— Estávamos na rua, perto das docas. Algo me socou no lado do corpo, olhei para baixo e vi o dardo. Não me lembro de muita coisa depois disso. Os guardas do rei apareceram, não foi? — A dor no meu quadril aumentou e a náusea tomou conta de mim. Fechando os olhos e respirando fundo, tentei me acalmar.

— É melhor ele descansar — disse Maryam. — Não faz diferença o que aconteceu. Por enquanto estamos seguros.

Reabri meus olhos e vi algo passar entre Robard e Maryam. Ele se afastou da fogueira, fora do meu campo de visão. Tentei acompanhá-lo com o olhar, mas ainda não era capaz.

— Qual é o problema? — sussurrei para ela.

Maryam empurrou um pedaço de tronco mais adentro do fogo.

— Ele se culpa por você ter sido atingido. Insistiu que zarpássemos imediatamente e agora se sente tolo e egoísta. Eu disse a ele que você jamais iria culpá-lo, mas ele é duro na queda. Mais duro consigo mesmo do que com os outros, na verdade. Ele...

— Estou bem aqui. Posso ouvir vocês! — reclamou Robard, em algum ponto atrás de mim.

Finalmente consegui me erguer sobre os meus cotovelos e me mover o bastante para me sentar, apoiado contra a rocha. Anjo correu para o meu lado e se enrodilhou próxima ao meu quadril, e na mesma hora adormeceu. Quantas e quantas vezes não invejei os cães por isso.

— Robard, não se aflija desse jeito. Estávamos cercados, havia perseguidores na cidade toda. Teríamos encontrado problemas onde quer que fôssemos.

Ele relaxou um pouco. Havíamos viajado juntos o bastante para que eu soubesse que ele se culparia por muito tempo por causa do meu ferimento.

— A culpa é minha, escudeiro — disse ele. — Se não tivesse teimado tanto com a ideia de irmos para casa...

— Robard, se você não tivesse insistido para que fôssemos direto para as docas, acharia que alguma coisa estava errada com você e ficaria preocupado. Desde que o conheci no Ultramar, você fala em pouca coisa além de voltar para a sua floresta. Errei em pensar diferente. Já passou. Eu vou ficar bem, e não precisamos falar mais a respeito.

Ele olhou para mim e sorriu. Seus cabelos agora estavam na altura dos seus ombros largos, e sua pele branca estava queimada pelo vento. Seus olhos azuis, portanto, permaneciam límpidos e fortes. Quando eu era pequeno em St. Alban, o irmão Rupert sempre me contava histórias das hordas de vikings que assolaram a Inglaterra há muitas centenas de anos. Eu não tinha dúvidas de que Robard descendia deles. Finalmente, relaxou um pouco mais, depois deitou com o arco no chão e os braços cruzados por cima dele.

— Você nos deu um susto — falou ele. Maryam concordou.

— Você estava delirando e com uma febre horrível. Falava sem parar — disse ela. — Por algum tempo, achei que jamais chegaríamos à costa. Mas, finalmente, atracamos não muito longe daqui.

— Que lugar é este? Onde estamos? — perguntei.

Robard sorriu.

— Estamos em casa, Tristan. Estamos na Inglaterra.

4

Robard e Maryam me colocaram a par dos acontecimentos dos últimos dois dias. Minhas lembranças terminavam nas docas, com o dardo saindo do meu quadril.

— Havia quatro deles aguardando por nós — disse Maryam. — Sir Hugh ficará furioso por terem nos deixado escapar. Robard feriu dois deles. Minhas adagas tiraram a vida de outro. O último se virou e saiu correndo.

— Nós apanhamos você — prosseguiu Robard — e encontramos uma embarcação adequada, pequena, muito parecida com aquela de Tiro, só que menos acabada. Tinha três remos em um dos lados, e a desatracamos e começamos a remar, enquanto Maryam tentava impedir que você sangrasse tanto a ponto de encher o barco de sangue e nos fazer naufragar ali mesmo.

Estremeci ante a ideia.

— Tanto sangue por uma ferida tão pequena — comentou Maryam.

— Pequena? — repeti, agitado.

Maryam deu de ombros.

— Não foi como se você tivesse sido atingido por um arco longo.

Fiz uma cara de espanto para a indiferença dela. A compaixão de Maryam aparentemente tinha limites.

— Eles não tentaram nos perseguir? — perguntei.

— Óbvio que sim — respondeu Maryam. — Apanharam dois barcos na mesma hora, mas, enquanto eu remava, Robard os desencorajava de se aproximarem demais. Depois de deixarmos o porto e ele já ter ferido um terceiro homem, eles voltaram. Enquanto você dormia, Robard e eu continuamos remando, até não conseguirmos mais levantar os braços. Quando houve um momento em que parecia que ninguém estava nos perseguindo, retiramos o dardo. Você teve sorte. Ou o guarda era ruim de mira ou desejou apenas ferir você. Estava bem enterrado na carne do seu quadril e você perdeu muito sangue, mas não foi um tiro mortal. Robard segurou você quando extraí o dardo. — Ela acrescentou: — Não foi muito agradável.

— Ela quer dizer que você gritou como uma me... Como uma pessoa que realmente devia estar passando por uma grande dor — corrigiu-se Robard ao sentir o olhar de desaprovação de Maryam. — Você disse que cresceu num monastério, foi isso? Nunca tinha ouvido palavrões como aqueles.

Senti meu rosto esquentar de vergonha.

— Pare de provocá-lo, Robard — insistiu Maryam. — Você tem sorte de *nunca* ter sentido um dardo furar seu couro grosso. Posso garantir que dói, embora uma flechada de arco longo doa bem mais.

— Obrigado, Maryam... Robard, não sei o que teria feito se você não tivesse impedido aqueles guardas de nos capturarem — falei.

— Provavelmente morrido — retrucou Robard.

Maryam e eu não conseguimos deixar de rir. Todos estávamos aliviados por, ao menos temporariamente, estarmos vivos e livres.

— Então vocês remaram por todo o caminho até a Inglaterra? — perguntei.

Robard e Maryam se entreolharam, algo pareceu ser transmitido mutualmente e logo decidiram mudar de assunto.

— Sim, bem, agora que chegamos à Inglaterra, já posso dizer o quanto é fria, cinzenta e úmida. Por que vocês dois não me disseram que aqui o sol não brilha nunca? — disse Maryam.

— Porque brilha — respondemos eu e Robard ao mesmo tempo.

— Bom, estamos aqui há três dias e só chove e fica mais frio a cada minuto — resmungou. Ela puxou sua túnica para mais perto do pescoço e se aproximou ainda mais do fogo.

— Voltem à parte de como vocês remaram até aqui — pedi. — Não consegui acompanhar direito.

— Preciso sair para uma exploração — disse Robard. — Ver se consigo encontrar um vidoeiro com algumas mudas. Me restam poucas flechas e preciso preparar mais algumas. — Ele remexeu sua aljava, contando as flechas que ainda tinha.

— Certo, vocês dois, podem parar. Contem o que aconteceu — insisti.

Robard engoliu em seco. Maryam permaneceu em silêncio. Aparentemente, era ele quem precisava contar a história.

— Nada aconteceu. Não exatamente. A embarcação não era muito grande. Três remos e uma vela pequena. Amarramos você na frente e remamos até sair do canal. Depois que os outros barcos voltaram, continuamos remando. Você ainda sangrava e chorava o tempo todo. Depois de um tempo nos cansamos e pensamos que seria melhor levantar a vela e apanhar o vento. Embicamos para o oeste e torcemos pelo melhor — disse Robard.

— Vocês torceram pelo melhor? — perguntei, incrédulo.

— Sim — respondeu ele, subitamente interessado na manutenção do seu arco.

Encarei os dois.

— O que foi? — perguntaram eles.

— Era esse o plano de vocês? Toda vez que dou uma ideia, vocês dois não fazem nada a não ser menosprezá-la. Mas, quando estou à beira da morte, vocês me colocam num barco, "embicam para o oeste" e "torcem pelo melhor"? — Só de pensar nisso a minha ferida voltou a latejar. — Meu Deus! E se o vento e a corrente levassem vocês para depois da Inglaterra? E se vocês fossem arrastados de volta para a França? Vocês nem sabem como se *veleja*?

— Claro que sim, velejamos o tempo todo na Floresta de Sherwood — respondeu Robard sarcasticamente. — Qual é a sua preocupação? A gente chegou até aqui, não foi? Velejar não é tão difícil quanto parece, desde que haja vento. Sem o vento, temos os remos. E remar dá trabalho, vou lhe dizer. Por sorte, ser um arqueiro é bem adequado para isso, pois tendemos a ter braços fortes. Fui capaz de compensar por Maryam... Quer dizer, quando ela se cansava...

Tarde demais, meu amigo Robard.

— Robard — disse Maryam baixinho. — Acho que não queremos conversar sobre isso *agora*, não é?

— Hum, não. Acho que não — respondeu ele, timidamente. — Bom, enfim, funcionou, não foi? Aqui estamos nós, sãos e salvos na Inglaterra — continuou Robard.

— Ohhh — falei. Precisei me recostar contra a rocha e fechar os olhos. A fraqueza tomou conta de mim e cobri o rosto com as mãos. — E vocês dois ainda se atrevem a reclamar... Que sou eu que não tem planos... — balbuciei. — Onde na Inglaterra? — perguntei, voltando a me sentar.

— O que ele disse? — perguntou Robard.

— Nada — disse Maryam. — Tristan, me diga como se sente. Consegue ficar de pé? Acha que pode caminhar ou cavalgar se encontrarmos cavalos? Robard disse que devíamos ir embora o quanto antes. Sir Hugh com certeza vai encontrar nossa trilha em breve, se é que ainda não a encontrou.

— Nós sabemos onde estamos? – perguntei. – Para que direção devemos ir?

— Oeste – respondeu Maryam.

— Norte – Robert disse ao mesmo tempo.

— Vocês não fazem a menor ideia de onde estamos, não é? – perguntei.

— Sim. Com certeza fazemos. Estamos na Inglaterra. E por um bom tempo avistamos os montes de Dover. Depois, bem... Talvez tenhamos nos afastado um pouco – disse ele.

— Um pouco?

— Talvez um tanto... muito, na verdade. O vento realmente apanha a vela, e se você não faz o leme apontar na direção certa acaba parando... Bom, não importa. Estamos sãos e salvos em casa, Tristan. Na Inglaterra. – Robard me ofereceu seu melhor sorriso.

Maryam nos trouxe de volta à realidade.

— Independentemente de onde estejamos, precisamos andar. Tristan, você consegue ficar de pé? Caminhar? – perguntou ela.

Eu estava sentado perto do fogo, com a cabeça entre as mãos, perguntando-me o quanto teríamos que percorrer até chegar a Rosslyn. Na verdade, não tinha como culpá-los. Ainda estávamos vivos.

— Não tenho certeza. Vou tentar – respondi. Ficar de pé seria dolorido, mas não havia escapatória. Maryam tinha razão. Era hora de colocar o pé na estrada.

Usei uma perna como apoio para minha primeira tentativa, enquanto Robard se ajoelhava segurando meu outro braço. Juntos ficamos de pé, e a dor era apenas pouco menos que excruciante. O mundo rodou e tive medo de desmaiar.

— Calma — disse Robard. — Firme.

Depois de um instante, a dor diminuiu e pude ficar de pé sem ajuda. Após dar alguns passos hesitantes para frente e para trás, pude ensaiar uma espécie de caminhada arrastada. Mas, naquele ritmo, levaria anos para chegar à Escócia.

— Cuidado — disse Maryam. — Ferida de dardo *dói*. — Ela olhou para Robard para dar ênfase em sua afirmação, mas ele se recusou a corresponder ao seu olhar.

— Sim, dói mesmo, já me disseram. Mas não tanto quanto ser esfaqueado por uma adaga de Hashshashin — devolveu Robard.

— Vamos precisar de cavalos — falei, interrompendo.

— Você sabe que cavalgar... — Maryam deixou as palavras no ar.

— Eu sei. Vai doer ainda mais. Não importa, a dor vai passar. Nunca vamos conseguir chegar lá na base da caminhada, e eu só vou atrasar tudo — disse eu.

Robard e Maryam assentiram em concordância. Decidi que era melhor tornar a me sentar antes que eu desmaiasse.

— Então, como faremos isso? — perguntei. — Encontrar cavalos?

Nenhum dos dois disse nada. Apenas encararam as chamas, pensativos.

— Temos alguma ideia de onde exatamente estamos? Onde na Inglaterra, especificamente?

Robard negou com a cabeça e desenvolveu seu argumento:

— Eu disse que *velejar* não é tão difícil quanto parece. *Navegar*, porém, é um negócio completamente diferente. Só vamos precisar encontrar a cidade ou a vila mais próxima para descobrir onde estamos e então veremos sobre os cavalos. Você ainda tem dinheiro?

Fiz um gesto afirmativo. Eu tinha também o anel de Sir Thomas, mas trocá-lo por cavalos deixaria uma pista clara para Sir Hugh, caso ele estivesse mesmo nos seguindo.

— Ótimo. Não sou contrário a roubar, já que isso é uma emergência, mas seria melhor se tivéssemos apenas um bando nos perseguindo por vez — acrescentou ele.

— Proponho que a gente descanse aqui esta noite e que partamos descansados amanhã de manhã — sugeriu Maryam.

— Boa ideia — falei, ainda me sentindo muito fraco. A exaustão e a dor voltaram a me envolver mais uma vez. Meu quadril ainda ardia e meus olhos pesavam.

Robard se levantou e, com a bota, chutou alguns dos troncos que ainda serviam como lenha para o fogo. As chamas morreram e ele empilhou as brasas para que apenas um suave brilho cálido irradiasse até mim. Em seguida, enrijeceu a corda de seu arco.

— O que você está fazendo? — perguntou Maryam.

— Vou dar uma patrulhada por aí — respondeu ele. — Ficar de olho nas coisas. Vocês só vão me ver de novo pela manhã. Então não se preocupem. Estarei sempre por perto. Se houver qualquer problema, dê um daqueles seus gritos de Al Hashshashin, pois são altos o suficiente para acordar até os mortos. Certamente vou ouvir e voltarei sem demora. Tristan, descanse. Tente não se machucar ainda mais, se não for pedir muito.

Dito isso, Robard desapareceu na noite como um fantasma.

5

Meus olhos se abriram assim que rompeu a aurora. Maryam dormia do outro lado da fogueira e Anjo fazia o mesmo ao seu lado. Era cedo demais para se levantar, pensei, e ainda não havia sinal algum de Robard. Não haveria nenhum mal se eu descansasse um pouco mais.

Quando tornei a abrir os olhos — certamente apenas segundos depois —, Robard estava de pé perto da fogueira, inclinado em seu arco e me encarando com um sorriso enorme no rosto.

— Bom-dia — disse ele.

Robard me deu um susto e acordei de um salto, o que naturalmente provocou uma pontada de dor em meu quadril. Voltei a me deitar com um grunhido.

— Não faça isso! — exclamei.

— O quê? — perguntou ele.

— Chegar de fininho desse jeito!

— Quem está chegando de fininho? — Robard ergueu o arco teatralmente e retorceu o pescoço como se um ataque estivesse a caminho.

— Ah, pelo amor de Deus! — falei. Eu me escorei na rocha e me pus de pé. — Você viu alguma coisa ou pelo menos descobriu onde estamos enquanto estava desfilando pelas redondezas?

— Desfilando? Com certeza não é o que eu estava fazendo! Talvez patrulhando, mas desfilando não — disse ele em um tom irritantemente jovial enquanto se ajoelhava para aquecer as mãos nas brasas que ainda ardiam.

— Por favor, Robard, não me sinto bem, e seu bom humor exagerado está afetando o meu, que já não está nada bom — implorei. Minha cabeça doía e meu quadril continuava ardendo.

Robard não prestou atenção.

— Encontrei uma vila não muito longe daqui e falei com um ferreiro. Disse que eu estava a caminho de casa vindo das Cruzadas e que havia me perdido. Camarada simpático. Estamos a dois, talvez três dias de caminhada ao sul de Dover. Se bem que, no seu presente estado, você provavelmente está a quatro ou cinco dias — disse ele, apontando para o meu quadril ferido. — De qualquer forma, Maryam e eu encontraremos você lá. — Seu sorriso com todos os dentes me dizia que ele estava brincando, mas permaneci rígido. Continuava com dor e sem clima para piadinhas.

— Robard, por favor... pare... — disse eu, com a voz tingida de exasperação.

Robard riu como resposta.

— Ah! Não poderíamos ter planejado melhor, caso tivéssemos tentado. Bom, claro que poderíamos ter chegado direto em Dover, suponho, mas ainda assim foi um feito notável para quem nunca navegou, se me atrevo a dizer. Se encontrarmos cavalos, levaremos até menos tempo para chegar lá.

— Chegar aonde? — quis saber Maryam, grogue de sono, ainda deitada.

— Bem, bom-dia, luz do dia! — Robard praticamente gritou.

— Ugh — resmungou Maryam, olhando para o céu, que mais uma vez estava nublado e cinzento. A chuva chegaria mais para o fim do dia. — Luz do dia! Pfff. Estou para ver isso desde que chegamos aqui! — Ela se sentou e atiçou o fogo, e logo a água fervia dentro de uma panelinha que ela havia conseguido em algum lugar.

Diante da menção de Robard a Dover, minha mente se agitou.

— Dover — murmurei comigo mesmo. — Nem todos que conheci e com quem recebi treinamento foram para o Ultramar quando o nosso regimento foi. Talvez haja escudeiros ou até cavaleiros que se lembrem de mim e talvez estejam dispostos a me ajudar. Se eu lhes mostrar a carta de Sir Thomas... — Minhas palavras espaireceram ante os meus pensamentos. Aquela parecia ser a melhor opção. Estávamos tão perto que parecia besteira não tentar, pelo menos.

— Certo — concordou Robard. — Há uma vila não muito longe, ao norte daqui. Provavelmente conseguiremos arranjar alguns cavalos por lá ou pelo menos encontrar alguém nas redondezas que esteja disposto a nos vender alguns. Vocês dois seguem na frente a pé, acompanhando a costa. Assim que eu achar cavalos, vou ao encontro de vocês.

— Não seria esse o primeiro lugar onde Sir Hugh iria procurar? — perguntou Maryam. — E você — ela olhou para Robard —, não gosto que esteja sempre sumindo no meio do mato e nos deixando sozinhos. Como saberemos se alguma coisa acontecer com você?

— Vou conseguir os cavalos — insistiu Robard — porque sou um nativo que não foi criado num monastério e que portanto tem ideia de como negociar. Já comprei mantimentos antes e sei como lidar com vendedores de cavalos. É menos provável que seja descoberto. Estivemos aguardando aqui durante dois dias enquanto Tristan se recuperava. Não podemos nos arriscar; Sir Hugh deve ter espalhado a notícia de que há três criminosos procurados viajando juntos. Eu me juntarei a vocês com nova montaria, e prometo que depois disso não nos separaremos mais. Será bem melhor, estaremos a cavalo e teremos melhores chances de evitar que nos capturem novamente. – Robard parecia estar se esforçando ao máximo para convencê-la. Maryam tinha acordado de péssimo humor.

– Acho que o plano de Robard faz sentido. Mas vá rápido – falei para ele, retirando a pequena bolsa de moedas do meu alforje e acrescentando a ela o anel de Sir Thomas. – Precisamos de boas montarias, e esse é todo o dinheiro que me restou. Se você precisar usar o anel... Eu... Prefiro que não, mas se precisar...

A mão de Robard fechou-se sobre a bolsa de moedas.

– Farei o melhor que puder – prometeu.

Ele estendeu seu arco e sua aljava a Maryam. Durante nossa viagem pela França, depois de fugirmos de Montségur, Robard a ensinara como atirar com seu arco longo.

– Cuide bem deles – disse a ela. – Você está se tornando uma arqueira bastante proficiente. Lembre-se: ombros firmes, pés plantados e solte o ar quando lançar a flecha.

– Robard! Talvez você precise deles! – exclamou ela, empurrando os objetos de volta para as mãos dele.

Ele balançou a cabeça.

– Não. Não dessa vez. Eles estarão procurando um arqueiro que se encaixe na minha descrição. Então, se não me encaixar na descrição... – Ele deixou a frase solta no ar. – Além do mais, tenho isso aqui! – Ele segurou o punho da espada de batalha de Sir Thomas que pendia do seu cinto.

Maryam olhou para mim com anseio em sua expressão.

— Robard. Por favor, não leve a mal... — começou ela.

— O quê? — perguntou ele, curioso.

— Você sabe que é um arqueiro de grande talento.

— Claro.

— Bom, você não tem o mesmo talento com a espada. Na verdade, você é um péssimo espadachim. Pronto, já disse — concluiu ela rapidamente.

— O quê? Não sou, não! Posso lutar tão bem com a espada quanto qualquer um!

Praticamente berrando em sua última afirmação, ele puxou a espada como se para demonstrar o que estava dizendo. Só que o fez de modo desajeitado, e a ponta da espada ficou pendurada na bainha. A lâmina então ficou presa e ele teve de tornar a empurrar a espada para dentro da bainha para conseguir tentar puxá-la novamente. No total, provavelmente a metade de um minuto foi desperdiçada até que erguesse a espada.

— Entende o que quero dizer? — disse Maryam.

Não havia necessidade de esperar que Robard se exaltasse e logo me intrometi.

— Você tem razão, Robard. Vá, mas volte o mais rápido possível. Maryam e eu vamos começar a seguir caminho até Dover. Tenho certeza de que você será capaz de nos encontrar, mas, se de alguma maneira perder nossa pista, há uma estrada bem percorrida, chamada Estrada dos Viajantes, que fica a oeste da cidade, a cerca de quinze quilômetros de distância. Vamos esperar ali se preciso for. — Eu até mesmo dei-lhe um pequeno aceno.

— Certo. Bom, é melhor eu ir andando — disse ele. Tentou recolocar a espada na bainha e só conseguiu depois de três tentativas.

"Por favor, Deus", rezei. "Mantenha-o a salvo até que volte a nos encontrar." Fiz o sinal da cruz, e Maryam murmurou uma prece a Alá. Nós observamos Robard até ele sumir de vista.

Anjo ganiu, como sempre fazia quando nos separávamos, mas virou de barriga para cima e Maryam afagou sua barriga. Satisfeita, a cachorrinha se sentou e farejou o ar. Aproveitei a chance para andar pela área onde estávamos acampados, avaliando meu quadril ferido. Cada passo me proporcionava uma pequena onda de dor, mas já era suportável, e aos poucos comecei a me esforçar para recuperar toda a minha força. Lembrei-me do meu sonho. Sir Thomas me advertiu de que o perigo estava próximo. Eu não tinha ideia do que exatamente quis dizer. Será que, quanto mais perto eu chegasse da Escócia, mais desesperado Sir Hugh se tornaria? Será que a Rainha Mãe tentaria me encontrar também? Ou será que outro perigo ainda invisível ou irrealizado me aguardava? Conhecendo nossa sorte até então, não me surpreenderia se um dragão estivesse à nossa espera na próxima esquina.

— Como está se sentindo? — perguntou Maryam, levantando-se das suas orações matinais.

— Melhor, obrigado. Maryam, não se preocupe. Robard ficará bem. Ele sabe muito mais do que deixa transparecer. Quando nos conhecemos, ele me disse que era um pobre e simples fazendeiro, mas estou descobrindo que é muito mais complexo do que isso. Não tenho dúvida de que voltará incólume e com montarias para nós. Tudo isso vai acabar em breve, e então você poderá voltar para casa.

Maryam virou para fitar a distância.

— Casa. Não ousei pensar nisso — murmurou ela.

Eu sabia, porém, que ela não estava pensando em sua casa e sim no quanto desejava que Robard não nos tivesse deixado sozinhos.

Na França, Robard havia decidido voltar para a Inglaterra sozinho e se separara de nós por um breve período. Cada hora que esteve longe foi uma tristeza para Maryam. Sua alegria quando, dias depois, ele voltou a se juntar a nós era mais do que notável. Observando-os desde então, vi o quanto se tornaram próximos. Quando Robard olhava para ela, um pequeno sorriso cruzava seu rosto. Quando ela foi capturada por Sir Hugh em Calais, ele quase enlouquecera com o desejo de salvá-la. Nenhum dos dois achava que eu tinha notado o que estava acontecendo entre eles, mas notei.

Por algum motivo, a preocupação de Maryam com Robard me fez pensar em Celia, a princesa cátara que deixamos atrás de sua fortaleza nas montanhas do sul da França. Aquilo tinha sido uma das coisas mais difíceis que já havia feito. De certa forma, entendia os sentimentos de Maryam, pois com frequência me perguntava se Celia ainda se lembrava de mim. Tentei afastar seu rosto e seu sorriso dos meus pensamentos, pois a simples ideia de que ela já havia me esquecido era terrível demais para suportar.

— Maryam — falei. — Você acha que...

— O quê? — instigou ela.

— Nada. — Melhor mudar de assunto. — Acho que Robard tem razão — falei. — Melhor irmos andando e acompanhando o litoral. Se estivermos em um lugar aberto, teremos menos chance de cair numa emboscada e, além disso, não nos perderemos. Se encontrarmos algum vilarejo, voltamos para o interior e o rodeamos. Robard vai conseguir nos encontrar com facilidade, e quanto mais rápido chegarmos a Dover, melhor. — Retirando a panela de chá do fogo com uma vareta, chutei um pouco de terra para cima das cinzas.

— Por quê? Por que não esperamos aqui até a volta de Robard? O que você acha que iremos encontrar em Dover, Tristan? — questionou ela.

Raramente eu via Maryam assim. A ausência de Robard a deixava realmente inquieta. Eu não sabia ao certo se era porque ela se sentia mais segura quando ele estava conosco ou se era porque seus sentimentos em relação a ele estavam, de fato, se aprofundando.

Pensei na comendadoria, nos meses em que ali vivi e treinei, nos cavaleiros e escudeiros, no caos controlado do jantar no salão principal, nas horas de treinamento nos campos, no trabalho e nas risadas que vinham das barracas dos escudeiros enquanto caíamos mortos de cansaço na cama, todas as noites. Aquelas eram algumas das minhas lembranças mais felizes. Alguém na cidade devia se lembrar de Sir Thomas.

— Ajuda — respondi. — Espero que encontremos ajuda.

6

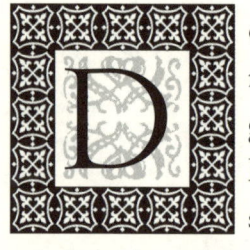

Do jeito como nossa sorte andava, já era de esperar que Robard fosse mesmo capturado pelos guardas do rei ou pelos cavaleiros de Sir Hugh. Maryam e eu, já na estrada em rumo a Dover, seríamos forçados a desviar o caminho para ir até onde ele estivesse sido mantido e tentar outro resgate. Ou pior, nos encontrarmos obrigados a oferecer o Santo Graal a Sir Hugh em troca da vida dele.

Por outro lado, nossa sorte se manteve firme ao nosso lado. Maryam e eu partimos para Dover logo depois que Robard se foi. Minha ferida tornou impossível a tentativa de manter algum ritmo. Mesmo assim, era bom estar seguindo em frente. Caminhar era exaustivo, mas tinha esperanças de que a caminhada era justamente o que ajudaria a minha recuperação mais rápido. Robard nos encontrou na manhã seguinte, acampados a pouca distância da costa, no interior.

Ele havia conseguido dois cavalos, ambos de corrida, um castrado de pelo castanho e uma égua ruça. Pareciam ser razoavelmente bem treinados e com bom temperamento, embora fossem magros, pequenos e provavelmente incapazes de vencer qualquer corrida.

— Só dois? — perguntou Maryam.

— Temos sorte de tê-los — explicou Robard. — Só temos poucas cruzetas agora. Mas não se preocupe, Assassina, você pode vir comigo.

— Ah! — disse Maryam, nos surpreendendo ao saltar no lombo da égua. — Você é que pode vir comigo!

— Eu disse ao treinador que era de Portsmouth e buscava montarias para a comitiva de meu lorde. Ele não me parecia do tipo que fala muito, mas, caso seja interrogado a respeito de algum estranho, pelo menos irá mandar quem perguntou para direção errada — disse Robard, atirando-me a bolsa de dinheiro.

Fiquei aliviado ao ver que o anel de Sir Thomas continuava ali. Robard me ajudou a montar o cavalo castrado, depois saltou com facilidade para montar atrás de Maryam e rapidamente nos pusemos a caminho.

O humor de Robard havia melhorado muito desde que chegáramos na Inglaterra. No Ultramar ou mesmo na França, com frequência se mostrava rabugento ou irritado. Obviamente, Robard se sentia mais à vontade ao viajar em seu país de origem. E nós descobríamos mais sobre nosso amigo a cada dia. Para alguém que dizia ser um pobre fazendeiro, sabia muito bem como se virar no mundo. Havia nos deixado, encontrado um criador de cavalos e voltado rapidamente, pronto para os passos seguintes que precisássemos dar, quaisquer que fossem. Sua disposição era quase contagiante.

Sentados sobre os cavalos, observamos a cidade de Dover abaixo, depois de haver cavalgado pelos morros em direção ao sul. Embora fizesse menos de um ano desde que eu partira dali, a mudança já me parecia dramática. O que um dia fora um porto fervilhante e animado parecia então um lugar estranhamente quieto.

— Alguém aí sabe que dia é hoje? — perguntei.

— Nem faço ideia — responderam Robard e Maryam quase que ao mesmo tempo.

— Por quê? — completou Robard.

— Só estava pensando... A cidade parece vazia, como se fosse domingo ou dia de santo, o que explicaria tanto silêncio — respondi.

Meu cavalo se remexeu e meus olhos vasculharam a cidade lá embaixo. Quando cheguei a Dover pela primeira vez, o mercado estava lotado de diversas pessoas e comerciantes. Naquele momento, a maioria das carroças e barracas estava vazia, com talvez apenas um quarteirão de comerciantes vendendo suas mercadorias. Avistei a espira da igreja de St. Bartholomew, onde deixara meu cavalo Charlemagne quando ali cheguei pela primeira vez na companhia de Sir Thomas e os cavaleiros. Acima da comendadoria, tremulava o estandarte marrom e branco dos Templários, mas os campos de treinamento atrás dele estavam vazios.

— E, agora, o que faremos, Tristan? — perguntou Maryam.

— Não tenho certeza. Algo mudou dramaticamente por aqui. Não é a Dover de que me lembro. Ela era agitada, cheia de viajantes, comerciantes e soldados. Essa Dover parece quase morta.

— Então digo que o melhor que temos a fazer é rodeá-la e então rumar para o norte, para a Escócia. Quanto antes você se livrar desse alforje, melhor para todos nós — disse Robard.

Ficamos sentados em silêncio por algum tempo, observando a cidade abaixo de nós. Sabia que ambos estavam esperando que eu assumisse as rédeas da ação.

— Tristan? Você já planejou tudo o que faremos? — perguntou Maryam, por fim.

— Como assim? — perguntei.

Por um momento fiquei bastante tenso. Desde que recuperara os sentidos, ainda não havia contado, nem a Maryam e nem a Robard, o que a Rainha Mãe me dissera no pátio do castelo. Porém, não tinha certeza se eles haviam ouvido ou se em meu delírio havia revelado alguma coisa. Eu estava guardando outro segredo deles. Não era certo.

— Sir Hugh. O Graal. Ele o deseja a todo custo. Você realmente acredita que entregar o Graal a um padre na Escócia irá impedi-lo? — perguntou ela.

— A Assassina tem razão — disse Robard. — Ele não vai parar. Mesmo que você entregue o Graal a esse tal de padre William, Sir Hugh tentará capturar você ou um de nós e nos manterá reféns até que você lhe diga onde o Graal está ou até que você o recupere e o entregue a ele em troca das nossas vidas. Levar essa sua taça para a Escócia é o menor dos seus problemas.

— Não é uma taça — reclamei. Mas Robard tinha razão. Os dois tinham.

— Você entende o que isso significa, não entende? — perguntou Robard.

Eu entendia, mas não tinha a menor vontade de dizer em um tom alto.

— Ele vai ferir toda e qualquer coisa perto de você até ter o que deseja — prosseguiu Robard. — Quase seria melhor se o encontrássemos primeiro e você me deixasse matá-lo em seu lugar. Ele é um salafrário miserável. Eu não me importaria nem um pouco. — Robard estava tentando parecer casual sobre o assunto, mas também falava sério quanto a sua oferta.

— Estou tentando não matar ninguém, Robard — falei.

Embora minhas palavras parecessem vazias, duvidava que até mesmo um cavaleiro tão honrado quanto Sir Thomas me culparia se Robard atirasse uma flecha no coração de Sir Thomas a cem passos de distância. Sem outra palavra, virei meu cavalo para o oeste e saí em um trote, mas logo diminuí o ritmo para passos mais suaves quando a dor na lateral de meu corpo tornou impossível manter a rapidez desejada. Em instantes, eles se juntaram a mim.

— Para onde vamos? — questionou Robard. — A Escócia fica para o norte.

— Sim, sei muito bem qual é a localização da Escócia. Assim como também sei que talvez haja alguma ajuda para nós aqui. Vamos esperar até o anoitecer. Esta noite faremos uma visita a Dover.

7

Ao seguirmos uma trilha que nos levaria para o interior, Robard encontrou uma mata fechada onde nossos cavalos poderiam ser amarrados, garantindo que passariam a noite em segurança. A mata era alimentada por um pequeno riacho, de forma que os animais teriam água para beber, e o bosque era tão denso que era improvável que nossas montarias fossem descobertas antes de retornarmos. Eu havia aconselhado que esperássemos até o cair da noite para entrar na cidade; sendo assim, nos restou pouco o que fazer. Cada um de nós se revezou em montar vigília e dormir entre as árvores que balançavam suavemente.

Ao pôr do sol, cutuquei Robard com minha bota. Ele estava roncando suavemente perto do fogo e acordou no mesmo instante. Começou diversas discussões ao mesmo tempo:

— Por que estamos perdendo tempo em Dover? Devíamos seguir direto para a Escócia. Por que estamos deixando os cavalos? E se precisarmos fazer uma fuga rápida? O que faremos então? — E assim por diante. Logo me arrependi de não tê-lo deixado dormindo e o ignorei pelo máximo de tempo possível, mas o arqueiro não parava, até que por fim rebati suas numerosas opiniões.

— Não teremos motivo para fugir rápido. Só quero dar uma olhada nas redondezas. Talvez possamos descobrir onde Sir Hugh está e quais são seus planos. Saber sua localização será uma vantagem para nós. Ele não conseguirá nos pegar desprevenidos. É melhor do que dar o azar de topar com ele por aí sem preparo nenhum. Os cavalos vão nos atrasar na cidade. Quero ser capaz de me movimentar com rapidez e de me esconder se necessário. É muito mais difícil se esconder quando se está montado a cavalo.

— Eu diria que isso depende do cavalo — retrucou ele, com os olhos me dardejando enquanto falava.

— Quê? O que depende do cavalo? Você... Pare... Isso não faz o menor sentido — balbuciei.

— Claro que faz. Estive pensando nisso durante a viagem até aqui, ensinando meu cavalo a se esconder com sucesso — brincou ele.

Maryam não conseguiu reprimir uma risada. Suspirei, exasperado.

— Quanto tempo isso vai levar? — perguntou Robard. — Estou ansioso para chegar logo a Sherwood. Quanto antes a gente entregar essa sua cerâmica, mais rápido estarei em casa e dormindo na minha própria cama.

— Não tenho a menor ideia — falei. — Vai durar o que tiver que durar. E não é "cerâmica", é o Santo Cálice do Salvador e a relíquia mais sagrada do mundo. Você não devia ser tão blasfemo.

— Bah! — disse Robard, com um certo desdém.

Maryam nos trouxe de volta à realidade.

— Tristan, tem certeza de que é uma boa ideia? Ir para Dover, quero dizer. Você, nós, poderíamos ser capturados de novo. Se Sir Hugh estiver por aqui...

— Eu sei. Mas alguns membros do regimento original ao qual me juntei permaneceram aqui quando o restante de nós partiu para o Ultramar. Se ainda estiverem na comendadoria, irão se lembrar de Sir Thomas e talvez possam nos ajudar — expliquei novamente.

Maryam balançou a cabeça, sabendo que eu não poderia ser dissuadido.

— Isso se o nosso amigo Sir Hugh não os tiver voltado contra você — murmurou ela.

— Sir Hugh... não é... não foi... muito querido por muitos membros do regimento. Duvido que conseguisse convencer a todos, traindo a memória de Sir Thomas. Mas, se vocês dois estão tão preocupados, podem ficar aqui...

— Oh, não, nem pense nisso! — interrompeu Robard. — Não pretendo deixar você sair de vista. Já passei poucas e boas indo em seu resgate.

Então, foi a minha vez de me aborrecer e também ironizar:

— Quê? Quando foi que você um dia veio em *meu* resgate? Eu o segurei no penhasco em Montségur, salvei-o de uma surra nas mãos de Philippe! Bem, na verdade foi Anjo que salvou, mas, mesmo assim, você, vindo em *meu* resgate? Acho que você está redondamente...

— Basta! Minha nossa, vocês dois discutem como as velhas da minha vila. Parem com essa besteira. Vamos! — gritou Maryam para nós e saiu com pisadas fortes, deixando a cobertura da mata para trás e seguindo morro abaixo na direção de Dover.

Robard e eu a seguimos, e depois de uma curta caminhada chegamos aos limites da cidade. A noite estava fria. Esfreguei as mãos e as envolvi com as dobras da minha túnica para me aquecer. Ficaria ainda mais frio antes que o sol voltasse a nascer. Havia uma lua crescente no céu, e alguns dos edifícios estavam iluminados por tochas. Velas ardiam nas janelas das cabanas e das lojinhas, e o brilho do fogo das cozinhas parecia dançar através das cortinas e das persianas quando por ali passávamos.

Deixamos Anjo guardando os cavalos. Ela estava cochilando tranquilamente e abriu um olho sonolento quando pedi que ficasse. Olhou-me com aquela inteligência que se expressava em seus olhos, de algum modo entendendo nossa necessidade de manter os cavalos em perfeita segurança e não fez nenhuma cena para nos seguir. Tornou-se a se virar e logo estava dormindo novamente. A pobre vira-latinha havia passado por muita coisa naqueles últimos dias.

A distância, assomando sobre a cidade, estava o castelo onde eu havia encontrado o rei Ricardo pela primeira vez, há mais de um ano. Parecia que tinha sido ontem que ficara no imenso saguão enquanto o Coração de Leão se dirigia a nosso regimento. Ao mesmo tempo, também parecia que fazia uma vida que havia caminhado por aquelas ruas.

— No que você está pensando? — perguntou Maryam.

— Nada — menti.

— Você está com a gente, escudeiro? — perguntou Robard com um tom entre provocador e sério. — Você precisa ficar alerta. Não gosto nem um pouco dessa ideia. Estou disposto a apostar meu arco com você que Sir Hugh está aqui, e provavelmente iremos esbarrar com ele a qualquer momento.

— Sim. Estou alerta, Robard. Eu estava só pensando — admiti, apontando na direção da rua seguinte. — Por aqui. Vamos para a comendadoria. Fica do outro lado da cidade.

O céu estava coberto, e, quando a lua nasceu mais tarde, as nuvens cortavam a luz. A maioria das habitações estava silenciosa, sem nenhuma luz nas lareiras. Poucas tochas estavam acesas aqui e ali, mas durante boa parte do tempo conseguiríamos nos movimentar sem sermos vistos precisamente. Enquanto andávamos, eu me vi abrindo e fechando os punhos, assim como respirando de um jeito superficial. A lateral de meu corpo ainda doía, e com certeza não seria de grande ajuda se tivéssemos de lutar para escapar. Teria cometido um erro ao nos trazer até Dover?

Disparamos pelos becos e as passagens estreitas entre as construções, tentando ao máximo ficar fora de vista. Cada passo que dávamos fazia as batidas do meu coração estrondearem em meu peito. Na verdade, havia muito pouca gente nas ruas àquela hora da noite, e tivemos pouca dificuldade em atravessar a cidade praticamente despercebidos. Eu, contudo, tinha a impressão de que o perigo se escondia nas sombras e que Sir Hugh estava atrás de cada esquina. Apesar do frio, eu não parava de suar. Minhas pernas pesavam e cada passo parecia exigir cada vez mais do meu esforço. Não parava de dizer a mim mesmo que isso tudo era apenas fruto do meu próprio nervosismo e que devia apenas ficar alerta, mas estava com dificuldade para me concentrar e minha agitação só aumentava.

Sempre que alguém aparecia na rua, agíamos como se fôssemos da cidade – caminhando casualmente, conversando em voz baixa, sem dar motivos para levantar suspeitas. Em poucos minutos, havíamos chegado à praça do mercado, no centro de Dover. Estava deserta, mas, enquanto cruzávamos as bancas fechadas, lembranças tomaram conta de mim. Pensei na manhã seguinte a que Sir Thomas me apresentou ao rei Ricardo e em como o rei havia reagido de modo tão estranho. Ele *deve* ter ordenado que a Guarda Real me seguisse naquele dia. Os guardas me rastrearam por aquelas mesmas ruas, e, se não fosse pela aparição oportuna de Sir Basil, sabe-se lá o que poderia ter acontecido comigo. Em retrospecto, era óbvio que os guardas tinham a intenção de me causar algum mal.

Depois, mais tarde, Sir Hugh me atacou no campo de treinamento durante os treinos com espadas, e Sir Thomas o avisou para me deixar em paz, sob ameaça de matá-lo. Quando Sir Thomas derrotou Sir Hugh nos campos da comendadoria, Sir Hugh disse: "Eu sei quem ele é..." Como ele poderia saber, se nem mesmo eu sabia?

Algo tirou meus pés do chão e, quando dei por mim, estava colado à parede de um prédio e com o rosto de Robard a centímetros do meu. Ele havia me arrastado para dentro de um beco depois de eu vagar distraidamente pela rua.

— O que foi? — protestei.

— O que está fazendo, Tristan? — perguntou Robard. — Você saiu pela rua sem olhar se a costa estava limpa! Está tentando nos matar?

— Não — respondi, envergonhado.

— Você precisa estar *aqui*, Tristan, não no Ultramar nem de volta à França, muito menos sonhando com a bela Celia — ordenou Robard. Corei quando mencionou o nome dela. Seria inútil protestar que ela era praticamente a única pessoa em que eu *não* estava pensando.

— Eu... eu sinto muito — falei.

E sentia mesmo. Robard tinha toda a razão para fazer o que fez. Minha atenção estava totalmente dispersa, e minha falta de foco tornava tudo mais perigoso.

Respirei fundo e tentei afastar os pensamentos sobre reis, rainhas mães e guardas reais da cabeça.

Robard deixou escapar um suspiro exagerado.

— Sentir muito não vai nos manter longe da masmorra, escudeiro. Vamos fazer aquilo que viemos fazer aqui, seja lá o que for, e voltar para os nossos cavalos.

— Certo. Claro. Desculpe, Robard. Venham. Não fica muito longe.

Continuamos caminhando, mantendo-nos escondidos nas sombras, e alguns instantes depois estávamos na rua da comendadoria, quase em frente ao portão principal. Espiando pela esquina de uma loja vazia, analisei os arredores por vários minutos. Ninguém entrava ou saía dali, mas o lugar também não tinha guardas.

— O que foi agora? — sussurrou Maryam.

— Vou entrar escondido e ver se há alguém ali dentro que possa ajudar — falei.

— Como você vai "entrar escondido"? — perguntou Robard, incrédulo.

— Não sei — respondi.

— Foi o que pensei — retrucou ele.

Eu me esforcei para pensar em alguma solução. Se eu conseguisse entrar na comendadoria sem ser visto, talvez pudesse encontrar um irmão gentil como Sir Westley ou quem sabe alguns dos escudeiros com quem eu servira e explicar a complexa situação com que estava lidando. Talvez até mesmo viesse a saber o paradeiro de Sir Hugh.

Vários minutos se passaram sem que ninguém entrasse ou saísse da comendadoria. Era hora de entrar em ação.

— Vamos, quero que vocês dois me ajudem a subir o muro — falei. — Vamos rodear os fundos, onde ficam os campos de treinamento. Será menos provável que sejamos notados ali.

— Maravilha — resmungou Robard, mas ele e Maryam me seguiram pela rua.

— Você está tentando entrar escondido em uma pequena fortaleza administrada por um grupo de combatentes armados em peso, certamente bem treinados também, que talvez tenham recebido ordens para capturá-lo — observou Maryam. — Não está vendo nenhum problema na sua estratégia?

— Nenhum — falei. Sem lhes dar tempo de responder, dei um passo adentrando a rua e, mantendo-me às sombras, movimentei-me ao longo dos fundos da comendadoria, que ficavam do lado oposto do portão principal. Primeiro, queria apenas rodeá-la, para ter certeza de que não havia ninguém por ali.

Bem nesse instante, sem qualquer aviso prévio, as portas se abriram e seis cavaleiros montados surgiram, com Sir Hugh à frente.

8

Me lancei atrás de uma carroça de duas rodas estacionada na frente do prédio. Seria um milagre se não me vissem. Olhando de relance para trás, vi que Robard e Maryam escondiam-se bem nas sombras da porta recuada do edifício, tentando desesperadamente tornarem-se invisíveis na escuridão. Deitei-me ao chão, tentando tensionar o corpo inteiro para parecer o menor possível.

Os cavalos empinaram-se em frente ao portão, depois parando na rua. A voz aguda de Sir Hugh instruía os cavaleiros, mas não consegui entender o que dizia. Levantei a cabeça e espiei por cima da carroça, mas Maryam fez um chiado distinto para me impedir de me arriscar de tal forma e, levando um susto, tornei a me lançar para baixo.

As nuvens reluziam por meio da lua nascente, que estava quase em seu ponto máximo no céu. Contemplamos a triste realização de que as sombras ao longo das construções do lado em que estávamos haviam começando a diminuir. Caso Sir Hugh e seus homens não saíssem logo, com certeza seria o nosso fim. Caso viessem em nossa direção, eles me veriam, e Robard e Maryam também não conseguiriam ficar escondidos por muito mais tempo. O ar em meus pulmões começou a sair entrecortado, e o sangue pulsando em meus ouvidos tornava difícil pensar com clareza.

O som dos cavalos galopando rua abaixo me trouxe um alívio muito acolhido. Espiei a rua por baixo da carroça. A coluna cavalgava diante de mim, com Sir Hugh à frente e os irmãos seguindo de dois em dois. Grande era o meu contentamento ao assistir a eles se afastando de nós. Estava prestes a me levantar quando toda a minha sensação de alívio se azedou.

A construção que escondia Maryam e Robard era uma pequena estalagem. Durante minha estadia em Dover, o lugar era barulhento, repleto de bêbados e festeiros. Agora tinha caído em desgraça como toda a cidade. Nenhum som vinha de lá, e as janelas estavam escuras. Ao que parecia, estava deserto.

Só que não estava.

Antes que Sir Hugh e os irmãos chegassem ao fim da rua, um homem abriu a porta e saiu carregando um balde cheio de cinzas, que provavelmente tinha a intenção de atirar na rua. A porta escondeu Robard de sua vista, mas quase tropeçou em Maryam. Depois, acabou por me ver deitado no chão atrás da carroça e berrou:

— O que é isso? O que vocês estão fazendo aqui?

Robard empurrou a porta com força para fechá-la e agarrou o homem com um dos braços, cobrindo-lhe a boca com a outra mão. O homem engasgou e deixou cair o balde, o que gerou um ruído alto ao cair no pavimento de pedra. Ele não parava de se rebater e dar chutes, e ainda tentava exclamar alguma coisa. A mão de Robard abafou seus gritos, mas não o bastante.

— Quieto! — sussurrou Maryam. — Não queremos lhe fazer nenhum mal!

Ela tentou estender a mão para acalmá-lo, mas ele continuou lutando, e seus gemidos ficavam cada vez mais audíveis.

Mantendo o olho em Sir Hugh, assisti horrorizado quando ele ergueu a mão e ordenou que seus homens parassem. Ele virou seu garanhão e voltou até onde estávamos.

— Corram! — gritei.

Disparei de onde estava e comecei a fugir. Robard e Maryam não precisaram ouvir duas vezes, e seus passos soaram atrás de mim enquanto corríamos pela rua.

— Ladrões! Ladrões! — gritou o homem.

— Parem! — ordenou Sir Hugh. — Ordeno que parem!

Nem pensar.

Quando chegamos na esquina, viramos para a via principal que nos levaria até a praça do mercado.

— Atrás deles! — gritou Sir Hugh.

Robard e Maryam tinham apertado o passo e já estavam correndo ao meu lado. Cada passo fazia minha perna inteira doer. Eu não conseguiria manter esse ritmo por muito tempo.

— Melhor pensar rápido em alguma coisa, escudeiro! — disse Robard, ofegante.

Não éramos páreo para os homens a cavalo e, de fato, a julgar pelo som de seus cascos, nossos perseguidores estavam quase nos alcançando.

— Por aqui! — gritei, disparando por um beco estreito transversal à direção que seguíamos. Essa região da cidade era quase exclusivamente comercial. O beco estava cheio de barris, pequenas carroças e outros utensílios variados, que exigiam que abríssemos caminho com todo o cuidado. Portanto, isso também significava que seria muito mais difícil para alguém a cavalo nos seguir.

O beco virava para a direita e assim continuamos correndo. O som dos cascos diminuiu e, por um breve segundo, achei que os havíamos despistado, mas pude ouvir gritos vindo da nossa frente.

— Eles estão tentando nos cercar! — sussurrou Robard.

Paramos abruptamente a poucos passos de onde o beco cortava outra rua.

— E agora? — perguntou Maryam. A ferida no meu quadril latejava. Os cavalos estavam se dirigindo até nós, mas não pude identificar de qual direção.

Ainda ofegante, pulei para cima de um barril próximo. Dali eu quase conseguia alcançar o telhado de um edifício.

— Ajudem-me a subir — pedi.

Robard ergueu as mãos por sobre a cabeça, fazendo uma espécie de plataforma. Pisei nelas com o pé esquerdo e me impulsionei para a altura que almejava. O telhado era feito de madeira e logo encontrei um apoio para subir.

— Depressa! — falei para eles.

— Agora você — disse Robard para Maryam.

— Não, você — sussurrou ela de volta.

— Quê? Não! Não temos tempo para discutir, suba agora — disse ele, ainda com as mãos unidas.

— Ah! — desdenhou Maryam. Em vez de subir como eu havia feito, ela recuou vários passos.

— O que você está fazendo? — exclamou Robard, tentando evitar que aumentasse o tom da própria voz.

— Subindo — respondeu ela.

Ela disparou numa corrida e já por uns três passos já estava na velocidade máxima. Alcançando o barril, saltou em um só pé, fazendo o outro aterrissar sobre ele, e com isso se impulsionou para cima usando a lateral da parede. Quando dei por mim, ela estava ao meu lado no teto e estendia a mão para ajudar Robard a subir.

Robard e eu a encaramos, maravilhados.

— Como... você...? — Não consegui terminar. Sempre que Maryam fazia algo admirável, eu pensava que ela não conseguiria me surpreender mais. Entretanto, o que ela fazia sempre era me surpreender.

Pudemos ouvir homens alcançando o beco. Maryam e eu estendemos a mão para Robard e cada um de nós segurou um de seus braços. Com isso, ele rapidamente subiu no telhado. Nós três nos deitamos imóveis, esperando que os cavaleiros aparecessem das sombras. Foi só o tempo de sacar minha espada e agarrá-la com força para que aparecessem dois Templários. Suas túnicas brancas com cruzes vermelhas no peito eram fáceis de identificar sob o luar suave. Eles caminharam cuidadosamente, com as espadas diante de si, verificando cada possível esconderijo.

Observamos em silêncio enquanto passavam lá embaixo. Pude ver a fumaça branca provocada pela respiração dos dois, erguendo-se na noite gelada. Se quisesse, estaria muito perto de poder dar uma coronhada neles com o cabo da minha espada.

A entrada do beco estava a cerca de trinta passos de distância. Eles esperaram até que Sir Hugh e os outros homens chegassem, ainda montados nos cavalos.

— Como assim, eles não estão aqui? — inquiriu Sir Hugh. — Vocês não devem ter visto direito. Procurem de novo.

Os dois homens se entreolharam por um breve momento, depois obedientemente se viraram e refizeram o mesmo caminho pelo qual vieram. Torci para que Sir Hugh saísse dali para começar a procurar em outra região da cidade, mas ele e seus homens lá permaneceram.

Um pequeno rangido chamou minha atenção e percebi um movimento à minha direita. Eu tinha ficado tão atento a Sir Hugh que não havia percebido que Robard tinha se apoiado em um dos joelhos e conseguido retesar a corda de seu arco. Ele o ergueu com uma flecha preparada mirando.

Sir Hugh estava apenas parcialmente visível, a parede da construção à nossa frente escondia a maior parte do seu corpo de vista. Era arriscado demais atirar, e estendi uma mão na direção de Maryam, que estava deitada entre nós dois, para segurar o braço dele.

— Shhh — sussurrou ele pra mim, tentando libertar seu braço do meu aperto.

— Robard — falei com a voz tão baixa que teve de se esforçar para me ouvir. — Não atire.

— Por que não? — questionou ele. — Quando voltar a ficar no meu campo de visão, acho que posso atingi-lo. Poderíamos terminar com isso tudo agora mesmo.

— Você consegue atirar em todos eles? Esses são os homens dele. Estamos encurralados aqui em cima. E se você errar? Eles poderiam nos deixar aqui para sempre ou até mesmo queimar o prédio conosco em cima — expliquei.

— Silêncio — ordenou Maryam. — Vocês dois idiotas vão fazer com que acabemos sendo pegos. Não quero ser atirada em outra masmorra!

Robard franziu o semblante e abaixou o arco.

— Você provavelmente seria enforcada de novo — sussurrou ele. Maryam sacudiu a cabeça.

Aguardamos, e os minutos se passavam. Pensei no Graal. Ele até então permanecera em silêncio, mas fiquei pensando se não atrairia Sir Hugh de alguma maneira também. Não podia imaginar como Deus permitiria uma coisa dessas, porém lá estava Sir Hugh esperando, a não mais que uma pedrada de distância, parecendo que algo o mantinha no lugar.

Por fim, os outros dois cavaleiros foram até Sir Hugh reportar-se a ele, que ficou furioso.

— Imbecis. Tenho certeza de que era o escudeiro. Poderia jurar. Ele veio aqui atrás de mim.

— Marechal, pode ter sido qualquer um. Talvez alguns ladrões...

— Não! Eram eles! — gritou Sir Hugh. — Continuem as buscas. Estão aqui em algum lugar!

— Sim, senhor — disse o cavaleiro.

Todos eles esporearam seus cavalos e trotaram pela rua. Todos, menos Sir Hugh. Eu estava prestes a me levantar quando ele reapareceu na entrada do beco. Ele havia desmontado e, certamente lembrando-se de Robard e seu arco, mantinha-se escondido, espiando com cuidado por trás da esquina. Observou o beco com atenção por vários minutos. Olhou para o chão e para as paredes, depois olhou para cima para estudar os telhados dos lados. Pude sentir todos nós intencionalmente esprememdo-nos contra o telhado. Fiquei de olho nele e agarrei o punho de minha espada com tanta força que achei que quebraria o cabo.

Era uma situação perturbadora. Eu poderia jurar que ele estava olhando diretamente para mim. Esforcei-me para ouvir a música do Graal, que estava em completo silêncio. Nenhuma vibração, nada. Os olhos de Sir Hugh nem por um instante vacilaram. A tensão era insuportável, e por um momento pensei em terminar tudo aquilo ali mesmo. Pularia para o chão e Sir Hugh e eu nos enfrentaríamos até que um de nós morresse.

Meus músculos se contraíram de antecipação e, justamente quando estava prestes a me levantar e saltar, Sir Hugh desapareceu de vista, sem mais nem menos. Ouvimos o som de seu cavalo trotando na escuridão, para bem longe de nós.

Levamos alguns segundos para voltar a respirar normalmente.

— O que deu nele? Viram como ele ficou ali parado? Achei que estava olhando direto para nós — disse Robard.

— Sim, foi muito estranho — concordou Maryam.

— Vamos — disse eu.

— Para onde? — perguntou Robard. — Eles estão procurando por nós. As ruas não são mais seguras para nós.

— Então não vamos usar as ruas — falei.

Sem dar tempo a meus amigos para me dissuadirem, fiquei de pé e recuei da beirada do telhado. Corri adiante com toda a força que pude reunir e aí saltei.

9

Acabei por julgar mal a distância que devia saltar. Bastante mal, na verdade. Minha intenção era saltar do beco para a construção seguinte e depois me movimentar pelos telhados, evitando Sir Hugh e os cavaleiros que nos rastreavam lá embaixo. Diferente do que pretendia, meu salto foi curto demais e bati com força na beirada do telhado e consequentemente na parede também. Tanto a madeira quanto a pedra não cederam, e muita dor voltou a irradiar no meu lado ferido. Achei que com certeza desmaiaria, cairia e quebraria o pescoço.

— Meu Deus do céu — ouvi Robard murmurar.

— O que deu nele? — perguntou Maryam baixinho.

— Não sei. Ele não quis me deixar atirar em Sir Hugh e agora está tentando saltar de telhado em telhado como um coelho ferido. Sem falar que provavelmente acordou todo mundo que mora nesses dois edifícios e a diversos quilômetros de distância também.

Tentei ignorá-los, mas eu estava, no mínimo, em uma péssima situação. Minha mão começava a se soltar do telhado, e tentei enfiar o pé na parede para me impulsionar para cima, mas não tive sucesso. Corri as mãos pelas suas tábuas, porém não havia ranhura onde pudesse enfiar os dedos. Tentava enterrar minhas botas com muita força contra a parede.

— Hum. Um pouquinho de ajuda seria útil — murmurei.

— É o que parece — retrucou Robard.

— Talvez não tenha sido claro — continuei. — Preciso de ajuda *imediata*.

Não ouvi nada por alguns instantes, exceto ruídos altos e o farfalhar de seus passos, e então tanto Robard quanto Maryam aterrissaram sem dificuldade no telhado, cada um de um lado do meu corpo. Eles me agarraram pelos braços e me puxaram.

Dobrei o corpo na altura da cintura, lutando para respirar e desejando que algo aplacasse o fogo que ardia no meu quadril.

— O plano era bom — falei. — Se ficássemos nos telhados, seria menos provável que fôssemos vistos. Só que... minha ferida... Meu salto foi um pouco mal calculado.

— Um pouco — repetiu Robard.

— É melhor irmos logo — disse Maryam. — Ouvi sons estranhos vindo do interior do edifício. Tenho certeza de que alguém, seja lá quem estiver aí, ouviu a gente... na verdade, você... aterrissar no telhado.

Não houve tempo para que eu falasse algo em minha defesa. Atravessamos o edifício e saltamos para o seguinte. Muitas das construções tinham apenas poucos centímetros de distância entre uma e outra. Algumas permitiam que simplesmente andássemos de um telhado para o outro. Robard mantinha o arco a postos. Maryam não sacara as adagas ainda, pois não queria que a luz do luar se refletisse nelas. Mantive minha espada na bainha pelo mesmo motivo.

Fomos o mais longe que pudemos, voltando para a praça do mercado. Ali as ruas se alargavam e não era mais possível seguir a estratégia pelos telhados. Descobrimos uma alcova completamente escurecida em frente à praça e descemos. Parecia deserta; Robard e Maryam eram a favor de que voltássemos o mais rápido possível para onde estavam nossos cavalos. Algo, entretanto, me obrigava a ter cautela. Havíamos perdido a pista de Sir Hugh e seus homens, e não queria correr o risco de topar com eles novamente.

Entendi por que fui a Dover. Sir Hugh estava bem ali. Talvez mantivesse outros cavaleiros patrulhando os campos ou quem sabe até mesmo alguns guardas do rei, mas era ele quem nos procuraria com mais afinco, sem deixar margem para o acaso. Nenhum celeiro vazio, caverna ou buraco onde pudéssemos nos esconder passaria batido. Ele não nos pegaria desprevenidos novamente. Poderíamos decidir a melhor maneira para chegar a Rosslyn, já que sabíamos do paradeiro de Sir Hugh. Isso se não fôssemos apanhados ali mesmo, claro.

Robard preparou uma flecha.

— Robard, uma coisa — falei. — Esses cavaleiros. Muitos deles estão apenas cumprindo ordens. Por favor, não mate nenhum, caso possa evitar.

— Humm — foi tudo o que Robard disse enquanto se preparava para um ataque potencial. Ainda não estávamos a salvo.

A praça do mercado ficava no cruzamento das duas principais avenidas de Dover. As ruas não só se expandiam, mas eram pavimentadas com pedras. Um círculo de construções a rodeava e, à noite, quando estava deserta, descobri que o som se propagava com muita facilidade. Embora pisássemos com cuidado, cada ruído que fazíamos reproduzia ecos e não pude imaginar como evitaríamos ser notados.

Nos locomovemos bem próximos dos edifícios que rodeavam a praça e aproveitamos suas sombras e limiares para nos esconder.

Independentemente de nossos esforços, em algum momento teríamos que atravessar uma das ruas largas e ficaríamos expostos. Não tínhamos escolha.

Quando saímos das sombras e corremos até a rua mais próxima, os cavaleiros foram imediatamente atrás de nós. Sir Hugh havia planejado bem, mantendo seus homens fora de vista e bem no final da avenida. Quando atravessamos, nossas silhuetas ficaram claramente visíveis. Os cavaleiros investiram adiante, e o barulho de seu avanço soou como trovão.

Robard se posicionou e mirou no homem mais próximo. Atirou sem alarme e logo ouvimos um grito, assim como o som de uma cota de malha e de uma armadura caindo no chão. Torci para que Robard não o tivesse matado. Esses homens haviam sido enganados por Sir Hugh, falei a mim mesmo, sem querer conviver com a culpa de matar ou ferir inocentes.

Havia dois homens a cavalo em cada rua que levava à praça do mercado. Gritos e ordens eram bradados ao nosso redor, enquanto o som de cascos batendo nas pedras do calçamento se tornava cada vez mais alto.

— Robard! — gritei quando um deles estava quase sobre nós.

A flecha de Robard zuniu e passou pelo homem, que se amparou atrás do pescoço de seu cavalo. Robard puxou mais uma flecha de sua aljava, mas não tínhamos tempo. Então uma carroça vazia veio disparando pela rua entre nós. O cavalo recuou e quase colidiu com ela. O homem se viu instantaneamente desmontado e caiu com força no chão, estupefato.

— Depressa! — berrou Maryam.

O fato de ela ter pensado rápido foi o que nos salvou. Corremos para o centro da praça, disparando por meio do labirinto de barracas fechadas e carroças vazias. Os cavaleiros teriam de desmontar para nos pegar, mas, por outro lado, também estávamos encurralados. Vi de relance Sir Hugh nos rodeando a cavalo, ordenando que seus homens desmontassem para nos seguir a pé. Robard atirou uma flecha na direção dele, fazendo-o saltar de sua montaria com um grito agudo. Isso encorajou Sir Hugh a esconder-se do outro lado de seu cavalo garanhão para não oferecer nenhuma possibilidade de mira a Robard.

— O que vamos fazer? — perguntou Robard. — Estamos encurralados.

Tentei pensar no passo seguinte.

— E se ele mandar que um de seus homens vá à comendadoria para trazer mais ajuda? — perguntou Maryam.

— Se ainda houver um regimento completo por lá, espero que o tenha destacado para patrulhar os campos... De qualquer maneira, eles têm todas as saídas cobertas. Acho que tentarão nos vencer pelo cansaço. Não vão querer enfrentar um arqueiro de perto. Estamos relativamente a salvo por enquanto — falei.

Fechei os olhos, me esforçando para me concentrar. Robard se levantou, com o arco a postos, e pude contar as poucas flechas remanescentes em sua aljava. Isso não era bom. Nada bom. Meus pensamentos foram interrompidos pelo grito do próprio arqueiro:

— Cuidado!

Ele me empurrou com força para o lado. Um disparo de uma besta foi em cheio no poste de madeira bem onde eu estivera ajoelhado. Eu odiava as bestas.

Nós nos abrigamos como pudemos enquanto vários outros disparos voavam em nossa direção.

— Robard, fique abaixado — exigi. — Se tentarem atrair você para longe de nós... Não podemos perder você.

— Não vou a lugar nenhum, escudeiro. E nem você. E muito menos a... Tristan... onde está Maryam?

De onde eu me escondia, olhei ao meu redor e tentei avistar todas as direções possíveis, mas ela não podia ser vista de forma alguma. Ou era realmente ótima em se esconder ou havia desaparecido no ar.

— Eu não sei — respondi. — Maryam? Maryam, onde você está? — chamei baixinho.

— Droga! — exclamou Robard. — O que essa Assassina está aprontando? Se ela for pega de novo... — Robard tentou parecer irritado, mas estava preocupado. Eu sabia que ele lutaria com os cavaleiros até com as próprias mãos antes de permitir que causassem qualquer mal a ela.

— Talvez ela esteja procurando uma rota de fuga — disse eu, otimista. — Precisamos sair daqui. Maryam é mais do que capaz de cuidar de si.

Permanecemos ocultos da vista dos cavaleiros. Nossos inimigos pareciam à vontade em nos manter onde estávamos, com a ajuda das malditas bestas. Vez ou outra, atiravam um dardo em nossa direção, mas estávamos bem-escondidos. Robard não tinha um ângulo bom para disparar, nem tempo para se levantar e atirar; portanto, aguardamos.

— Talvez eles a tenham apanhado — lamentou Robard, mantendo um tom de voz preocupado.

— Não. Se tivessem, Sir Hugh a estaria usando para fazer com que a gente se rendesse. Ele não a capturou.

Robard murmurou palavrões entre os dentes. Nossa situação estava começando a esgotá-lo.

— Você devia ter me deixado atirar em Sir Hugh no beco — reclamou ele amargamente.

Eu não disse nada. Era hora de agir.

— Vamos — falei. — Esperar não vai nos levar a nada. Precisamos dar um jeito de sair daqui.

Minha ferida fazia com que dobrar o corpo na altura da cintura fosse dolorido, mas ficar de pé significaria morte instantânea. Não tive outra escolha senão me agachar o melhor que pudesse e arrastar-me até a extremidade sul da praça do mercado. Mais um disparo foi contra o chão à minha frente e me joguei atrás de uma carroça.

Robard aterrissou ao meu lado logo depois.

— Estamos perdendo tempo — murmurou ele.

Tentei me levantar para saber onde os cavaleiros haviam se prontificado, mas outro dardo fincou-se na madeira a poucos centímetros do meu rosto e tornei a me jogar no chão.

— Eles estão se aproximando — lamentei.

— Pois eu digo para atacá-los! — disse Robard entre os dentes cerrados, começando a se deixar levar pela raiva.

Foi então que, embora eu não tivesse desejado que tudo acontecesse assim, nossa salvação chegou. Da escuridão, uma tocha incandescente veio girando em nossa direção, seguida rapidamente por outra. A primeira aterrissou sem causar danos no chão de pedra e se apagou, mas a outra bateu contra uma barraca com cobertura de lona e o tecido começou a pegar fogo. Sir Hugh estava disposto a queimar toda a praça do mercado apenas para nos pegar. Tive vontade de correr e apagar o fogo antes que ele se espalhasse, sem desejar que um pobre vendedor perdesse seu ganha-pão, mas fiquei onde estava, com medo dos dardos das bestas.

A brisa atiçou as chamas. Em poucos instantes, a estrutura de madeira da barraca também começou a queimar. Depois, semelhante foi o destino da barraca seguinte, e um incêndio propriamente dito começou a se estabelecer.

— Robard — disse eu —, essa é a nossa chance! Logo a fumaça vai ficar bem espessa e poderemos seguir ao sul.

Quando chegou a hora e o ar já estava denso com o cheiro de queimado, Robard se levantou e mirou seu arco.

— Robard... O quê...?

Ele lançou a flecha antes que eu completasse minha pergunta e no mesmo instante pude ouvir um grito de agonia vindo da direção em que ele mirou. Robard voltou para o chão com rapidez, quando dois dardos cortaram o ar no exato ponto em que sua cabeça estava antes.

— Como você...? — perguntei, sem compreender como ele era capaz de atingir um alvo que não podia ver.

— Medi onde ele estava e memorizei o ponto certo para atirar — explicou ele. — Um cavaleiro a menos. Sugiro que a gente vá andando. Você está parecendo mais fraco, Tristan. Consegue fazer isso?

— Por aqui — falei, ignorando sua pergunta, pois, na verdade, a lateral do meu corpo doía excruciantemente. Porém, com a fumaça se enovelando ao nosso redor e as chamas lambendo o céu de lua crescente, me senti encorajado para correr de barraca em barraca em meu passo de caranguejo. Com alguma sorte, usufruiríamos de segundos preciosos antes que nossa movimentação fosse desvendada.

Paramos atrás de uma enorme carroça de legumes e esperamos. Estávamos quase nos limites da praça do mercado e as chamas se moviam em nossa direção. Com o fogo atrás de nós, não tínhamos outra escolha. As labaredas despertaram um brilho na escuridão e, atrás de nós, na rua, vimos dois cavaleiros guardando a saída mais próxima, com bestas a postos, esperando para que nos mostrássemos. Se partíssemos para o ataque, seríamos atingidos antes do primeiro passo. E se Robard se levantasse e retesasse o arco poderia até atingir um deles, mas seria alvo fácil para o outro.

Tossi enquanto a fumaça se espessava. Os cavaleiros se esforçaram para descobrir de onde tinha vindo o som da minha tosse entre os contínuos ruídos provocados pelo estalar do fogo.

Então, chegou o momento em que nossa sorte virou. Gritos de alarme cortaram a calada da noite, e os cidadãos de Dover eram os responsáveis por eles. "Fogo! Fogo!", vozes ressoavam pela noite. No fim da rua, além das sombras, avistei uma movimentação enquanto dezenas de homens e mulheres se apressavam até a praça do mercado.

— Robard, essa é a nossa chance — disse eu.

— E Maryam?

— Uma coisa de cada vez.

Agarrei o puxador da carroça atrás da qual estávamos escondidos e o empurrei. Robard se juntou a mim, e as rodas giraram enquanto manobrávamos a carroça na direção dos cavaleiros, a vinte metros de distância. Distraídos pela multidão que se reunia, eles não nos notaram a princípio, mas logo um se virou quando estávamos quase em cima dele e atirou com a besta. O disparo balançou a carroça, sem causar danos; porém outro disparo veio em seguida, partindo de seu companheiro, entrando mais fundo na madeira, perto da minha mão. Abafei um grito com o susto que levei e empurrei a carroça com mais força ainda, fazendo-a ganhar velocidade. Sem tempo para retesar o arco das bestas, os cavaleiros deixaram-nas cair no chão e estavam prestes a sacar suas espadas quando, enfim, os alcançamos.

Fomos imediatamente rodeados por uma multidão de cidadãos alucinados, que clamavam e gritavam. Avistei Sir Hugh a cavalo, tentando abrir caminho à força pela multidão, a fim de chegar até nós.

— O cavaleiro ali, aquele montado a cavalo, foi o responsável pelo fogo! — berrei, apontando freneticamente.

Um homem me olhou, confuso e desapontado.

— Ele! Ele! — gritei, apontando de novo para Sir Hugh. — Foi ele quem ordenou que a praça do mercado fosse incendiada!

Alguns homens me deram ouvidos e saíram atrás dele. Sir Hugh estava tentando desesperadamente reunir os cavaleiros restantes para nos seguir, mas toda a área era um mar de confusão, com mais e mais pessoas surgindo nas ruas a cada segundo. Pelo menos naquele momento havia uma multidão enraivecida nos separando de nosso perseguidor.

Robard e eu corremos, abrindo caminho entre a aglomeração. Ele segurava o arco pronto para atirar, e eu havia desembainhado minha espada. Ele gritava e xingava, e sua aparente loucura nos conquistou um caminho mais amplo mediante a multidão efervescente, em que todos corriam na direção do fogo. Alguns indivíduos carregavam baldes de água e torci para que conseguissem controlar as chamas antes que o fogo se espalhasse ainda mais pela cidade.

Rapidamente olhei de lance por cima do meu ombro e vi Sir Hugh, ainda incitando seu cavalo por meio da multidão. Ele segurava a espada acima da cabeça, como se ordenasse que as massas se apartassem, mas suas palavras eram engolfadas pelo caos. Na nossa tentativa de fuga perdi a conta de quantos cavaleiros ainda estavam em condições de combater, embora continuássemos em desvantagem numérica.

— Jamais iremos conseguir! — berrei para Robard. — Depois que ele afastar a multidão, vai nos alcançar a cavalo!

"Robard, ali! — exclamei. Um cavalo sozinho, pertencente a um dos homens de Sir Hugh, vagava em nossa direção, mas depois se afastou, assustado com as chamas que ainda avançavam. — Vamos!"

Corremos na direção dele, e eu agarrei as rédeas, dando conta de subir desajeitadamente na sela enquanto Robard subia na garupa.

De forma vagarosa, a multidão abriu espaço e incitei o cavalo para diante.

— Tristan!

Ouvi meu nome ser gritado entre o barulho que nos rodeava. Um familiar grito de guerra ululante veio logo em seguida.

— Olhe! — falei para Robard.

Lá estava Maryam, de pé no lombo de seu cavalo, preocupada que alguém na multidão tentasse puxá-la da sela. Ela conduzia nossa outra montaria atrás de si e pude ouvir Anjo latindo sem parar. A multidão se movia como água diante dos cavalos trovejantes de Maryam. Ela conteve as rédeas a poucos passos à nossa frente e caiu sentada sobre a sela de seu cavalo com facilidade. Anjo corria para a frente e para trás entre Robard e mim. Eu a elogiei por ter guardado os cavalos de modo tão admirável.

— Sugiro que cavalguemos — disse Maryam, sorrindo.

10

Robard montou o terceiro cavalo, viramos para o sul e abrimos caminho pela multidão. Um olhar de relance me informou que Sir Hugh ainda estava ocupado com a massa de pessoas, muitas delas irritadas com ele por haver provocado o incêndio.

— Rápido! E fiquem abaixados! Eles ainda têm bestas! — gritei por cima da desordem.

Não era possível galopar facilmente entre as dezenas e mais dezenas de cidadãos ainda correndo em direção ao centro da cidade. Robard xingou e exortou todos que dificultavam a nossa passagem.

— Deixem-nos passar! Saiam da frente! Temos assuntos urgentes para tratar com o rei! — gritou ele.

Com o rei? Abrimos caminho na base de empurros e falsas bajulações e ao olhar para trás vi um cavaleiro em sua montaria retesando uma besta.

— Atrás de nós! Para baixo! — gritei o mais alto que pude.

A flecha silvou entre mim e Robard, atingindo alguém na multidão. Ouvi um grito de dor, e as pessoas abriram passagem até que avistassem um velho senhor deitado na rua com a pequena flecha saindo de seu ombro. A cena deixou os cidadãos confusos. Primeiro, a praça da cidade fora incendiada e então alguém estava atirando neles a sangue frio.

— Vão! Continuem em frente! — berrei, resistindo ao impulso de parar e ajudar o homem. Sir Hugh estava ganhando vantagem, e nossa presença apenas colocaria em risco ainda mais inocentes.

— Foi aquele homem ali! — berrei, virando-me na sela e apontando para o cavaleiro que havia atirado. — Foi ele quem fez isso com nosso concidadão!

Na frenética confusão, a multidão era fácil de ser manipulada. Dezenas de pessoas rodearam o meu cavalo, correndo pela rua na direção do cavaleiro montado. Embora ele fosse um Templário, alguém que esses camaradas talvez até conhecessem, eles haviam testemunhado o que havia acontecido e desejavam vingança.

Maryam e Anjo estavam mais à nossa frente e livres da pior parte da massa ensandecida que Robard e eu ainda enfrentávamos. Não demorou muito para que nos livrássemos também e então déssemos rédea aos cavalos. Precisávamos aumentar a distância entre nós e Sir Hugh, assim como de seus homens. Em instantes, atingimos os limites de Dover e entramos nos bosques do interior.

— Vamos para o sul! — gritou Robard, por meio do barulho dos cascos dos cavalos.

— Precisamos fugir primeiro para depois nos preocupar com a direção — respondi.

O céu de lua nascente dificultaria que víssemos os perseguidores antes que pudéssemos ouvi-los, e já estariam quase em cima de nós. O terreno era acidentado e cheio de árvores grossas que exigiam que fôssemos muito mais devagar do que eu desejava, mas não podíamos nos arriscar a dar de frente com algum galho baixo.

Subimos num morro a mais ou menos dez quilômetros de Dover e paramos diante da linha das árvores por um instante. A lua continuava brilhando atrás da cobertura de nuvens, portanto havia luz apenas o suficiente para nos guiar. Descansamos ali por um momento com os cavalos ofegantes. Anjo caiu no chão, arfando, observando o caminho de onde viéramos.

— Estamos perto demais da cidade — disse Maryam. — Eles logo estarão aqui...

Ela foi interrompida por Anjo, que se levantou de um pulo e, com o corpo rígido, ressoou um baixo rosnado de sua garganta. Ela deu alguns passos e parou, inclinando a cabeça para o lado.

— Alguém está vindo — disse Robard.

E, de fato, a distância pude distinguir o som dos cascos de outros cavalos e os gritos de homens. Sir Hugh e seus cavaleiros remanescentes haviam se livrado da multidão enfurecida e ainda estavam atrás de nós.

Cavalgamos, nos esforçando ao máximo para dificultá-los em sua empreitada.

— Eles têm montarias melhores! — exclamou Robard em meio ao barulho dos cascos de cavalos contra o chão. — Não vai demorar para que nos alcancem!

Ele tinha razão. Com exceção do cavalo que eu conduzia, as montarias de Robard e Maryam eram menores e muito menos resistentes do que os cavalos de batalha montados pelos homens em nosso encalço. O que ganhávamos em capacidade de manobrar com mais facilidade pelos bosques, perdíamos pela velocidade e o vigor dos cavalos de nossos inimigos.

— Melhor você pensar em alguma coisa. E rápido! — exigiu Maryam. — Minha pobre égua está prestes a entrar em colapso.

Descemos pela beirada de outra elevação e, à nossa esquerda, avistei um matagal elevado com arbustos densos e árvores variadas, entre mudas e sempre-vivas. Embora fosse inverno, aquelas árvores ainda envergavam folhas mortas, e a cobertura do chão nos esconderia bem.

— Parem! — disse eu, puxando as rédeas do meu cavalo para que parasse. — Por aqui.

Virei em direção ao matagal. Por sorte, havíamos passado pelo mesmo terreno na viagem até Dover e eu me lembrava de uma pequena ravina que cortava o chão da floresta, não longe dali. Se tivesse sorte, talvez conseguisse enganar Sir Hugh.

— Vocês dois esperem aqui — falei. — Escondam-se, vocês e os seus cavalos.

Maryam e Robard não fizeram objeção e desmontaram rapidamente. Apanhei o alforje do meu ombro e atirei-o para Robard.

— Se eu não voltar, se Sir Hugh me pegar, você sabe o que deve fazer. Leve isso ao padre William na Igreja do Santo Redentor em Rosslyn. Não venha tentar me salvar, ele vai me matar de qualquer jeito. Ele só não pode colocar as mãos nisto.

— O que você vai fazer? — perguntou Maryam.

— Não se preocupe. Tenho um plano. — Sorri. — Venha, Anjo. — Virei o cavalo e comecei a me afastar num trote. — Robard, deixe uma flecha preparada. Você vai me ouvir voltando pelo matagal antes de ser capaz de me ver. Eu vou gritar *"Beauseant"*; assim você saberá que sou eu. Entendido?

— Como vou saber que não é Sir Hugh berrando *"Beauseant"* quando estiver prestes a nos atacar? Vocês Templários adoram essa palavra. Vocês se acham uns baitas guerreiros. E se...

— Robard! — Eu quase gritei, tentando manter o tom da minha voz controlada.

— O que foi? — respondeu ele. Robard muitas vezes ficava um tanto falante quando estava combatendo. Ou prestes a combater. Ou depois de combater.

— Simplesmente fique alerta. Eu não vou demorar.

Anjo e eu os deixamos na mata e voltamos até o ponto onde havíamos cortado caminho em direção ao matagal. Virei o cavalo e incitei-o com força, esperando não me perder na escuridão. Ao longo do caminho, não fiz nenhum esforço para esconder minha trilha, mas quebrei galhos de árvores por onde passava e manobrava pelo chão onde quer que encontrasse lama. Sempre que parava para escutar, não ouvia ninguém, mas sabia que estavam a caminho e que eu tinha uma vantagem com Anjo ao meu lado, que os ouviria e farejaria muito antes que me alcançassem.

Atravessamos outro aglomerado denso de árvores. A suave luz do luar revelou a entrada da pequena ravina que cortava o chão da floresta, e eu esperava usá-la em nosso favor. Sem me dar tempo o suficiente para questionar meu próprio plano, virei o cavalo para descer a encosta íngreme e chamei Anjo para que me seguisse. Seguimos pelo desfiladeiro cheio de curvas até encontrarmos um local adequado. O tempo era nosso inimigo. Bastariam alguns minutos para que me rastreassem até aqui.

Sir Hugh estava enlouquecido em sua perseguição e desesperado para recuperar o Graal. Apesar disso, eu acreditava também que ele seria cauteloso. Para começar, embora eu tivesse feito um enorme esforço para conduzi-los diretamente até onde me posicionei, ele não tinha como saber qual de nós estava aguardando na escuridão e podia muito bem ser Robard e seu arco. O receio de Sir Hugh me daria uns poucos minutos a mais. Era todo o tempo de que eu necessitava para esquematizar tudo o que tinha em mente.

A ravina era rochosa, cheia de pedregulhos, árvores e arbustos. Andei alguns metros para a frente até encontrar aquilo que estava procurando. Um galho de árvore havia caído da copa acima dentro da ravina. Tinha mais ou menos dois metros de comprimento e era perfeito para o meu plano.

Com a minha espada o cortei ao meio. Rasgando um pedaço de tecido da minha túnica, formei uma cruz com os pedaços do galho e com mais algumas faixas de tecido consegui amarrá-lo firmemente na sela, de modo que os dois "braços" ficassem estendidos no ar, como os de um homem sem cabeça. Com rapidez, retirei minha túnica marrom de servo e com ela envolvi os galhos que formavam a cruz. À distância, pareceria que eu continuava montado no cavalo.

Anjo rosnou de novo, olhando atentamente para trás. Os cavaleiros estavam a caminho. Amarrei as rédeas ao redor do cabeçote da sela e aguardei. Às minhas costas, aumentavam cada vez mais o som dos cavalos e o suave tilintar das cotas de malha. Fechei os olhos. Minha ideia era convencê-los de que nosso grupo havia se separado e que Robard, o arqueiro, os esperava justamente ali, pronto para trazer com seu arco a perdição para eles. Concentrei-me em lembrar o som da fala de Robard. A voz dele era um pouco mais grave do que a minha. Por fim, quando me sentia pronto, pesei o tom da minha voz e gritei aos homens que se aproximavam:

— Podem vir! Vou fazer vocês comerem de colherinha pena de ganso com casca de árvore, direto do arco de um arqueiro do rei! Não vou me render, e vocês não vão me tirar daqui vivo!

Todo som e movimento se cessaram no fim da ravina. Deviam ter parado para refletir sobre minhas ameaças.

— O que foi? Não gostam dos arcos longos? — gritei.

Ainda nenhum som.

— Então tentem me pegar! — gritei, e dei um forte tapa nas ancas do cavalo, que saltou para a frente e disparou pela ravina, fazendo minha túnica bater ao vento.

— Venha, Anjo — sussurrei.

Andamos mais alguns metros e encontramos uma pequena coleção de rochas e arbustos, grande o suficiente para que nos escondêssemos. Estaríamos invisíveis para qualquer um que se aproximasse pelo lado oposto.

O som do meu cavalo diminuiu. A floresta estava quase parada. Mas então ouvi ruídos provenientes de couro e o passo lento de outros cavalos. Eles haviam ouvido minha montaria se afastar e estavam vindo investigar.

Com minha espada em punho e Anjo tremendo de raiva ao meu lado aguardamos. Lentamente, pudemos ouvir a aproximação contínua dos cavaleiros. Eu não podia arriscar uma espiadela por cima das rochas que nos protegiam. Qualquer movimento poderia ser identificado.

Enfim, um único cavaleiro apareceu. Ele não estava a mais de dez metros de distância, porém mantinha os olhos voltados para a frente na procura de uma emboscada. O corpo de Anjo se sacudiu e eu o segurei com a mão que estava livre, silenciosamente implorando para que permanecesse imóvel. Ele passou por nós, sem olhar na nossa direção. Então, surgiram outro cavaleiro e, depois, mais outro.

Eu não havia percebido naqueles primeiros instantes de tensão, mas ao meu redor vibrava o zumbido do Graal. Os homens de Sir Hugh estavam tão perto de mim que quase poderia esticar o braço e tocar no ombro de cada um deles. E, tal como muitas vezes antes, a música me envolveu como um cobertor. Soube então que eu estava a salvo. Eles não me encontrariam aqui. Seus cavalos não sentiriam meu cheiro e não rinchariam em alerta. Seus olhos veriam as sombras das rochas e das raízes que dominavam o desfiladeiro, mas não a mim. Acreditei que seria possível até sair caminhando pela ravina na frente de Sir Hugh que ele não veria nada. Portanto, em todos aqueles meses, ainda não havia testado o milagre da salvação que o Graal me concedera tantas e tantas vezes, e não era naquele momento que iria fazer isso.

O cavaleiro à frente ergueu as rédeas, e os demais pararam, olhando ao redor lenta e cuidadosamente. Quantos havia ali? Pude ouvir o murmúrio do que conversavam entre si. Pude ouvir cascos de cavalos contra o solo, tanto acima quanto de ambos os lados da ravina. Sir Hugh havia ordenado que alguns de seus homens seguissem a ravina por cima.

Ouvi sua voz. Ele era um dos que faziam a inspeção na parte de cima, esperando estar a salvo das flechadas.

— Alguma coisa? — berrou ele.

— Não, senhor — um deles respondeu.

— Ele deve ter escapado — ponderou Sir Hugh. — Movam-se!

Eles esporearam os cavalos e em breve desapareceram de vista. Dei um grande suspiro de alívio. Contei até cem para ter certeza de que não voltariam para confirmar que eu não havia me escondido deles. Depois, contei até cem de novo, só por precaução, antes que Anjo e eu nos apressássemos a voltar pela ravina, seguindo para o matagal onde havíamos deixado Maryam e Robard. Realmente me distanciei e levei quase meia hora para percorrer todo o caminho de volta.

Ao nos aproximarmos do esconderijo me lembrei de como os dedos de Robard estavam coçando para o combate. A última coisa de que precisava era surpreendê-los e acabar levando uma flechada.

Quando eu estava a cinquenta passos de distância, chamei em voz baixa:

— *Beauseant!*

Nenhuma resposta.

— *Beauseant!*

Ainda nada.

— Robard! Maryam, onde...

Minhas palavras foram abafadas quando, de minha direita, surgiu um vulto e algo caiu bem em cima de mim, derrubando-me com força no chão. Meu rosto foi empurrado com dureza em cima da terra e o ar escapou de meus pulmões. Alguém puxou minha cabeça para trás e algo frio e afiado foi posicionado contra o meu pescoço.

— Maryam, sou eu, Tristan — falei por entre os dentes cerrados.

— Levante-se devagar. — A voz de Robard veio de algum lugar acima de mim, mas não pude vê-lo porque minha cabeça estava enfiada na terra.

— Sou eu. *Beauseant?* Lembra? — Tossi.

Maryam me soltou e soltei um grunhido de dor, levantando-me devagar. Quando me coloquei de pé, descobri que me via cara a cara com o arco retesado de Robard, cuja flecha estava apontada para o meu peito. Ele o abaixou devagar.

— É você! — disse ele, alegremente.

— Quem você estava esperando? — retruquei, esfregando a lateral do meu corpo onde a ferida começava um novo surto de ardência, já que tinha acabado de ser lançado ao chão.

— Não reconhecemos você sem a túnica. Achamos que Sir Hugh houvesse enviado alguém parecido com você ou talvez tivesse lhe torturado até você contar onde estávamos escondidos — explicou Robard enquanto guardava a flecha em sua aljava.

— E isso tudo aconteceria só nesse tempinho que fiquei fora? — perguntei, incrédulo.

— Nunca se sabe — disse ele. — Ele é um cara cheio de artimanhas, aquele Hugh. Melhor prevenir.

— Bom, ele não me capturou, nem me torturou. Na verdade, o tratamento mais duro que recebi foi dos meus dois supostos amigos — falei sarcasticamente, ainda esfregando meu lado ferido. — E você! — Continuei olhando com dureza para Anjo. — Nem me avisou que eu estava prestes a ser atacado? Nem uma rosnada ou um latido?

Anjo me olhou com a cabeça inclinada, depois balançou o rabo. Claro que não latiria para Robard ou Maryam. Olhou para mim como se dissesse "você já devia saber".

Robard e Maryam tornaram a dividir um cavalo, e com um gemido consegui subir no meu. Cavalgamos para o norte dessa vez. Não havia dúvida de que Sir Hugh e seus homens apanhariam o meu cavalo. Antes que nos rastreassem, já queria estar o mais longe possível.

A viagem continuou difícil por meio do matagal fechado, mas não demorou para que encontrássemos um regato de águas rasas, pelo qual seguimos por vários quilômetros. Ele esconderia nossas pistas e dificultaria que fôssemos seguidos. A lua continuou descendo atrás das nuvens e, em breve, o dia iria nascer. Precisávamos decidir se continuaríamos adiante, arriscando que alguém nos visse, ou se iríamos para a terra firme, dando a Sir Hugh tempo de nos alcançar.

— Você acha que o despistamos? — perguntou Robard depois que havíamos cavalgado por algum tempo.

Como resposta, forcei meus calcanhares contra as laterais do corpo do meu cavalo para que fosse mais rápido. Se havíamos despistado Sir Hugh, não seria por muito tempo. Disso eu tinha certeza.

I I

Cavalgamos durante o restante da noite sem nos atrever a parar, a não ser para descansar brevemente e dar água aos cavalos. Robard ia na frente na maior parte do tempo, com o arco sempre retesado e preso pela transversal do cabeçote de sua sela. Toda a agitação em Dover havia me cansado consideravelmente. Minha ferida latejava, e não demorou para que cada passo do meu cavalo enviasse uma jorrada de dor pela lateral do meu corpo.

Quando estávamos além da cidade, enfim a salvo, voltamos para o norte e seguimos num ritmo tranquilo, aliviando o esforço dos cavalos. Seguimos por uma trilha bem marcada, apesar de pouco percorrida, que cortava a floresta. Perto do nascer do dia, rodeamos uma curva e encontramos uma ponte de madeira bruta sobre um riacho, cuja passagem parecia razoavelmente larga. A área ao nosso redor era então pantanosa e úmida, e a ponte estava construída em um lugar perfeito, abarcando o trecho mais profundo do riacho e levando à terra seca do outro lado. Era feita de tábuas de madeira sem tratamento e parecia ampla o bastante para que passasse um homem a cavalo, só não muito mais do que isso.

Robard entrou a meio galope na ponte. De repente levamos um grande susto, pois um homem surgiu do outro lado. Ele era alto, quase gigantesco, calçava perneiras simples e trajava uma túnica negra com um capuz que obscurecia seu rosto. Com sua mão enorme, sacolejou um cajado de madeira e com a outra fez um gesto adiante.

— PAREM! — ordenou ele.

O cavalo se assustou e quase reagiu de maneira desmedida, mas Robard lutou para mantê-lo sob controle. Os dois poderiam facilmente ter caído nas águas lamacentas. Sem espaço para se virar, Robard lentamente recuou até sair da ponte.

— Quem é você? Por que ordena que paremos? — gritou ele.

— Essa ponte é minha. Se deseja atravessar, precisa pagar um pedágio! — gritou de volta o homem misterioso. Sua voz me soava familiar e parecia despertar algo em minha memória, mas de forma muito vaga. Infelizmente, Robard já estava denunciando seu pavio curto.

— Pedágio? Pagar para atravessar? Ah, acho que não!

— Então tente passar por sua conta e risco — retrucou o homem. — Não vai atravessar sem pagar. Duas cruzetas cada!

— Robard, não se incomode com isso. Podemos ir mais para o norte e encontrar outro ponto para cruzar o riacho — argumentei.

— Besteira! Não acredito, nem por um instante, nesse maldito. Pedágio, uma ova! Não vou ser intimidado por alguém que mais me parece um ogro, ainda mais quando a única questão é atravessar um mísero riacho. Isso aqui não é a Terra Santa. É meu país, e não vou tolerar isso.

Robard saltou do lombo do cavalo e estendeu as rédeas para Maryam.

— Robard, o que você está fazendo? — perguntou ela. — Tristan tem razão. Isso não vale a pena. Podemos encontrar outro lugar para atravessar mais adiante.

— Não vai demorar nem um minuto — disse ele.

Robard retirou o arco e a aljava, pendurando-os na sela, e sacou a espada de batalha de Sir Thomas, já que eu ainda estava fraco demais para carregá-la. Ele marchou até a ponte e caminhou devagar em direção ao centro, aos berros enquanto o fazia:

— Certo, sua pilha miserável de estrume de furão! Vai cobrar para que eu atravesse uma ponte, é? Acho que não!

O homem caminhou lentamente e sem medo até Robard, batendo de leve o cajado nas tábuas de madeira. Maryam e eu contivemos a respiração: ele era imenso, o maior homem que já havia visto, quase uma cabeça inteira mais alto do que Robard.

— Oh, não — disse Maryam.

— Oh... sim... — falei. E em seguida gritei: — Robard! Espere! Volte aqui!

Pois quando o homem chegou no meio da ponte, retirou o capuz e lá estava John Little, o ferreiro de Dover que forjara minha espada e me salvara dos rufiões enviados em meu encalço pelos guardas do rei.

Entretanto, Robard não ouviu minha súplica. Em vez disso, ergueu a espada acima da cabeça e com um berro poderoso iniciou sua investida.

Encolhendo-me de modo servil, saltei do cavalo e manquei o melhor que pude atrás de Robard, desesperado para salvar meu amigo do golpe que estava a receber. Porém, era tarde demais. Robard correu para mais adiante, berrando a plenos pulmões. John Little ficou parado, em silêncio, segurando o cajado com folga entre as duas mãos, e observou o ataque de Robard expressando uma ligeira perplexidade.

Quando Robard estava a poucos centímetros de distância do homem gigantesco, recuou e emitiu um golpe poderoso. A espada varreu o ar à sua frente e por um instante temi que ela atingisse e matasse o pobre John.

Mas, com uma agilidade incomum para seu tamanho imenso, Little John se desviou do golpe com facilidade, e seu cajado disparou como a língua de uma serpente, derrubando Robard com uma cajadada na parte de trás de seus joelhos. O arqueiro caiu sobre seu próprio corpo como se fosse um pedaço de sucata, e John pisou na lâmina da espada, apanhando-a sem demora. Empurrou o cajado contra o peito de Robard e assim o encurralou na ponte.

— Como eu disse: duas cruzetas cada um — falou Little John, em voz baixa.

— Espere! Pare! — clamei.

Meu clamor foi abafado pelo som do grito de guerra endemoniado de Maryam. Ela quase me derrubou da ponte quando passou como um furacão, suas adagas cintilando.

— Maryam, NÃO! — berrei, conseguindo segurá-la pela túnica. Ela se conteve e girou para me encarar com os olhos em brasa, pronta para lutar comigo se necessário.

— O quê...? Me solte! — exigiu ela, puxando-me consigo enquanto se dirigia para o meio da ponte.

— Todos vocês, parem! — gritei.

O olhar de Maryam demonstrava confusão, e John me encarou com concentração absorta. Somente Robard continuava lutando, ainda se retorcendo embaixo do pé e do cajado do gigante.

Eu saquei minha espada curta rapidamente e estendi-a com o cabo para a frente, na direção do ferreiro.

— Little John? Você é amigo de Sir Thomas Leux. Fez essa espada para mim, na primavera passada, em Dover. — Eu a levantei mais alto para que ele pudesse enxergá-la melhor. — Meu nome é Tristan, de St. Alban... Sou... Fui escudeiro de Sir Thomas. Lembra? Eu levei o garanhão dele, Dauntless, para que você o ferrasse novamente e, então, aqueles rufiões me atacaram?

— Sim. Me lembro de você — disse ele, ainda em tom baixo. John deu um passo para trás e soltou Robard, que continuou deitado de barriga para cima por um instante.

— Little John. Você me disse que todo mundo o chama de Little John — continuei.

Robard virou o corpo e se pôs de pé.

— Você conhece esse salafrário? — perguntou-me.

Antes que eu ou qualquer um pudesse responder, Robard logo foi erguido no ar e caiu com grande estardalhaço no riacho. Little John fez isso dando um passo para a frente, como um gato, fazendo uso de seu cajado como uma alavanca para atirá-lo na água. Ele se movimentara com tanta rapidez que fiquei na dúvida se meus olhos não teriam me enganado. Cuspindo água, Robard se levantou e agarrou a ponte para se apoiar, resmungando palavrões. Maryam, que tinha ficado calma com tanta rapidez quanto se preparara para lutar, precisou conter uma risada.

Little John sacudiu a cabeça.

— Não há necessidade de xingamentos — disse ele.

— Ótimo, você já deixou tudo bem claro. Vamos atravessar em outro lugar — disse Robard. — Você vai me ajudar a me levantar ou isso vai custar duas cruzetas também? — Ele estendeu a mão esquerda para o gigante.

— Desde que você tenha aprendido a lição — respondeu John, agarrando a mão de Robard. Ele puxou-a e o arqueiro escorou os pés contra as tábuas da ponte, permitindo que John o tirasse da água. Mas, quando estava quase de pé, estendeu a outra mão e agarrou John por trás do joelho direito. Ele o puxou com força e, quando o joelho do homenzarrão cedeu, seu peso o fez cair para a frente. Antes que percebêssemos, Robard já havia lançado o gigante por cima de seu ombro e feito com que ele igualmente caísse na água. Foi a vez de John subir cuspindo água.

— Fique sabendo de uma coisa, Big John, ou Gigantão, ou Minúsculo Rapazote, ou seja lá como você se chama. Sou *Robard Hode* de Sherwood e não sou homem para ser zombado. Não vou pagar seu pedágio e nem serei atirado num riacho por gente como você sem dar o troco, estamos entendidos?

Little John rugiu, e numa velocidade amedrontadora levantou, apoiando-se na ponte e recuperou seu cajado. Corri pela ponte e, sem pensar, me coloquei entre os dois combatentes encharcados.

— Parem com isso agora! — ordenei. — Robard, chega! Little John é um amigo. Isso tudo é um tremendo de um mal-entendido!

Tentar afastar os dois era como ficar no meio de dois touros ensandecidos e receei que nós três fôssemos cair da ponte ao mesmo tempo. No fim, os ânimos se acalmaram e os dois ficaram quietos, embora não exatamente plácidos.

— Little John — falei, apertando a mão dele —, é bom ver você!

— Você também, Tristan. Diga, por que não está mais com Sir Thomas? — perguntou ele.

Com o mínimo de detalhamento possível, eu lhe contei o que havia acontecido conosco desde nosso último encontro em Dover. Quando relatei o que temia ter sido o destino de Sir Thomas, ele abaixou a cabeça e ficou em silêncio por um momento.

— Um bom homem, aquele — disse ele. — Rezo para que Deus cuide de sua alma.

— John, por que você está aqui? O que aconteceu com a sua ferraria em Dover? — perguntei.

— Hunf. Minha ferraria? O irmão do Coração de Leão, João, cuidou disso. Venham. Meu acampamento não fica longe daqui. Não tenho muito, mas vou dividir com vocês. Até mesmo com você, *Robard Hode* de Sherwood — disse ele, lançando-lhe um olhar nada amigável.

— Nem pensar que eu... — Robard começou a vociferar, mas coloquei a mão em seu peito e o fiz se calar.

— Seria maravilhoso. Tivemos um... hã... dia que poderíamos chamar de bastante cheio e seria bom descansar — falei.

Sem mais uma palavra, Little John recuou pelo mesmo caminho do qual viera. Reunimos nossas coisas e os cavalos, e seguimos o gigante enquanto desaparecia no meio da floresta cerrada. Robard só faltava soltar fogo pelas ventas e voltou a murmurar palavrões durante todo o caminho. Anjo foi na frente, contente por farejar o chão e seguir o cheiro de Little John.

Em pouco tempo, chegamos ao acampamento. O fogo fora atiçado e ele havia pendurado sua túnica e outras roupas molhadas para secar em um arbusto ali perto. Passou a vestir um manto largo, do tamanho de uma vela de navio. Uma panela de ferro cheia de mingau estava sendo aquecida ao fogo. Era bastante convidativo.

Little John havia cortado vários troncos e colocou-os perto do fogo, fazendo um gesto para que nos sentássemos.

— Não tenho muito, mas vamos deixar o mingau ferver por um tempo. Ficarei feliz em dividi-lo. — John sentou-se em um tronco, segurando os joelhos com as mãos. Anjo cheirou de leve a perna dele, depois saltou diretamente em seu colo e lambeu seu rosto com entusiasmo.

— Opa! O que temos aqui? — exclamou ele.

Little John deu coçadinhas carinhosas atrás das orelhas de Anjo e ela deitou de costas para que ele pudesse acariciar sua barriga. A cachorrinha inclinou a cabeça para o lado e pude jurar que ela olhou diretamente para Robard, que andava sem parar de um lado para o outro. Eu e Maryam nos sentávamos de costas para ele, em cima dos troncos disponíveis.

— Besta traidora — murmurou novamente.

— John, o que aconteceu nesses últimos meses para fazer você sair de Dover? — perguntei.

— Quando Ricardo partiu para a Terra Santa, deixou o pirralho choramingão do seu irmão, João, no comando. O bas... — Ele se interrompeu, lançando um olhar de esguelha para Maryam. — Digamos apenas que ele nunca encontrou um imposto que não pudesse aumentar. Declarou "estado de emergência" para apoiar a guerra e aumentou os impostos sobre praticamente todos os comerciantes, fazendeiros e artesãos do reino inteiro. Ninguém consegue pagar o que ele exige. E você não pode cobrar mais para ferrar um cavalo e pagar os impostos, já que ninguém tem dinheiro para te dar também.

Ele chutou um pedaço de lenha em direção ao fogo, e as faíscas subiram. O sol estava despontando no céu a leste, mas ainda estava escuro e nublado. As cinzas flamejantes rodopiaram no ar como abelhas em enxame.

— Sinto muito — eu disse.

Ele encolheu os ombros gigantescos.

— Não consegui manter minha ferraria aberta e, um dia, um grupo de guardas do rei apareceu com o bailio do condado. João estava mandando seus próprios guardas recolherem os impostos. Acho que os bailios e seus beleguins já não eram capazes de coletá-los com rapidez o bastante para alimentar aquela sua carinha de porco. Enfim, eles me informaram o que eu devia, e eu sabia que não tinha como pagar. Então, levaram meus equipamentos, e as coisas ficaram pretas para o meu lado. Dei uma surra daquelas em seis deles, isso é certo — contou ele.

— Talvez eu esteja começando a gostar de você, no fim das contas — disse Robard.

John riu.

— Não me restou muita coisa por lá. Eles tentaram me levar preso por agressão, mas escapei, peguei um cavalo e fugi. Ando escondido aqui desde então. Quando servi o exército do rei Henrique com Sir Thomas, aprendi a sempre ter um plano de emergência. Sempre mantive um conjunto de ferramentas e algumas cruzetas escondidas por perto, o suficiente para me virar por algum tempo. Descobri essa ponte aqui e, desde então, cobro um pedágio de quem quiser atravessar. Acho que essa terra deve ser de algum barão por aí. Se ele me descobrir, logo terei de ir embora. É roubo o que estou fazendo, creio. Mas o que mais um homem poderia fazer?

Todos nós assentimos com a cabeça, sem saber o que dizer. O mingau borbulhou no fogo e exalou um cheiro delicioso, e John passou um prato de madeira ao redor, que compartilhamos, comendo o que seria a porção de cada um. Robard sentou-se ao lado de Maryam e encheu o prato, deixando que ela comesse primeiro. Quando ele terminou a sua própria porção, pegou mais um pouquinho, soprou para que esfriasse e colocou o prato no chão para alimentar Anjo, que devorou tudo em três bocadas, depois se enrodilhou perto do fogo e instantaneamente se entregou ao sono.

— Quais são seus planos agora, Tristan? Por que Sir Thomas ordenou que você o deixasse? — quis saber Little John.

— Tenho entregas importantes a fazer para o Mestre da Ordem. Sir Thomas ordenou que eu as entregasse em... Londres... mas, eu... hum... descobri que... na verdade, o Mestre está na Escócia. Portanto, estou seguindo para encontrá-lo. Conheci Robard e Maryam ao longo do caminho e desde então temos viajado juntos. — Eu não havia mentido, não muito, mas escondera boa parte da verdade. Desejando desesperadamente mudar o assunto de Sir Tomas e o dever que tinha a cumprir, perguntei — O que você vai fazer, John?

Ele ficou em silêncio por um instante, encarando o fogo.

— Não tenho certeza. Na verdade, não pensei nisso. Fico esperando que alguns nobres se revoltem e ponham algum senso na cabeça do príncipe João, mas poderíamos morrer de fome facilmente antes disso.

— Tenho uma ideia. Há um lugar, não muito longe daqui, onde você talvez seja útil. Por que não viaja conosco? Se eu não estiver completamente enganado, renderá apenas um dia de cavalgada. Se a coisa não der certo, você pode voltar para cá e voltar a cobrar pedágio.

Robard endireitou o corpo quando terminei de propor minha ideia e até mesmo os olhos de Maryam se arregalaram.

— Tristan! Uma palavrinha, por favor! — disse Robard enquanto me agarrava pelo braço e me puxava a certa distância do fogo. Se Little John notou seu comportamento, fingiu não perceber.

— O que diabos você está pensando? — inquiriu ele.

— Em relação a quê? — perguntei, casualmente.

— Sem joguinhos, Tristan, você sabe muito bem em relação a quê! — sussurrou Robard.

— Robard, como você e Maryam tão recentemente observaram, estamos lutando pelas nossas vidas. Você *conheceu* Little John, não conheceu? Não acha que ter alguém como ele do nosso lado pode nos trazer uma vantagem e tanto?

— Ele é grande, eu admito. E... surpreendentemente rápido. Mas o quão bem você conhece esse homem? Ele fez a sua espada, vocês conversaram por alguns minutinhos, meses atrás? Isso não é muito para se basear uma amizade. Além disso, não vou com a cara dele.

— Bom, até aí nenhuma surpresa. Eu já lhe contei que salvou minha pele, certa vez? E que o próprio Sir Thomas jurou pelo caráter dele? Além disso, baseei toda a nossa amizade no fato de você ter vindo em meu auxílio quando aqueles bandidos me atacaram no Ultramar — rebati.

— Não estamos falando de mim. É claro que *eu* sou de confiança. E daí que ele tenha salvado você dos guardas do rei? Você está vendo como ele anda vivendo. Ele passou a roubar. Por quê...

— Que história você me contou quando nos conhecemos? — interrompi. — Do homem que você conhecia lá na sua terra e que matou um dos veados do rei para alimentar a sua família, que estava morrendo de fome? Então, não passaríamos todos a roubar se estivéssemos com fome o bastante?

— Olha, não estou gostando disso. Isso *não é* uma boa ideia. Além do mais, a que lugar você está se referindo, que fica a um dia de cavalgada daqui? Para onde você está querendo levá-lo? Com certeza, você não estava falando da Escócia.

— Não — respondi. — A Escócia, não. Amanhã iremos direto para St. Alban. Preciso ir para casa.

12

Little John concordou em seguir viagem conosco na manhã seguinte. Ele reuniu suas posses escassas em uma pequena sacola de pano, que pendurou sobre o ombro. Deixou-nos um instante para apanhar sua montaria, escondida nos fundos da floresta. Observá-lo andar a cavalo foi, na verdade, algo bastante divertido, uma vez que era quase tão grande quanto o animal. Sentado na sela, seus pés quase se arrastavam no chão.

Robard e John conseguiram estabelecer uma convivência pacífica, porém desagradável. Evitavam-se a maior parte do tempo e, sempre que parávamos para dar água e comida aos cavalos, eles não se falavam e nem reconheciam a presença um do outro, de maneira nenhuma. Maryam e eu estávamos mais do que satisfeitos em deixar as coisas do mesmo jeito. Anjo, contudo, havia aceitado completamente Little John como outro membro do grupo, e não pude negar que me sentia mais seguro viajando com ele ao nosso lado.

Enquanto cavalgávamos para St. Alban, por fim tive tempo para pensar mais na Rainha Mãe e em sua improvável afirmação. Sir Hugh havia nos visto em Dover e mandaria avisar Eleanor de Aquitânia, que com certeza enviaria ainda mais soldados para auxiliar nas buscas.

Não havíamos encontrado nenhuma patrulha desde nossa fuga de Dover. Todas as vilas e cidades foram devidamente evitadas, e também tínhamos conseguido nos preservar de qualquer contato com Templários ou guardas do rei. Supondo que haviam perdido nossa trilha, ao menos por enquanto, eu me permiti ter um pouco de esperança. Em nossa própria terra, com a ajuda de meus amigos, talvez conseguíssemos escapar das garras de Sir Hugh.

— Você anda muito quieto ultimamente — disse Maryam para mim enquanto viajávamos lado a lado.

— Hum? Ah, desculpe. Só estava pensando — respondi, distraído.

— No quê? — perguntou ela.

— Nos questionamentos de sempre — falei. — Sir Hugh estará nos seguindo? Onde estarão os guardas do rei? Como vamos chegar à Escócia? E me pergunto se... — parei, sem querer mencionar o nome de Celia em voz alta e ser zombado incansavelmente por isso. Descobri que, quanto mais nos afastávamos de Sir Hugh ou sempre que eu não estava lutando pela minha vida, o rosto de Celia invadia as minhas lembranças.

Maryam e eu trotávamos tranquilamente à frente de nossa pequena tropa. Robard e Little John seguiam atrás.

— Ela pensa, sabe — disse Maryam depois que fiquei em silêncio.

— Quê? Quem pensa? — perguntei, confuso.

— Celia. Ela pensa em você, Tristan.

— Eu não... Eu... Você acha mesmo? — balbuciei. Não adiantava negar que eu estivera pensando em Celia. Maryam simplesmente sabia dessas coisas.

— Claro — disse ela.

— Como você sabe? — perguntei.

— Quando saímos de Montségur, Celia já estava apaixonada por você. Óbvio que você não sabia.

— Quê? Não seja ridícula. Nós quase não conversamos ou... Nós mal nos conhecíamos — protestei.

— Não escolhemos o amor, Tristan. O amor é que nos escolhe. Pense nisso. Você voltou para ajudá-la. A um grande custo e sacrifício, devo acrescentar. Não se lembra de como ela olhou para você quando entramos pelos portões da sua fortaleza? — indagou ela. — Quando ela o viu ali, a felicidade em seus olhos... Confie em mim, era amor.

Na verdade, eu não tinha a menor ideia de como ela havia me olhado, pois só conseguia me lembrar de como fiquei maravilhado por vê-la novamente ali.

— Olhou para mim? Que... eu... não... Maryam, isso é loucura — falei.

— Pode ser, mas também é verdade — respondeu ela. Incitou seu cavalo adiante e cavalgou à minha frente, como se para dizer que, na sua opinião, o assunto estava encerrado.

À tarde, precisamos parar com mais frequência, pois o cavalo de John sentia dificuldade em manter nosso ritmo devido ao imenso peso de seu cavaleiro. Mantive a voz baixa, pois não desejava que Robard nem especialmente Little John ouvissem. Quando estávamos sob o cerco em Montségur, eu revelara aos meus amigos a verdadeira natureza da tarefa que Sir Thomas havia confiado a mim, e Maryam na mesma hora abraçara a verdade, dizendo que havia ouvido a música do Graal no Ultramar. Robard ainda não acreditava que eu levava o Santo Graal. E, por mais que eu acreditasse que Little John era nobre e bondoso, não tinha a mínima intenção de revelar a ele toda a extensão da minha missão.

Passamos uma hora parados no fim da manhã, descansando, e fizemos uma pequena fogueira para nos aquecer. Minha ferida doía consideravelmente, e andei de um lado para o outro na frente do fogo, tentando aliviar a dor. Maryam percebeu que eu continuava incomodado e se aproximou a mim, enquanto Robard e Little John se agachavam perto do fogo, olhando um para o outro como dois cães medindo a distância para chegar até o último osso, de maneira que pareciam aguardar o momento em que seu oponente saltaria. Anjo sentou-se entre eles e os observou com curiosidade.

— Como está se sentindo? — perguntou Maryam.

— Bem melhor. Mais forte a cada dia, para dizer a verdade — respondi. Só que, sinceramente, cavalgar estava ficando cada vez mais insuportável. Parar em algum lugar para descansar até eu me curar não era, contudo, uma opção.

— Não estava falando disso — disse ela. — Há algo em sua cabeça além da bela Celia?

Encolhi os ombros com um ar de indiferença, apesar de saber que Maryam tinha a habilidade misteriosa de extrair informações de mim. Era capaz de ler meus estados de espírito e de algum modo descobrir como me fazer revelar meus segredos, muitas vezes antes que eu mesmo percebesse o que estava dizendo. E, se minhas respostas se tornassem curtas ou cortadas, ela cutucava ainda mais até farejar a verdade. Maryam jamais admitiria isso, é claro. Uma parte de si desejava que eu realmente acreditasse que ela não sabia quando eu estava escondendo coisas dela. De qualquer forma, Maryam estava sempre a um ou até três passos à minha frente.

— Algo anda lhe incomodando desde que fugimos do castelo em Calais. O que é? — Ela foi direto ao ponto.

— É sério, é só meu ferimento. Ser acertado por um dardo não é coisa pouca. Uma ferida gotejando no lado do corpo tende a cortar os pensamentos felizes, sabe?

— É — concordou ela quando flexionava o ombro onde a flecha de Robard a ferira no Ultramar. — Mas não é a ferida, é outra coisa. Você está intrigado.

— Hum. Bom, talvez você tenha razão. Estou tentando determinar uma maneira de evitar que sejamos capturados e atirados numa prisão. Ou coisa pior. Quase preferiria que Sir Hugh estivesse bem na minha frente, já que pelo menos eu saberia onde ele está. Saber que está supostamente nas sombras me deixa apreensivo. E como vocês dois me lembraram tão recentemente, a nossa única alternativa, ou melhor, a minha, é matá-lo. Eu, escudeiro de um Cavaleiro Templário, preciso de algum modo derrotar um marechal da Ordem, isso se ele não tirar minha vida antes.

— Robard ou eu ficaríamos mais do que felizes de despachá-lo para você — disse ela. Um sorrisinho surgiu em seu rosto ao pensamento de matar Sir Hugh.

— Obrigado. Sério, sou grato. Mas, de alguma maneira, acho que isso cabe a mim.

— Praticamente desde o momento em que conheci você, Sir Hugh o persegue... nos persegue. — Ela olhou por cima do ombro para a fogueira, certificando-se de que Little John não poderia nos ouvir. — E não é o Graal que está perturbando você. Pudemos ver com facilidade o seu alívio quando revelou o segredo para nós. Só que, desde o castelo, desde que você encontrou aquela rainha horrorosa... — Ela deixou as palavras no ar.

— Certo. Vou lhe contar o que aconteceu. Mas deve ser alguma espécie de truque ou embuste que Eleanor e Sir Hugh tramaram para me distrair. Tenho certeza de que não é nada. Quando nós... e você foi... no barril, justamente quando Sir Hugh estava prestes a... — gaguejei, não querendo reviver aquilo — Eleanor me disse uma coisa.

— Homens! — suspirou Maryam baixinho. — Vai acabar logo com isso? O quê?! O que ela lhe contou, Tristan?!

— Eleanor... Ela disse que me veria morto antes que me sentasse no trono de Ricardo.

Os olhos negros de Maryam se arregalaram de espanto.

— O quê?! — sussurrou ela.

— O quê? — interrompeu Robard por trás de nós sem tirar os olhos de Little John.

— Nada! — nós dois respondemos ao mesmo tempo.

Ficamos em silêncio por alguns instantes enquanto Maryam pensava no que eu acabara de revelar.

— Você supõe que ela estava falando sério? — perguntou ela, por fim.

— Não sei. No primeiro momento, ela parecia bastante sã, no outro já começava a gargalhar como uma bruxa maluca — respondi.

— O que vocês dois estão murmurando aí? — perguntou Robard novamente.

— Não é nada, sério, Robard. Tristan achou ter visto alguma coisa na floresta, só isso — disse Maryam.

— Quê? Onde? Os Templários? Guardas? Podem ser bandidos!

Ele se pôs de pé num salto, balançando a cabeça de um lado para o outro e inspecionando a trilha à nossa frente na busca de algum sinal de perigo.

— Acho que me enganei — disse eu, olhando irritado para Maryam. Porém, antes que ela pudesse dizer mais alguma coisa, tornamos a montar e fomos embora.

Robard cavalgou ao meu lado por um longo tempo, dando-nos pouca chance de prosseguir conversando sobre o que foi dito pela rainha louca. Eu ainda não estava preparado para contar a ele. Com certeza, Robard não acreditaria em mim e faria piadas que não estava interessado em escutar.

Depois do meio-dia, encontramos a estrada dos viajantes. Embora avistar algo tão familiar fosse empolgante, hesitei em percorrer uma via assim tão percorrida. Mesmo assim, tive medo de que nos perdêssemos e não encontrássemos St. Alban. À medida que o dia passava, a mata e a floresta se tornaram mais familiares para mim. Estávamos cada vez mais perto e o clima cada vez mais frio. Me agradava a ideia de um fogo quentinho e uma refeição deliciosa à nossa espera.

Finalmente atravessamos a floresta e ali, à nossa frente, estava o portão da abadia. Eu estava tão animado que dei rédea ao cavalo e disparei pela trilha que levava ao pátio externo, com meus amigos vindo rápido atrás de mim. Levei um instante para perceber que algo estava errado.

A trilha que levava à abadia estava repleta de cruzes de madeira, cada uma fincada cuidadosamente no chão. Nenhuma delas estava ali quando parti. Fiz meu cavalo parar subitamente e saltei, examinando cada uma. De uma das cruzes pendia o manto de um irmão. Outra envergava o rosário do abade. Eu o conheceria em qualquer lugar, pois o tinha visto todos os dias de minha vida, pendurado no cordão que amarrava em sua cintura. Cada uma das cruzes exibia um marco semelhante. As sandálias do irmão Rupert. Noutra estava o pequeno crucifixo que pertencera ao irmão Christian, que havia se juntado à ordem somente poucos anos antes. O que era isso tudo? Não podia ser verdade. Todos eles? Enterrados ali, embaixo das árvores?

Meu coração quase saiu pela boca. Eu me apressei a montar novamente do melhor jeito que minha ferida permitia e cavalguei com ímpeto pela trilha até o pátio da abadia. Mais cruzes marcavam o caminho. Primeiro quatro, depois dez, depois vinte. Bom Deus, o que havia acontecido? "Por favor", rezei. "Não deixe que isso seja real! Deve ter sido alguma doença. Uma praga deve ter atingido uma vila local, e os doentes vieram até aqui buscar conforto na hora da morte e foram enterrados ao longo da trilha. Por favor, não deixe que tenham sido os irmãos."

A alegria momentânea que eu sentira ante a ideia de estar em casa se transformou imediatamente em angústia, assim que cheguei no pátio e vi o que estava à minha frente.

— Não! — gritei. Saltei do cavalo e caí de joelhos, incapaz de conter as lágrimas. — NÃO!

A Abadia de St. Alban havia sido completamente incendiada.

13

Meu antigo lar era um esqueleto de cinzas e carvão. O fogo tinha sido eficiente: somente umas poucas tábuas chamuscadas permaneciam de pé. No fundo da minha alma, eu sabia que aquilo era obra de Sir Hugh. Em Tiro, quando havia nos prendido em nossas celas, ele sorrira ao me contar como tinha torturado os monges. Supus, na época, que ele estava blefando, tentando me assustar para que lhe revelasse a localização do Graal. Mas não era blefe nenhum. Na minha primeira noite com o regimento em Dover, eu me lembrei de tê-lo visto conversando com dois guardas do rei em frente à comendadoria. Eles haviam sido discretos e inteligentes na sua movimentação. Depois, os guardas o deixaram e cavalgaram para o oeste. Eles devem ter vindo para cá. Por quê? Ah, se eu tivesse contado isso a Sir Thomas! Talvez ele tivesse conseguido salvá-los.

Soluços arrasaram meu corpo. Era tudo minha culpa. Se eu tivesse recusado a oferta de Sir Thomas para me juntar aos Templários, se eu tivesse permanecido com os irmãos, nada disso teria acontecido. Nada mais fazia sentido.

Maryam suavemente envolveu meus ombros com seu braço.

— Tristan... — disse ela, baixinho.

— Não... não... não... — gemi, socando o solo, frustrado. — Ele os matou. Matou todos eles.

Robard se ajoelhou e também passou o braço ao redor do meu ombro.

— Venha, Tristan — disse ele em voz baixa, tentando em vão me colocar de pé. — Nós vamos descobrir o que aconteceu aqui, prometo...

— Não! — berrei, afastando-me dos dois. — Vocês não percebem? Ele matou todo mundo! Eles eram completamente inocentes e ele os queimou até a morte! E é tudo minha culpa!

— Rapaz — disse Little John. — De quem você está falando? Eu conhecia essa abadia. Se ela foi queimada por deslealdade, quem teria feito uma coisa tão horrível assim?

Eu não conseguia dizer mais nada. Fiquei ali deitado ao chão, enrodilhado como uma tartaruga no casco, balançando o corpo para a frente e para trás.

— Tristan — disse Robard. — Esses túmulos que encontramos, não sabemos quem está embaixo. Talvez o incêndio tenha sido um acidente... Se foi Sir Hugh que...

— Sir Hugh? — interrompeu Little John. — Sir Hugh Montfort? Do regimento de Sir Thomas? É a ele que você se refere?

— Sim — replicou Robard. — Por que pergunta?

— Tive problemas com ele muitas vezes. Quando Thomas e eu servimos o Exército do Rei, ele era ministro da corte do rei Henrique. Mais torto do que uma raiz de cardo, aquele ali. O que ele tem a ver com isso, Tristan?

Maryam ficou de pé e, segurando Little John pelo braço, distanciou-o de nós, a alguns passos de onde estávamos. Falou com ele em voz baixa, mas nem ouvi, nem me importei com o que ela dizia. Fiquei no chão e me recusei a me mexer. Minha alma estava vazia. A única família que eu conhecera tinha sido destruída.

— Tristan, aguente firme — disse Robard. — Não sabemos nada ao certo. Talvez esses túmulos...

— Não! Foi ele quem fez isso. Ele os matou. Ou enviou os guardas do rei para isso. Por minha causa, porque aquela bruxa da Eleanor acha que sou um nobre! Ela acha que quero o trono de Ricardo!

— Oh! — exclamou Maryam.

Robard me encarou como se eu estivesse insano. O que era completamente possível. Ele levou um longo tempo para processar o que eu dissera.

— Tristan, sinto muitíssimo pelo que você descobriu aqui. Pela sua perda. Mas o que você acabou de dizer? — perguntou ele.

— Quando estávamos em Calais, quando mantive a Rainha Mãe como refém, ela disse que me veria morto antes de me ver no trono de Ricardo. Eu disse a ela que sou órfão, mas ela acha que sou filho de algum nobre que tem direito ao trono. É a única explicação. E Eleanor esteve tramando com Sir Hugh o tempo inteiro! Alguém deve ter escondido um órfão em algum lugar e aqueles dois acham que sou eu. Sir Hugh e Eleanor mataram os monges para que não dissessem nada! Para proteger o rei Ricardo e seu reino ridículo! Mas não sou um nobre, não posso ser... Sou apenas... — Os soluços vieram novamente. Eu jamais me sentira tão sozinho.

— Tristan, você está chateado... Não posso nem imaginar como você deve estar se sentindo. Mas você não está falando coisa com coisa. Você não pode crer que... que aquela mulher... As chances de você ser... Meu Deus... — Robard parou, incerto do que mais poderia dizer.

Com sua mão gigantesca, Little John gentilmente me puxou para me pôr de pé.

— Rapaz — disse ele. Depois parou um instante, olhando-me com atenção à luz do crepúsculo que avançava. Estudou meu rosto como se estivesse me vendo pela primeira vez. — Você realmente... — Mas suas palavras espaireceram.

— O quê? — perguntou Robard.

— Eu... achei... Não é nada. Está escurecendo. É melhor encontrarmos um lugar para acampar durante a noite. Vamos descobrir o que aconteceu. Amanhã... esses túmulos... Bom, não vou mentir para você, Tristan, uma tragédia terrível aconteceu com os que estão repousando embaixo dessas cruzes. Mas, olha, o seu amigo tem razão. Amanhã posso visitar uma das vilas próximas e tentar descobrir o que aconteceu. Talvez alguns dos irmãos tenham sobrevivido.

— Não! — exclamei, me desvencilhando do aperto de Little John. — Me deixe em paz.

Corri, disparando pelos destroços da abadia. De início, ouvi alguém me seguindo: Robard. Maryam, entretanto, gritou para que ele parasse.

Corri entre as cinzas e os entulhos para além do terreno de St. Alban. Os prédios externos e os estábulos também haviam sido incendiados. Continuei correndo sem parar, até passar pelos campos de trigos e alcançar a floresta distante. A cada passo, meu lado ferido quase me fazia gritar de agonia, mas eu queria a dor. Queria que me esmagasse e me envolvesse em uma fúria quente e vermelha. Chorei enquanto me movimentava pelas árvores, desviando de galhos, troncos, rochas e raízes. Os rostos dos monges surgiam em toda parte enquanto corria. O abade. Irmão Rupert. Irmão Tuck. Os horrores que devem ter vivido nas mãos de homens tão malignos.

Por fim, não pude mais correr. Não restava mais nada dentro de mim. A tarde estava avançada e as sombras se estendiam na floresta. Logo escureceria. Cambaleei até uma pequena clareira e desabei contra a base de uma árvore. Encostei minhas costas contra o tronco e sentei abraçando os joelhos, enquanto lágrimas silenciosas corriam pelo meu rosto. Não havia nada que pudesse fazer para trazer meus amigos de volta. Repousei a cabeça entre os meus joelhos e fechei os olhos, soluçando até não poder mais chorar.

Eu devo ter caído no sono, porque quando voltei a levantar a cabeça já estava completamente escuro. O clima noturno da floresta foi despertado quando os pássaros da noite começaram a cantar. Estava ficando cada vez mais frio, mas o vento e o clima não me preocupavam. A brisa aumentou em força e as árvores balançaram enquanto os galhos estalavam e batiam uns contra os outros.

Olhei para o céu lá em cima, desejando amaldiçoar Deus por ter permitido que isso acontecesse. Eu havia perdido tudo. Os monges. Sir Thomas. Quincy e Sir Basil. Meu coração saltou ao pensar em Celia. E se Sir Hugh tivesse feito o mesmo com ela? Deixe que Sir Hugh me encontre, pensei, pois quando encontrar vou estrangulá-lo com minhas próprias mãos.

Algum instinto me trouxe de volta ao momento presente – não sei se foram os longos meses de batalha ou simplesmente um desejo inato de sobrevivência, mas percebi movimentos nos arbustos atrás de mim. Algo ou alguém estava tentando chegar de fininho. As estrelas da noite se erguiam no céu e havia uma luz suave na floresta. Ouvi com atenção. Se meus amigos tinham vindo me resgatar, eu sairia correndo de novo. Só queria que me deixassem em paz.

Outro farfalhar nos arbustos me convenceu de que não era nenhum animal. Seja lá quem estivesse ali, era grande. Não podia ser

Maryam, muito menos Robard, pois ambos com certeza já estariam sobre mim antes mesmo que percebesse sua presença. Devia ser Little John, que viera para me encontrar.

— Quem está aí? — exigi saber. Nenhuma resposta. — Vá embora!

Houve silêncio por um momento, mas então ouvi passos arrastados pelo chão da floresta, e o responsável por esse barulho parecia se esforçar muito para evitá-lo.

— Me deixe em paz! — berrei. Minhas palavras ecoaram nas árvores e assustaram os corvos. Estorninhos gritaram enquanto explodiam em voo.

A floresta ficou imóvel momentaneamente, depois o som voltou. Com um suspiro pesado, eu me levantei e saquei a espada ao fazê-lo.

— Não se aproxime! — ordenei.

Empurrando o corpo para longe do tronco da árvore, me virei para encarar quem se atrevia a me perturbar.

— Eu avisei...

Então parei, e as palavras morreram na minha boca.

Pois à minha frente, com seu rosto gentil delineado pela luz das estrelas e seus braços abertos, estava alguém que reconheci no mesmo instante. Atirei a espada no chão e cambaleei para a frente.

Então desmaiei nos braços do irmão Tuck.

14

Voltei a mim ouvindo um zumbido gerado por vozes e, ao abrir os olhos, me vi perto de uma fogueira que estalava. Meus sonhos me assombraram e fiquei na dúvida se ainda estava dormindo. Esperava que sim. Então, tudo o que ficara sabendo naquele dia faria parte de um pesadelo horrendo, simplesmente horrendo.

Maryam disse:

— Aí está você.

Senti uma mão quente e grande sobre minha testa. Olhei para cima e vi o sorriso do irmão Tuck. Não era sonho. Ele realmente estava ali.

Eu me levantei e ele também, batendo as palmas com alegria. Acho que jamais vi uma expressão de tanta felicidade no rosto dele desde que era criança. Suas mãos gigantescas seguraram minha cabeça, e ele afastou o cabelo dos meus olhos, olhando-me como se não pudesse acreditar na sua sorte.

— É tão bom ver você — falei.

Ele não era capaz de me ouvir, já que era surdo-mudo, mas toquei meu coração e apontei para ele. Ao longo dos anos, Tuck e eu havíamos descoberto nossa própria forma de comunicação. Usando sinais e gestos simples, eu conseguia fazer com que ele entendesse o que eu precisava, queria ou às vezes até mesmo sonhava. O abade me disse, certa vez, que Tuck era um gênio em "compreender as pessoas". Por não conseguir ouvir e nem falar, havia aprendido a observar nossos olhos e rostos. Até mesmo pela forma como as pessoas ficavam paradas de pé ou gesticulavam, ele era capaz de, em algum nível, entender o que queriam dele. Uma vez que Tuck praticamente me criara, tínhamos nosso próprio método de comunicação silenciosa e fiquei surpreso ao perceber com que facilidade eu tornava a usá-lo. Meu coração estava repleto de alegria por havê-lo encontrado vivo.

— Pessoal, este é o irmão Tuck, o maior dos monges responsáveis pela minha criação. Na verdade, foi ele quem me encontrou nas escadarias da abadia quando fui abandonado ali, ainda bebê. É um dos homens mais bondosos e decentes que já conheci.

Todo mundo se levantou e cumprimentou o irmão Tuck. Ele me observou com atenção enquanto eu apontava cada um e tocava meu peito perto do coração. Isso informou a ele que os três eram meus amigos e isso era tudo o que precisava saber. Ele jamais saberia quais eram seus nomes, muito menos os chamaria por eles, mas eu havia acabado de assegurá-lo do caráter de cada um. Aos olhos de Tuck, isso era o que bastava.

Encontrar St. Alban em ruínas e depois descobrir Tuck vivo tinha sido um choque enorme. De pé, perto do fogo, levei um momento para me localizar. Estávamos acampados na floresta perto da abadia. O acampamento estava lotado de bancos, potes, ferramentas e cântaros com as poções de Tuck, todos chamuscados pelo fogo, além de um monte de outros objetos que devia ter escavado das ruínas de St. Alban.

— Seu monge, ele não consegue falar? — perguntou Robard. — Esse é Tuck? Aquele de quem você nos contou tantas histórias?

Confirmei com a cabeça.

— Sim, ele é surdo-mudo, mas entende as coisas. Com os anos, desenvolvemos nossa própria maneira de "conversar". Não consigo explicar. Quando eu era pequeno, ele sempre conseguia descobrir aquilo de que eu precisava.

— Foi ele quem carregou você de volta para nós — disse Little John em voz baixa. Pensar naquilo me fez sorrir, mesmo que por um instante apenas; saber que Tuck continuava vivo e cuidando de mim ajudou a diminuir minha tristeza. — Depois ele nos trouxe até aqui. Ele deve estar morando na floresta desde que... — Little John não terminou a suposição. — Pobre alma. Provavelmente, não tinha ideia do que mais poderia fazer.

— Como eu gostaria que ele pudesse nos contar o que aconteceu — falei. Vi uma pequena parte de um banco chamuscado da abadia, não muito longe dali. Eu o mostrei para Tuck, apontando para as marcas do fogo ao longo da lateral do banco. — O que aconteceu, Tuck? Quem fez isso? Quem incendiou St. Alban?

Eu não tinha acreditado em Sir Hugh em Tiro, mas agora sabia em minha mente e em meu coração que ele fora o responsável. Ah, se Tuck pudesse apenas confirmar isso.

Passando por mim, ele foi até um tronco caído, situado nos arredores do círculo da fogueira. A ponta do tronco era oca e, do seu interior, ele retirou uma caixa quadrada de metal e estendeu-a ansiosamente para mim. Abri a tampa e descobri dois pergaminhos ali dentro, um deles enrolado com uma pequena fita.

Desatei a fita, ajoelhei-me perto do fogo e descobri que a página estava coberta com a caligrafia cuidadosa e precisa do abade. Vê-la assim, tão familiar, me obrigou a lutar contra as lágrimas.

Querido Tristan,

Que nosso Pai Celestial seja louvado. Fiz o irmão Tuck compreender que deveria lhe entregar esta caixa, a você e a você somente. Rezei a Deus para que você voltasse aqui um dia. Se você está lendo essa carta, isso deve significar que Ele mais uma vez respondeu minhas preces. Tal como você, que foi colocado em nossa escada há tantos e tantos anos, Tuck é outro milagre que Deus enviou para nós. Nossa abadia foi abençoada por vocês dois. Deus é verdadeiramente grandioso em Sua generosidade ao trazer dois homens tão bons para o nosso lar.

Se você está lendo esta carta, entretanto, é porque eu já não estou vivo. Com orações e a graça de Deus, vivi tempo o bastante para deixar a você minhas últimas palavras.

Mas, primeiro, imploro que você, como bom cristão, prometa que não buscará se vingar daqueles que perpetraram esse terrível mal. A Bíblia nos diz para perdoá-los e rezar por eles. Estas são as palavras pelas quais vivemos toda a nossa vida: perdão e compaixão. E não devemos abandoná-las agora. A vingança pertence ao Senhor nosso Pai, não aos homens mortais. Buscá-la apenas envenenaria seu coração e a sua alma. Prometa-me isso como meu último desejo.

O que você tem em suas mãos irá lhe contar muito, mas não tudo. Pouco depois que você partiu com Sir Thomas e os Templários, alguns homens chegaram aqui à noite e nos interrogaram brutalmente. Porém, nada descobriram. Nós protegemos você quando bebê e agora o protegemos até a morte. Sir Thomas irá decidir quando você deve saber as respostas que tanto busca.

É por misericórdia de Deus que Tuck não estava aqui quando os guardas do rei vieram em nosso encalço. Quando nos recusamos a responder às perguntas deles, que Deus os perdoe, eles nos trancaram aqui dentro e atearam fogo na abadia. Guardaram as portas e janelas para que ninguém pudesse escapar. Que Deus tenha misericórdia de suas almas. De algum modo, sobrevivi aos meus ferimentos por tempo o bastante para que

Tuck me encontrasse. Ele me tratou com suas poções e ervas, mas Deus me avisa que minha hora está próxima.

Não sei por que você voltou a St. Alban, mas prometo que o seu segredo morre comigo. É para a sua própria segurança.

Guarde em seu coração a memória dos irmãos daqui. Lamente o fim deles, mas não se desespere, pois agora eles residem com nosso Pai no Paraíso. Você só precisa seguir em frente. Siga seu coração, seja bondoso e fiel ao que ensinamos a você, Tristan, e a morte deles não terá sido em vão.

Siga em paz.

Abade Geoffrey Reneau.
St. Alban, março de 1191.

Junto com a carta do abade havia dois outros pergaminhos. O primeiro era um decreto:

Por Ordem Real de Sua Majestade, a Rainha
RECOMPENSA
A Rainha busca o paradeiro de uma criança do sexo masculino que provavelmente foi abandonada em um convento ou monastério ou com alguma família camponesa.
500 cruzetas para informações relativas a seu paradeiro.
1.000 cruzetas se a criança for entregue
com vida no Castelo de Gloucester.
Tentativas de embuste serão tratadas do modo mais severo possível.
Selo real afixado nesta data, 1174,
Augusto Alto Conselheiro de Sua Majestade,
a Rainha Eleanor de Aquitânia,
Hugh St. Montfort

À luz tremeluzente da fogueira, li a última página. Era breve, apenas algumas linhas. Contudo, no topo da página estava o selo real de Henrique II. Dizia:

Padre Geoffrey:
Rezo para que o garoto esteja agora seguro. Cuide dele. Confio que o senhor saberá determinar quando ele estará preparado para saber a verdade. Quando achar que a hora chegou, envie-o até mim, porém a segurança dele deve estar acima de tudo.
 Mandarei viajantes à abadia de vez em quando para que fiquem de olho. O senhor não saberá quem são, nem tampouco ele.
 Seus serviços com relação a este assunto serão recompensados.

       Com meus sinceros agradecimentos,
       Henrique II,
       Soberano da Inglaterra

A caligrafia da última página me pareceu familiar no mesmo instante. Dentro do meu alforje, guardava o bilhete que foi deixado comigo nas escadarias de St. Alban. Com mãos trêmulas, desenrolei o oleado com que o protegi durante todos esses longos meses. Coloquei o bilhete ao lado daquele assinado por Henrique II, pai do Coração de Leão e ex-rei da Inglaterra.

A caligrafia de ambos era idêntica.

15

O que dizem os papéis? – perguntou Robard.
– Dizem...
Não pude concluir. Cambaleei até o fogo e me sentei em um dos bancos que o irmão Tuck arrancara das cinzas da abadia.

– Tristan. – Maryam deixou seu assento e ajoelhou-se diante de mim. – Tristan, sou sua amiga e daria qualquer coisa de bom grado para não vê-lo com tanta dor. Mas estamos aqui com você e não existe nada que você possa nos dizer, nada escrito em nenhum papel, que seja capaz de mudar alguma coisa. Estamos do seu lado, agora e sempre.

– Maryam... ali diz... É do abade. Uma carta... Tem um bilhete aqui, do rei Henrique...

Eu mal conseguia falar. O que desejara saber durante toda a minha vida estava tentadoramente perto. O abade sabia. Eu não era nenhum órfão. Sabia o tempo inteiro. Ele e Sir Thomas estavam juntos nisso. Teria Sir Thomas me enganado? Será que me tornar seu escudeiro fazia parte de um esquema maior?

Como havia feito desde que eu era capaz de me lembrar, o irmão Tuck correu para o meu lado para enxugar minhas lágrimas. Entretanto, não paravam, e o rosto dele expressava uma preocupação cada vez maior. Segundo a carta do abade, tinha sido pura sorte o fato de Tuck não estar ali quando os guardas do rei chegaram. Mesmo assim, testemunhara algo terrível em seu próprio lar. E, embora jamais entendesse completamente os detalhes, sabia o motivo da minha tristeza.

Estendi os pergaminhos para Maryam e enterrei a cabeça entre as minhas mãos, mais confuso do que nunca. O abade e os irmãos haviam morrido para manter meu segredo a salvo de Sir Hugh. Sir Thomas deveria me explicar tudo quando "chegasse a hora", mas ninguém esperava que morresse no combate em Acre. Agora, eu não tinha nada.

— Oh! — exclamou Maryam ao ler as páginas. Ela me olhou com olhos arregalados. — Tristan, essa carta do rei Henrique, a caligrafia... Você percebeu?

— Percebeu o quê? O quê!? — perguntou Robard com impaciência.

— O bilhete que Tristan carrega o tempo todo, o que foi deixado com ele aqui... quando ele ficou órfão... foi escrito pelo rei Henrique — disse ela.

Little John deixou escapar um assovio.

— Tristan, meu rapaz... o que isso significa? — perguntou ele.

— Nada. Não significa nada. Só porque o rei Henrique escreveu um bilhete qualquer, isso não quer dizer nada — respondi.

Minha cabeça estava girando, e parar para pensar com clareza não era uma possibilidade. De onde estava deitada perto da fogueira, Anjo veio cheirar meu rosto e lamber minha bochecha. Depois, se enrodilhou bem ao meu lado.

— Tristan — disse Maryam —, será possível que... Você disse que Eleanor achava que você era filho de um nobre. Será possível que o seu rei Henrique seja... tenha sido...? — Ela tropeçou nas próprias palavras, contraindo o rosto com a noção do que estava dizendo. — De acordo com isso aqui, ao que parece, ele foi seu pai!

Little John e Robard abafaram um murmúrio de surpresa.

— Achei que você... — disse Little John, devagar. Depois ele agitou a mão, como se para afastar as palavras de sua boca.

Minha mente estava cheia demais para pensar naquilo. Aquelas cartas explicavam muita coisa. Na cabeça do abade, ele havia me enganado para minha própria segurança, mas não teria inventado uma história daquelas. Embora rígido, não era um homem cruel. Não contaria uma mentira elaborada a respeito dos meus pais. Aceitar que esses documentos eram verdadeiros me confrontava com questões com as quais não tinha energia para lidar. Não, era melhor que eu continuasse minha vida como sempre havia feito. Sem saber quem era.

Maryam se apressou até mim e me segurou pelo cotovelo. Tive vontade de soltar meu braço, mas ela o segurou com muita força.

— Sir Hugh e Eleanor estavam atrás de você... quando você nasceu... Isso deve significar que...

Retirando o rolo do saco de dormir que carregava em meus ombros, afastei-me da luz da fogueira. A perda que sentia era grande demais para suportar. Todas as pessoas queridas da minha infância estavam mortas. Não havia mais um lar para mim. E, naquele momento, um peso enorme me esmagava. Eu havia acabado de saber aquilo que mais desejara saber em toda a minha vida, mas já queria voltar atrás. Se nunca tivesse conhecido Sir Thomas, nenhuma dessas coisas terríveis teria acontecido. Eles haviam morrido por minha causa. Porque alguém acreditava que eu era uma pessoa que não poderia ser.

Andei pelo acampamento durante vários minutos, indo para um lado e para o outro. Tuck me observou com uma expressão ainda preocupante, mas os outros nada disseram. Depois que me cansei, tornei a me deitar perto do fogo. Fiz um gesto para indicar que iria dormir e Tuck sorriu, depois arrumando seu próprio lugar perto da fogueira. Enquanto eu caía no sono, ouvia Robard e os outros conversando em voz baixa. Tuck veio e se sentou de pernas cruzadas no chão ao meu lado, apoiando a mão no meu ombro. Ele havia perdido tanto quanto eu, se não mais, e eu sabia que também deveria oferecer-lhe conforto. Meu coração se partia em dois ante a ideia do pobre Tuck voltando até a abadia e encontrando-a ardendo em chamas ou já transformada em cinzas. Nos intervalos entre os cuidados que prestava ao abade, ele deve ter cavado cada uma das covas e rezado pelas almas dos irmãos que partiram. Eu tinha certeza de que tinha sido ele quem marcara cada cruz com uma lembrança e não conseguia suportar a ideia daquilo, de que a minha mísera existência havia trazido a morte e a destruição para o lar dele.

Caí num sono inquieto e acordei mais de uma vez chamando pelo abade e por Sir Thomas. Foram várias as vezes em que abri os olhos e me deparei com Maryam ou Tuck ajoelhados ao meu lado, tentando carinhosamente me acalmar dos meus pesadelos. Quando finalmente acordei antes do nascer do dia, minha ferida ainda doía e minha cabeça me trazia a sensação de estar cheia de lã esfarrapada. Minha mente estava vazia e relutava para dar espaço a mais pensamentos. Tuck estava agachado perto do fogo, mexendo alguma coisa numa enorme panela que tinha um cheiro delicioso. Embora eu estivesse grogue e desorientado, minha boca se encheu de saliva. Eu precisava usar a árvore como apoio para me levantar e não conseguia me livrar das dores ou da rigidez que se apoderavam do meu corpo. Enquanto eu dava um passo até a fogueira, a dor irradiou-se da ferida do meu quadril para a minha perna. Estremeci e caí sobre um dos meus joelhos.

Tuck me acudiu em um piscar de olhos. Afastou o cabelo dos meus olhos e checou minha temperatura. Ergueu a mão com que eu segurava a lateral do meu corpo e nos assustamos ao ver sangue nela. Ele arregalou os olhos e saiu apressado, voltando em pouco tempo com um pequeno pote cheio de uma de suas poções.

Eu nunca soube o que Tuck colocava em suas misturas peculiares, mas não me preocupei enquanto ele rasgava a minha camisa, abrindo espaço ao redor da ferida. Ele havia estudado todas as plantas, assim como a vida selvagem da floresta, e testara diversos preparados diferentes para medicar e trazer alívio. Tirou do pote uma pasta verde com um cheiro horrível e a aplicou diretamente no meu ferimento.

Meus urros de dor acordaram todos no acampamento. Robard e Maryam se assustaram tanto que acharam imediatamente que estávamos sendo atacados.

— O quê? — gritou Robard enquanto se colocava de pé num pulo.

Seja lá o que for que Tuck passou em mim, fez meus olhos arderem e se encherem de água, e na mesma hora comecei a rezar, clamando por alívio. Por um instante, não tive certeza se de algum modo não havia inserido um ninho de vespas enorme na ferida. A pasta ardia como se queimasse minha carne adentro.

— Não é nada — disse eu, fazendo uma careta. — Só um dos bálsamos de Tuck. Mas, ah, como arde!

Maryam recolocou as adagas nas bainhas e pigarreou com desdém.

— Não choramingue assim. Ser atingido por um arco longo dói muito mais.

— Não dói, não — retruquei.

Lentamente, a dor causada pela mistura de Tuck melhorou e o sangramento estancou. Meu humor, contudo, continuou o mesmo. Enquanto todos terminavam o café da manhã, sentei-me afastado, remoendo meu próprio luto e sentindo-me alheio ao mundo ao meu redor.

Muitas vezes, Maryam ou um dos outros tentaram me incluir nas conversas, mas eu os cortava e lhes virava as costas. Mesmo na minha depressão, observei Maryam e Robard dividirem um prato de madeira com comida. Durante as últimas semanas, em nossa jornada, sempre que fazíamos uma fogueira, eles se sentavam juntos. Robard sempre esperava Maryam terminar sua porção da comida que tivéssemos conseguido caçar ou encontrar, não importando o quanto ele mesmo estivesse faminto. Depois que escapamos de Montségur e durante as muitas semanas que viajamos pela França, na maior parte das vezes foi Robard quem cuidou de caçar e de cozinhar. Teríamos morrido de fome se não fosse por ele, pois se deliciava em cozinhar a caça que conseguira e servi-la para Maryam. E eu podia ver que ela apreciava isso. Na maioria das vezes, a crescente proximidade entre eles me fazia feliz, mas naquele dia apenas me irritava.

Por fim, depois que disparei grosserias para todos os lados e ofendi cada um deles de alguma maneira, Robard me desafiou diretamente.

— E agora o quê, Tristan? Para onde vamos a partir daqui? O que você vai fazer agora? Você tem um dever para com o seu cavaleiro, não tem? — perguntou ele, intrometendo-se na minha autocomiseração.

— Me deixe em paz — falei. — Não sei. Nada disso importa. Não importa o que façamos, a morte e a destruição nos acompanharão. — Fiquei sentado, remexendo a comida que Tuck insistira para que eu comesse.

— Bom, que pena então. Você precisa se recompor. Sofreu uma perda, não há como negar. Maior do que qualquer um deveria sofrer. Mas você tem tarefas a cumprir; portanto, digo para colocarmos a mão na massa.

— Não. Você não entende o que aconteceu aqui? Você não... — gaguejei.

Robard me agarrou pela camisa e me puxou para que ficasse de pé, seu rosto a centímetros do meu.

— Basta disso, Tristan. Sentimos muito pelo que aconteceu aqui, mas vamos lamentar pelos seus amigos na hora certa. Esqueceu que Sir Hugh ainda está à nossa procura? E os guardas do rei? Eleanor não vai parar também. Não acha que pode ocorrer a ambos que você decidiu vir aqui? Procurando um lugar para descansar ou se esconder? Sir Hugh provavelmente está a caminho daqui nesse exato momento. Você fez um juramento ao seu cavaleiro. Tem um dever a cumprir. Se ficar aqui sentado, sentindo pena de si mesmo, vai matar a todos nós — disse ele.

Tentei me afastar, mas o aperto de Robard era como ferro. Anjo rosnou baixinho diante da cena, e o irmão Tuck foi até nós, preocupado que Robard talvez pudesse me ferir. Little John estendeu a mão e gentilmente puxou Tuck para trás.

— Você não entende! Esses homens morreram... — Eu tentei não chorar de novo, mas as lágrimas não paravam de correr.

— Você acha que é o único que já sofreu nesse mundo? Que é o único que já perdeu um amigo ou companheiro? Você teve uma caminhada dura pela frente, Tristan, eu admito, mas você precisa ser forte agora. Vamos terminar logo com isso.

Eu queria fazer o que Robard me dizia. Na noite anterior, eu queria mesmo ir atrás de Sir Hugh. Mas, naquela manhã, eu acordara esgotado e vazio, sem ter estômago para isso. Eu só queria que me abandonassem para morrer entre as ruínas do meu amado lar.

Prostrei minha cabeça, e Robard suspirou. Assim que me soltei, desabei no chão novamente. Ele se afastou de mim em passos pesados.

— Maryam, vamos preparar os cavalos. Little John... me diga, você não acha estranho que alguém do seu tamanho seja chamado de Little John? Eu acho. Não é o melhor apelido que já ouvi. Talvez devesse chamá-lo de Minúsculo, em vez disso. — Robard fez uma pausa, como se refletisse sobre o assunto. — Independentemente disso, Little John, não tenho certeza se você é ou não é de confiança, mas pode vir conosco se quiser. Vamos partir em dez minutos — determinou Robard, colocando-me de pé mais uma vez e empurrando-me na direção dos cavalos. — Descubra um jeito de fazer seu irmão Tuck reunir o que ele necessita, porque estamos indo embora.

— O quê? Não. O que você está fazendo? — reclamei.

— Estou levando você para um lugar onde poderá descansar, recuperar-se e concentrar-se de novo no que precisa fazer. Para sua sorte, fica a caminho da Escócia — respondeu ele.

— Por que está fazendo isso? Para onde está me levando? — lamuriei.

— Estou levando você para meu lar — retrucou Robard com um sorriso. — A Floresta de Sherwood.

16

Éramos então cinco e tínhamos apenas três montarias. Enquanto Robard e Maryam preparavam os cavalos para a partida, Tuck sumiu. Nenhum de nós notou que ele havia desaparecido até eu ouvir o estalo de língua que ele costumava fazer quando estava trabalhando, pensando ou tendo um momento feliz. Era um ruído suave e, ao longo dos anos, aprendi o que queria dizer com os diferentes estalos que fazia.

Quando olhei ao redor, meu coração pareceu se prender na minha garganta, pois lá estava Tuck com nosso antigo cavalo de tração, Charlemagne, ao seu lado. O mesmo cavalo que os irmãos haviam me emprestado para seguir viagem até Dover, quando parti de St. Alban com os cavaleiros. Eu não tinha ideia de como Tuck recuperara Charlemagne, mas vê-lo ajudou a melhorar meus ânimos por um tempo. Corri para o lado de Charlemagne e sorri quando ele relinchou em reconhecimento, empurrando a cabeça contra o meu peito.

Maryam e Robard tornaram a dividir um cavalo. Tuck amarrou alguns sacos de pano e passou-os pelo lombo de Charlemagne, depois montou, e partimos de St. Alban. Retirei os documentos da caixa do abade e coloquei-os em meu alforje. Ainda não tinha vontade de partir, mas, no fim, não havia escolha. Robard estava decidido a me levar de um jeito ou de outro. Eu não conseguia ter energia para discutir com ele; portanto, segui relutantemente.

Voltamos pela floresta até o terreno da abadia e pedi a meus companheiros alguns minutos para rezar nos túmulos dos meus irmãos. Tuck juntou-se a mim. Havia lágrimas em seus olhos quando se ajoelhou ao meu lado. Quando criança, sempre me perguntei como Tuck sabia como e quando rezar. Certa vez, cheguei a perguntar isso ao abade, e ele me disse que acreditava que Deus falava diretamente com almas especiais como Tuck e que não necessitava da fala ou da audição dos humanos. Talvez tivesse razão, mas ao me ajoelhar e rezar pelas almas dos monges agradeci. Por mais que estivesse bravo com Deus, ele também havia criado um milagre no seu bondoso e gentil servo, irmão Tuck.

Seguimos para o norte. Robard, Maryam e os outros me deixaram em paz enquanto viajávamos pelos campos. Até mesmo Anjo manteve uma distância, ainda mais depois que conquistou mais um amigo. Estava adorando a companhia do irmão Tuck. Cavalgamos durante o dia, evitando fazendas e vilas. De vez em quando, Robard voltava para ter certeza de que não estávamos sendo seguidos.

O inverno chegou com toda sua força após alguns dias, e o clima, que estivera frio, passou a ser gélido. Tuck substituiu minha túnica rasgada por um manto marrom de monge que levava em um de seus sacos e insistiu que o usasse. A lã grossa ajudava a cortar parte do vento e do frio, mas temi que o clima nos fizesse ir devagar demais. Precisávamos fazer fogueiras à noite, sob a pena de arriscar que todos morrêssemos congelados, e isso era favorável a Sir Hugh, pois nos tornava mais fáceis de localizar.

As folhas haviam caído das árvores e tudo ao nosso redor estava cinza e árido. De vez em quando, flocos de neve rodopiavam pelo céu. À noite, dormíamos cada vez mais perto do fogo.

Quando eu tentava dormir, era assombrado pelos rostos dos monges. Eles me atormentavam e eu continuava a me culpar por suas mortes. Pensei na declaração de Eleanor em Calais e em Sir Thomas. O abade havia me enganado durante todos aqueles anos. Ele sabia quem eu era, mas havia escondido isso de mim para que eu ficasse a salvo. Entretanto, agora Sir Thomas estava morto, e a verdade da minha origem morrera com ele. A morte me seguia por toda parte, e em meus momentos mais obscuros de desespero amaldiçoava Deus. Se por Suas mãos eu não tivesse sido levado até St. Alban, os irmãos ainda estariam vivos.

À medida que seguíamos ainda mais para o norte, o ânimo de Robard melhorava a cada dia. Ele estava feliz por voltar para casa, algo que desejara desde que o conheci no Ultramar. E, apesar do meu péssimo humor, tentei ficar contente por ele. Ele sentia orgulho especial em mostrar a Maryam as muitas coisas que conhecia sobre a floresta.

Por mais que eu tentasse, porém, não conseguia erguer o véu de escuridão que me assolava. Quando acampávamos à noite, muitas vezes ia andar na mata sozinho para praticar com minha espada, balançando-a para frente e para trás, investindo e defendendo até que, apesar das temperaturas negativas, o suor pingasse da minha testa. Maryam e até mesmo Tuck, com seu jeito silencioso, imploravam para que eu descansasse, mas me recusava. A ferida em meu quadril ainda doía. Como Tuck continuava passando seus preparados, consequentemente a ferida começou a doer menos.

Rodeamos Londres, permanecendo perto do litoral, e encontramos um lugar onde poderíamos atravessar com os cavalos, a nado, pelo Tâmisa. A água estava terrivelmente fria e depois de atravessarmos precisamos parar e fazer uma fogueira imediatamente antes de voltar para o interior e seguir até a terra natal de Robard. Passamos por algumas cidades e vilas no caminho, Northampton, Leicester e outros lugares que só conhecia pelas histórias de viajantes que haviam visitado St. Alban.

Porém, o perigo ainda nos perseguia. Eu sentia isso e acho que os outros também. Na França, quando fui em auxílio de Celia, havia sentido uma presença atrás de mim e sabia que era Sir Hugh. Fiquei pensando se, de alguma maneira, não seria o Graal me advertindo.

Dois dias após cruzar o Tâmisa, Robard surgiu às pressas no interior do pequeno vale em que estávamos, onde nossos cavalos foram postos para descansar.

— Templários! — disse ele. — Rápido!

Todos pulamos para as selas e partimos com a rapidez que nos foi sugerida. Quinze quilômetros à frente, encontramos um ponto que oferecia uma boa cobertura, num espinhaço acima de uma estrada em boas condições. Desmontamos, nos escondemos entre as árvores e aguardamos. Alguns minutos depois, uma dúzia de Templários passou trovejando abaixo de nós. Sir Hugh não estava entre eles, mas os cavaleiros iam depressa, forçando seus cavalos. Esperamos até que estivessem bem longe antes de recomeçar o caminho. Aquela foi por pouco. Se Robard não estivesse atento, provavelmente teríamos um encontro direto com eles. Eu não saberia dizer se eram homens de Sir Hugh ou não, mas já presumia que todas as comendadorias da Inglaterra estavam alertas. Nos meus momentos mais tenebrosos, acreditava que Sir Hugh era o próprio demônio, e ver aqueles homens apenas serviu para me lembrar que a mão dele estava em todas as esquinas do reino.

Ficamos ainda mais cautelosos. Era impossível viajar sem ser visto de vez em quando, e Sir Hugh já havia provado em outras ocasiões ser um ótimo rastreador. Alguém acabaria nos notando, não importava o nosso ritmo, onde estávamos acampados ou o quanto éramos precavidos.

Depois de mais alguns dias, passamos ao redor de uma vila que Robard chamou de Loughborough.

— Estamos perto, meus amigos — afirmou ele, cheio de alegria. — Agora não estamos a mais do que um dia de viagem da fazenda da minha família. Vamos encontrar abrigo e muita comida por lá. Poderemos descansar em segurança enquanto planejamos o próximo passo.

Sete dias haviam se passado desde que deixáramos St. Alban. Viajávamos basicamente no começo da manhã e no crepúsculo, e descansávamos no meio do dia, quando o movimento de pessoas era maior e a probabilidade de sermos descobertos também. Cavalgar à noite havia se mostrado difícil demais. Nós nos perdemos mais de uma vez e, a menos que seguíssemos por alguma estrada bastante conhecida, era difícil encontrar o caminho pelas florestas do interior.

Quando acampávamos à noite, Little John me contava histórias de Sir Thomas e do tempo que os dois haviam passado no exército do rei Henrique, na tentativa de levantar meu ânimo. Desde o incidente na ponte, Robard passara a insultar John sempre que podia. Esta noite, Robard zombou da história dele.

— Quem ouve você falar, fica achando que você e Sir Thomas derrotaram os franceses com uma mão só. Que bom que eram apenas os franceses e não os sarracenos.

Little John se irritou, mas deixou o comentário passar batido. Naqueles dias, eu descobrira que ele era muito mais paciente do que

Robard, e o restante de nós descobriu que gostava da sua companhia. Ele demonstrou um interesse especial por Tuck, deixando que o monge usasse suas poções e cremes para tratar de uma variedade de enfermidades que eu suspeitava não existirem de fato. Mas aquilo fazia Tuck se sentir útil.

Sempre que Robard tentava arrastá-lo para uma discussão, ele controlava a própria raiva, e o fato de John ser tão difícil de provocar era justamente o que tanto irritava Robard. Certa manhã, quando nos preparávamos para levantar acampamento, os dois quase partiram para socos e pontapés. Little John estava mais uma vez me contando histórias de seu tempo de serviço no exército do rei Henrique e alguns dos detalhes de suas campanhas com Sir Thomas. Eu adorava ouvir suas histórias, em especial as de Sir Thomas. Depois de um relato particularmente aventuresco sobre como derrotaram os cavaleiros franceses, Robard não resistiu.

— Ah! Quem ouve, sempre acha que vocês ganharam a guerra com uma mão só. Pela sua descrição, parece que os franceses se dobraram como uma barraca numa tempestade... — comentou ele enquanto montava seu cavalo. Robard não teve chance de terminar a frase. Little John voou pelo acampamento e puxou Robard do cavalo com uma mão só, atirando-o no chão e deixando-o sem fôlego.

Maryam fez menção de interceder, mas ergui um braço para impedir.

— Espere — falei em voz baixa.

Little John estava agachado em cima de Robard, que tentava se recolocar de pé, mas estava sendo mantido no chão por um gesto que não exigia muito da força do gigante.

— Escute aqui o que vou dizer, arqueiro, e escute bem. Você é um soldado e um homem de honra, e não discuto isso. Você já falou do seu pai e do pai do seu pai, que também defenderam o reino, e o sacrifício deles é evidente. A família Hode tem a minha gratidão. Mas saiba de uma coisa: você não é o único homem que serviu ao reino. Você não é o único cruzado que viu o desperdício de vidas e o terror da guerra. Não irei tolerar grosserias, especialmente quando disserem respeito ao meu serviço em nome da Inglaterra. Estamos entendidos?

O rosto de Robard ficou vermelho enquanto ele lutava para se libertar. Mesmo assim, pude perceber que as palavras de John finalmente o atingiram e, consequentemente, sua raiva diminuiu.

— Certo, Little John. Peço desculpas. Você tem razão, não tenho motivos para zombar do seu serviço.

Little John assentiu, e Robard lhe estendeu a mão para que ele o ajudasse a se levantar. Sem mais palavras, ele montou seu cavalo e disparou, sem esperar que o seguíssemos.

No decurso da manhã, Robard foi se mostrando cada vez mais animado.

— Estamos perto, meus amigos. Sherwood fica bem a oeste de Nottingham. Podemos estar lá ao cair da noite se apertarmos o passo! Iremos jantar à mesa do meu pai e vocês vão ver algumas das melhores terras da Inglaterra.

Ele continuou falando coisas do tipo até não prestarmos mais atenção.

No fim da tarde, a ainda muitas horas de distância da casa de Robard, segundo estimativas dele, decidimos montar acampamento. Os cavalos não conseguiam mais prosseguir sem descanso. Robard argumentou para que apertássemos o passo, mas Little John e Maryam foram contra.

— Agora não é hora de sermos descuidados — advertiu Little John. — E se seguirmos em frente e nos virmos rodeados por Templários ou guardas do rei? Nossos cavalos estão longe de serem velozes agora. Não conseguiríamos ganhar de tropas com boas montarias.

Robard finalmente concordou. Montamos acampamento num pequeno bosque, que tinha um regato raso por perto. Meus ossos doíam de tanto cavalgar e recebi de braços abertos a liberdade da sela. Jantamos lebre defumada e caímos no sono.

Na manhã seguinte, ao acordar, nos deparamos com a floresta coberta de neblina. A temperatura havia caído consideravelmente durante a noite. Nem perdemos tempo tentando acender uma fogueira. Com alguma sorte, disse-nos Robard, no próximo anoitecer já estaríamos sentados à lareira de sua casa.

A névoa rodopiava ao nosso redor e entre as árvores, tornando difícil ver mais do que alguns metros em qualquer direção. A floresta estava silenciosa e não havia ruído de pássaros, nem outros sons que poderiam ser ouvidos mesmo numa manhã de inverno. Enquanto reuníamos os equipamentos e selávamos os cavalos, Robard andava de um lado para o outro pelo acampamento, inquieto.

— Algo errado? — perguntou Little John.

— Não tenho certeza — respondeu Robard, finalmente.

— Acha que estamos em perigo? — indagou Maryam, movendo as mãos inconscientemente para dentro das mangas de sua túnica.

— Não. Talvez. Não sei. Pode ser só o clima — disse ele. — Meu pai costumava chamar manhãs nebulosas assim de "dias de bandido". É mais fácil se movimentar num dia assim, principalmente se é alguém disposto a aprontar algum mal. Acho que estou só... não é nada, tenho certeza.

Todos se apressaram para partir de uma vez, e Robard ainda rodeava o acampamento, espiando o que poderia ser ou ter do outro lado neblina e esforçando-se para ouvir os ruídos da floresta. O dia tinha acabado de raiar, mas levaria algum tempo até a neblina passar. Ele retesou o arco antes de montar seu cavalo e cavalgou com esse arco na mão esquerda, na transversal do cabeçote da sela.

Por fim, tinha razão quanto ao clima. Era um dia perfeito para bandidos. A menos de três quilômetros do nosso acampamento, cinco homens saíram da névoa e ordenaram que parássemos. Estavam vestidos como couteiros e, tal como Robard, portavam arcos longos, mas seus rostos estavam sob mantos com capuz.

E cada um deles apontava uma flecha para nós.

17

Aquela súbita aparição foi tão chocante que eu quase gritei. Depois de um instante, dois dos bandidos pegaram os cavalos da frente pelas rédeas, enquanto outros dois nos encurralavam. Tínhamos sido eficientemente interceptados.

Apesar da situação, Robard era um exemplo de calma e determinação, erguendo as mãos para o alto.

— Quem são vocês? — inquiriu ele.

Nenhum deles respondeu. Sem falar nada, o líder instruiu os demais com uma série de encolher de ombros e balançar de cabeças, sem que a flecha de seu arco se desviasse do centro do peito de Robard, nem por um segundo. Um dos homens foi logo apanhar a espada de batalha de Sir Thomas na cintura dele. Robard a retirou, com cinto e tudo, e passou a espada por cima do ombro. Fiquei grato pelo manto que Tuck havia me dado, pois o alforje se tornava invisível debaixo dele. Esforcei-me para aguçar minha audição, esperando que o Graal ressoasse e me garantisse que iríamos sobreviver a esse encontro, mas ele estava em silêncio.

— Vocês vão pagar por isso — disse Robard. — Conheço essa floresta e conheço bem. Não há lugar onde vocês possam se esconder em que não possa encontrá-los.

As ameaças dele não surtiram nenhum efeito. Os ladrões permaneceram imóveis como estátuas, exceto aquele que reunia nossos itens de valor. O irmão Tuck estalou a língua de modo familiar quando o homem avançou, balançando-se para a frente e para trás em seu cavalo, nervoso. Ele estava com medo, e receei que pudesse fazer algo que acabasse lhe causando algum mal.

— Calma, Tuck — falei, estendendo o braço para tocar o dele, esperando conseguir acalmá-lo.

Maryam deu uma de garota amedrontada.

— O que vocês querem de nós? — choramingou ela. — Por favor, não nos machuquem!

Ela soltou as rédeas e desabou sobre a sela, chorando as lágrimas mais falsas que eu já tinha presenciado. Mas, enquanto abraçava o próprio corpo, percebi que enfiava as mãos pelas mangas de sua túnica.

O líder encapuzado, entretanto, mantinha os olhos em Robard. Por fim, ele começou a falar em voz baixa com seu oponente.

— Solte o arco.

Robard ainda segurava o arco.

— Acho que não — retrucou ele.

— Não quero atirar em você, mas vou atirar se preciso for. Solte.

— Nem por cima do meu cadáver — respondeu Robard.

— Solte! Ou terá uma flecha de café da manhã!

O bandido ao lado de Tuck se distraiu por um momento e foi completamente pego de surpresa quando o monge incitou seu cavalo para a frente, dando um soco com seu punho gigante bem em cima da cabeça dele. O homem desabou no chão como se tivesse sido atingido por um machado.

— Agora! — gritou Robard.

Soltei as rédeas e estremeci de dor enquanto rolava para fora do cavalo. Ouvi o som peculiar de um arco soltando uma flecha e, por um instante, jurei ter sentido um vento ao meu lado, justo no momento em que a flecha cruzou o espaço onde eu estivera um segundo antes.

Caí de pé. Meu cavalo ficou entre mim e o bandido à minha direita, e saquei a minha espada. O grito ululante de Maryam ecoou pelas árvores, e os berros e palavrões de Robard retiniam da mesma forma pelo ar. À minha esquerda, Little John gritou que ele e Tuck já haviam dominado o outro arqueiro. Anjo latia, rosnava e grunhia. Sem dúvida, ela estava dificultando a vida de um dos ladrões também, mas mantive o olhar no homem que estava logo à frente do meu cavalo.

Uma vez que provavelmente pretendiam roubar nossas montarias, só para começo de conversa, e pareciam bem treinados e organizados, supus que o bandido fosse disciplinado demais para atirar em um dos cavalos. Mantendo o animal entre nós, agarrei o cabresto e bati nas suas ancas, fazendo com que disparasse em direção ao bandido.

O homem era corajoso, devo admitir. Ficou exatamente onde estava. Quando fui quase para cima dele, tornei a bater nas ancas do cavalo e dessa vez ele empinou, chutando com as pernas da frente enquanto o bandido gritava de susto.

Virando e investindo o cavalo, cheguei perto do homem antes que pudesse atirar. Brandi a espada e ele saltou para trás, segurando o arco na frente do corpo para se proteger. A lâmina cintilante cortou a madeira com pouca resistência, que saiu voando. Sem pensar duas vezes, o homem se virou e correu, sumindo na floresta enevoada.

Havíamos quase vencido. Um dos homens estava deitado no chão, inconsciente. Little John segurava outro, passando o braço gigantesco ao redor do seu pescoço. Maryam tinha outro preso ao chão, empunhando uma adaga dourada contra a garganta dele.

Somente Robard e o líder continuavam lutando. Os dois haviam deixado cair os arcos e agora lutavam corpo a corpo, trocando golpes para a esquerda e a direita, porém, nenhum deles ganhava vantagem. Segurando os ombros um do outro, eles giraram sem parar, até que por fim uma das pernas de Robard acertou o joelho do homem. Este caiu, e nosso amigo saltou para cima dele.

Prendendo os braços do homem com seus joelhos, Robard lhe deu um soco atrás do outro, mas o bandido era forte e continuou lutando, enquanto quem o agredia já estava se cansando. Fui até os dois e pousei a ponta da minha espada na garganta do ladrão. Mesmo assim, ele lutou para se libertar.

— Basta! — falei.

Por fim, seu corpo sujeitou-se à derrota. O homem ficou deitado no chão, com os braços e o corpo relaxados, mas de tal jeito que parecia poder saltar sobre nós a qualquer momento.

Robard puxou o capuz, que estava bem preso ao redor do rosto do homem. Puxou sem parar até que finalmente pudéssemos ver todo o rosto dele.

— Oh — disse Robard, surpreso. — Oh, meu Deus! Will? Will Scarlet, é você?

18

Quem é você? – inquiriu o homem, ainda deitado no chão.

— Sou eu, Will. Rob. Robard Hode. Com certeza você deve me reconhecer... – perguntou Robard.

Confuso, tirei a espada do pescoço do homem. Os olhos dele se arregalaram em reconhecimento, e um sorriso enorme cruzou seu rosto.

— Mestre Robard! Deus seja louvado, será verdade?

— É sim, Will. Meu dever com os arqueiros do rei terminou e estou a caminho de casa. O que diabos você anda fazendo? Por que tentou nos roubar?

O homem se pôs de pé, batendo a poeira do corpo, mas manteve a cabeça abaixada, como se tivesse vergonha do que havia acabado de acontecer.

— Hã... Robard? – perguntei com cautela.

— Ah, sim. Desculpe. Tristan, Maryam, todos vocês, esse é Will Scarlet. Ele é, ou pelo menos era quando parti, o capataz do meu pai.

Por um momento, pareci não entender as palavras de Robard.

— O seu pai tem um capataz? — perguntei. — Achei que vocês eram fazendeiros pobres.

Nenhum fazendeiro que eu conhecera em St. Alban ou nos terrenos vizinhos tinha sido capaz de pagar por um capataz, um funcionário que administrava os trabalhadores, assim como as terras de propriedade do seu senhor.

O rosto de Robard corou e ele deu de ombros.

— Bem, somos pobres. Quero dizer, em comparação com alguns dos barões e lordes que têm propriedades ao nosso redor. — Ele rapidamente mudou de assunto. — Will, por que você deu para roubar? Se me pai souber disso...

— Sim, Rob, eu sei. Mas há algumas coisas que... você não... Muitas coisas mudaram, meu rapaz, desde que você partiu. Tudo está pior, muito pior. A coroa aumentou os impostos em dez vezes e as colheitas não foram boas nos últimos dois anos, e desde que seu pai... Rob, a jovem dama aqui, ela não vai matar o pobre Allan, não é? — Ele apontou para Maryam, que ainda estava sentada sobre um dos bandidos, segurando sua adaga dourada com firmeza contra a garganta dele.

— Quê? Oh, não. Maryam, por favor, solte-o — disse Robard.

— Não gosto de bandidos — retrucou Maryam, sem mover um músculo.

— Esses homens não são bandidos. Não exatamente. Então, por gentileza, não o mate. Ele se chama Allan Aidale e também trabalha para meu pai — explicou Robard.

— Olá, pessoal — disse Allan com a voz fraca, deitado no chão.

Maryam soltou um suspiro desgostoso e, em seguida, encarou Allan com os olhos negros cintilando de raiva.

— Nunca, jamais aponte uma arma para mim novamente. Entendeu? — disse ela ao homem preso embaixo do seu corpo. Ele assentiu vigorosamente e ela se levantou, depois retornando as adagas em suas bainhas num único gesto.

O homem se levantou com dificuldade enquanto Tuck e Little John soltavam o bandido que estiveram segurando até então. O homem caído no chão continuava inconsciente, e aquele que eu havia perseguido ainda não tinha aparecido de novo.

— Conheço você a vida inteira, Will. Por que recorreu a isso? — Robard estava muito triste ou muito irritado. Era difícil dizer.

— Rob... Eu... Nós estamos com fome e as crianças de Sherwood também. Há um novo bailio do condado em Nottingham. Ele é pior do que aquele que tínhamos quando você partiu, e aquele com certeza já era ruim o bastante. Esse nos proíbe de caçar sem pagar impostos à coroa. Mandou mais de três dezenas de homens do condado para Londres, ouvimos dizer que foram atirados na Torre e até coisa pior. Não sabíamos se você estava vivo ou morto... Se jamais iria voltar um dia... — As palavras de Will Scarlet pararam ali. Senti pena dele.

— Mas, Will, com certeza meu pai não toleraria isso. Onde ele está? Por que não foi acertar as coisas diretamente com esse bailio do condado? — inquiriu Robard.

Will deixou cair os ombros e olhou para o chão.

— Ele... Oh, Rob. Não sei como lhe dizer. Ele se foi, Rob.

— Se foi? Como assim? Foi para onde? — insistiu Robard.

— Para o céu, Rob. Ele morreu no primeiro inverno depois que você partiu. O bailio do condado o levou para a prisão em Nottingham e ele morreu ali — disse Will, em voz suave.

Robard cambaleou, como se tivesse sido atingido por uma mão invisível.

— O quê? Não! Você está mentindo. Seu ladrão maldito! — Ele segurou a túnica de Will com as mãos, puxando-o até que seu rosto ficasse a centímetros do homem assustado. — Retire o que disse, agora!

— Mestre Rob — disse Allan, tocando-o gentilmente no ombro. — Receio que é verdade, meu rapaz. Aconteceu exatamente como disse o velho Will. Por favor, deixe ele ir. Não é culpa dele... Will fez tudo o que podia pra manter as coisas bem, *perando* que você voltasse um dia. Mas isso *tá* sendo quase impossível. Desculpa pela gente estar roubando, mas não *tamo* ferindo ninguém. Só que esse seu amigo aí com a espada deu um susto daqueles no Gerald. Acho que a gente só vai tornar a ver o homem na primavera. — Ele tentou rir para aliviar a tensão, mas a risada saiu como um chiado esquisito. Ambos pareciam tristes e cansados. Achei que estavam na casa dos cinquenta, o que os tornava mais velhos ainda do que Tuck ou Little John.

O capataz de Robard, Will Scarlet, mal havia se mexido. Quando ficou ali de pé, à luz fraca da manhã, vi que seu cabelo era grisalho. Era magro e, assim como Robard, tinha braço e peito largos, conquistados por um longo período de prática com arcos longos. Suas mãos eram cheias de cicatrizes, e as rugas de sua pele denunciavam sua idade avançada. Entretanto, quando o observei junto a Allan, vi aço em suas veias. Aqueles improváveis bandidos também eram homens endurecidos. Apesar dos mantos esvoaçantes, tinham a aparência de lobos magros e famintos. Eram homens da floresta, caçadores, lutadores, rastreadores. E, claramente, tinham profunda afeição por Robard.

Tentei ajudar.

— Robard, por favor, solte-o. Podemos seguir direto até Sherwood, até sua fazenda. E descobrir o que aconteceu. Vamos, você precisa soltá-lo.

Devagar e com grande dificuldade de conter a tristeza, Robard soltou Will, deixando os punhos caírem ao lado do corpo. Lágrimas desciam pela sua face.

— Will, me conte a verdade, o que aconteceu com meu pai — disse ele, por fim.

— Foi como eu disse, Rob. A coroa, o príncipe João principalmente, aumentou os impostos vezes demais para contar, nos últimos dois anos. As pessoas, até mesmo alguns dos barões, perderam suas terras, sua fortuna. Não há dinheiro que entre. Os homens são jogados na prisão ou mandados para as Cruzadas, como você foi, para pagar os impostos. Seu pai e também alguns dos outros proprietários de terras finalmente deram um basta nisso tudo, e o bailio do condado mandou todos para a prisão. Ele estava lá, na prisão de Nottingham cumprindo sua pena, quando apanhou uma febre e morreu.

— O que aconteceu com nossa terra? — inquiriu Robard. — Nosso povo, o que aconteceu com eles?

— Mal conseguimos manter nossas terras. O bailio do condado tirou a maioria das propriedades ao nosso redor. Com as colheitas pobres, tivemos muito pouco para trocar, e ninguém consegue comprar comida, de todo jeito. Esse bailio do condado é cruel. Tirou a terra de todo mundo para pagar os impostos e ele mesmo as está comprando. Anda de olho nas suas coisas, nas suas terras, já há um tempo, mas conseguimos reunir o suficiente para pagar os impostos. Não sobrou muita coisa. Como não temos o suficiente para alimentar todo mundo, eu e os garotos assumimos as coisas com as nossas próprias mãos — explicou Will.

Robard não o escutou e pareceu perdido em pensamentos.

— Mas Rob, por favor, entenda. Nada tiramos do povo pobre daqui de Sherwood. Roubamos somente quem possa ter cruzetas ou comida sobrando. Apenas tiramos aquilo de que necessitamos para sobreviver. O restante vai para as famílias pobres daqui da floresta. Fazemos isso há alguns meses. O que demos aos pobres do condado fez com que nos amassem. Até nos chamam de "Homens Felizes". Não é incrível?

— E minha mãe? Ela...?

— Ela está bem, Mestre Hode — disse Allan. — Você sabe o quanto o povo de Sherwood a ama. Duvido que tivéssemos conseguido manter as coisas assim tão bem se não fosse por ela.

O rosto de Robard demonstrou um breve instante de alívio, mas sua raiva voltou em um piscar de olhos. Ele se virou nos calcanhares e andou até seu cavalo e, pelo seu olhar, soube o que pretendia fazer: ir até Nottingham, encontrar o bailio do condado e matá-lo.

Minha própria tristeza sumiu quando vi a desolação do meu amigo. Fiquei na frente dele para impedir seu caminho.

— Robard, espere — implorei. — Sei como você se sente...

— Tenho certeza de que sabe, escudeiro — interrompeu ele. — Agora saia da minha frente.

Maryam veio ficar ao lado dele e pôs a mão em seu braço.

— Robard, você não pode agir de forma grosseira...

— Se vocês dois não me deixarem em paz, juro que vou... — começou ele.

— E sua mãe, Robard? — incitou Maryam. De imediato, sua tentativa deu certo. Os olhos enlouquecidos dele entraram em foco e Robard a encarou intensamente enquanto ela levantava os braços, envolvendo o rosto dele com as mãos.

— Que tem a minha mãe? — perguntou ele, baixinho.

— Ela perdeu o marido. Pelo que ela sabe, você também está perdido. Faz dois anos que o filho dela partiu. Ela sofreu pela morte do seu pai todo esse tempo, sem o apoio de seu filho. Deve estar desesperada e arrasada. Haverá tempo para vingança mais tarde, Robard.

Mas você precisa ir até a sua mãe. — A voz de Maryam era calma, e, qualquer que fosse o oceano de emoções que ele sentia, ela conseguiu acalmá-lo, pelo menos por enquanto.

— Minha mãe — disse ele. Empurrou-me para o lado, montou seu cavalo e o incitou a galopar. Em pouco tempo estava invisível, envolvido na névoa. Somente o som dos cascos se afastando permanecia ali.

— Robard, espere! — gritei atrás dele, mas ele havia desaparecido." Will — falei, em voz baixa. Ele parecia confuso e triste. — Precisamos ir atrás de Robard. Vamos nos perder em dois tempos. Você pode nos guiar?"

— Sim. Vamos atrás dele, ah, se vamos. Allan, vá com os garotos apanhar nossos cavalos. Depressa agora. Se bem conheço Mestre Hode, depois que ele fizer seus cumprimentos à Senhora Hode, vai galopar até Nottingham e acertar as contas com o bailio do condado em pessoa. Vamos, rapazes, ao trabalho — ordenou aos seus homens, que saltaram às suas tarefas.

Will cutucou o pobre coitado deitado no chão — ele se chamava Cyrus —, que acordou de um estalo, depois recuou com medo ao ver Little John assomando sobre eles.

— Não se preocupe, Cy, ele é amigo. Era Mestre Hode que tentamos roubar, dá pra acreditar?

Cyrus concordou que não dava e se levantou, tentando desanuviar a cabeça. Allan e os outros homens retornaram com os cavalos.

— Já demos ao velho Rob uma bela de uma vantagem, mas vamos alcançar o camarada em dois tempos — disse Allan enquanto todos montávamos e partíamos com Will Scarlet à frente, perseguindo Robard todo o caminho até a sua casa.

19

Will e seus homens tinham montarias melhores do que as nossas, e demos tudo de nós, forçamos os cavalos o quanto pudemos para tentar acompanhá-los. Após o meio-dia, passamos por um portão com um arco alto de madeira, e nele havia uma placa desgastada, em que letras esculpidas diziam HODE. Depois do arco, seguimos por uma longa trilha ladeada por árvores bem altas. Entre elas, vi mais bosques, só que havia a distância apenas planícies de pouco relevo e campos abertos. Era um lindo lugar, e pude entender por que Robard tanto queria voltar para casa.

Encontramos Robard e sua mãe não muito longe da casa principal, em um pequeno cemitério cercado, diante de uma cruz de madeira. Deve ter sido o terreno da família onde seu pai havia sido enterrado. Robard assomava sobre sua mãe pequenina, cujos ombros se sacudiam enquanto ela chorava, e ele tentava gentilmente enxugar o rio de lágrimas que descia pelo rosto dela. Apeamos no jardim e nos mantemos parados e quietos, sem desejar perturbá-los.

Tuck observou os dois de pé ante a cruz de madeira e me perguntei se aquilo não traria lembranças dolorosas dos irmãos que ele havia enterrado há tão pouco tempo. Tuck juntou as mãos em prece e fez seu estalo de língua baixinho antes de se benzer. Will e seus homens, achando que Tuck era um padre, talvez por levarem em consideração suas vestimentas e seus gestos, o imitaram.

Enquanto Robard cuidava de sua mãe, analisei a propriedade dos Hode. Havia caído por causa dos tempos difíceis, com certeza, mas era muito maior do que uma "simples fazenda", como Robard nos tinha levado a acreditar. A casa principal tinha a altura de dois andares, com uma varanda de madeira enorme na frente. A escada que levava até ela estava rachada e quebrada em alguns pontos, e o teto de palha estava em péssimo estado. O que um dia haviam sido janelas de vidro na frente da casa agora estavam cobertas de tábuas.

Além da casa, ficavam um celeiro, uma casa de defumação e diversas outras construções menores. No curral perto do celeiro faltavam vários trechos da cerca, e ali devia ser difícil manter até mesmo um pequeno bode. Se a terra dos Hode estava em tal estado, eu mal podia imaginar a aflição pela qual os fazendeiros mais pobres estavam passando.

Robard e sua mãe saíram do pequeno terreno. Ele a segurou pelo braço e a conduziu até o jardim. O rosto dele estava contraído de raiva. Me identifiquei com sua tristeza, com o que havia acontecido com sua mãe e sua terra. Estávamos ali em busca de um lugar para descansar, mas ali havia pouca paz.

Durante nossas viagens, Robard falara muito pouco de sua mãe. Apesar da situação dela e do seu provável choque ante a chegada inesperada do filho, ela nos brindou com um sorriso simpático. A perda do seu marido tinha sido aliviada pelo retorno de seu único filho. Ela mal conseguia tirar os olhos dele e o seguia para todo lado como um cachorrinho. Anjo adorou conhecer a Senhora Hode, que fez festa para a pequena vira-lata como se fosse um de seus próprios filhos.

— Oh, Rob, onde você encontrou uma menininha tão doce? — disse a mãe com vozinha de criança, afagando a barriga de Anjo.

— É uma longa história — respondeu ele. — Mãe, há umas pessoas a quem gostaria que a senhora desse boas-vindas. Esses dois em particular estiveram comigo desde a Terra Santa. Tristan é o nome desse patife aqui, ele se diz escudeiro de Cavaleiro Templário, mas acho que deve ser uma mentira que lhe contaram — disse Robard com um certo brilho nos olhos. Ele podia estar triste e possesso de raiva, mas não iria se esquecer das boas maneiras na frente da sua mãe. Estava tentando animá-la e, ao mesmo tempo, procurando se concentrar em alguma outra coisa que não fosse o luto.

— Você é amigo do meu Robinzinho? — perguntou ela.

— De fato sou, senhora — respondi.

— Então sempre será bem-vindo aqui — retrucou ela, tocando-me a bochecha com sua mãozinha enrugada.

— Obrigado, senhora. A senhora é muito gentil — falei.

Robard apresentou Little John e o irmão Tuck à sua mãe, e ela ficou felicíssima ao ver Tuck vestido com um manto de frade.

— Faz muito tempo que não temos um homem de Deus entre nós aqui em Sherwood — disse ela.

Quando expliquei que Tuck não conseguia falar nem ouvir, ela estendeu a mão e lhe deu um tapinha suave no braço, como se aquilo não importasse para ela. Ela o considerava um homem da Igreja, e a presença dele era o bastante.

Antes que Robard tivesse a chance de apresentá-la, sua mãe segurou Maryam pelas mãos.

— Pobre rapariga. Por que você foi obrigada a viajar para tão longe com tantos rufiões?

Maryam, pela primeira vez, não soube o que dizer. Ela tentou balbuciar uma resposta, mas Robard a interrompeu.

— Mãe, esta é Maryam. Passamos por várias dificuldades, nós três, tentando voltar para casa. Ela sabe lutar e já a vi superar mais guerreiros do que sou capaz de contar. Já salvou minha pele umas dezenas de vezes. Há muita coisa que preciso contar à senhora quando houver tempo.

— Tudo bem, Rob — disse sua mãe. — Percebi de primeira quando você olhou para ela, que você está bastante apaixonado pela rapariga e ela por você. Mãe sabe dessas coisas.

— O quê? — explodiu Robard. — Oh, não, não é nada disso. Maryam é... Ela é uma... Não estou apaixonado. Não...

— Mesmo? — perguntou a senhora Robard.

— Mesmo... — confirmou Maryam, com os olhos tão afiados quanto suas adagas. Robard olhou para mim sem saber o que fazer. Eu apenas dei de ombros.

A Senhora Hode segurou a mão de Maryam mais uma vez.

— Rapariga, você é cristã?

Maryam engoliu em seco, depois respondeu em voz baixa:

— Não, senhora, não sou.

— Mas meu Rob disse que você ficou ao lado dele, lutou ao seu lado. É verdade? — perguntou ela.

— Sim, senhora Hode, é verdade. Às vezes, ele é um pouco duro de roer e não é tão bom com o arco longo quanto acha que é, mas jamais conheci uma alma mais corajosa e leal — disse Maryam.

A Senhora Hode abriu um enorme sorriso e puxou Maryam para dentro da casa.

— Isso está ótimo para mim. Venha, rapariga, não querendo ofender, mas você andou cavalgando muito e aposto como faz algum tempo que não toma um banho como se deve. Minha empregada irá apanhar água e vamos bater um bom papo. Allan, Will, tem um pouco de carne de veado ainda na casa de defumação. Se não se importarem, vocês poderiam caçar um cervo para nosso jantar, embora Deus Nosso Senhor saiba que não há mais muitos veados sobrando por aí, com todo mundo tão faminto quanto está. Não temos muito – disse ela para Maryam e Little John –, mas faremos o possível para preparar um banquete esta noite. Will, você e os outros cuidem de suas tarefas agora. Meu Robinzinho chegou, e, por uma noite pelo menos, Sherwood não conhecerá a tristeza. Agora vão!

Puxando Maryam atrás de si, a Senhora Hode desapareceu na casa com Anjo em seus calcanhares. Will, Allan e os outros homens foram cuidar de tudo de que precisava ser feito. Levaram os cavalos para o pasto situado atrás do celeiro. Um grande fogo para cozinhar estava aceso e, sem perda de tempo, já estávamos apenas eu, Robard, Tuck e Little John parados no jardim.

– E agora? – perguntei.

– Agora vamos dar à minha mãe sua festa. Já houve choro demais hoje. Amanhã irei até Nottingham falar com esse bailio do condado.

– Robard...

– Não, Tristan. Chega de conversa. Olhe só o estado da minha casa. Se meu pai estivesse vivo, morreria de desgosto. E minha pobre mãe, que precisa morar desse jeito, com a casa e tudo o mais, caindo aos pedaços ao redor dela? Will e Allan são obrigados a cavar qualquer coisinha apenas para alimentar os famintos. Vamos ter uma conversa, esse bailio e eu. Isso eu lhe garanto.

Com isso, Robard saiu andando e desapareceu atrás da casa.

– Acho que o jovem Hode está procurando problemas – comentou Little John.

— Sim, ele precisa parar um pouco e pensar. Não estamos em condições de arrumar mais um inimigo, o bailio do condado — falei.

— Você vai ficar ao lado dele para se opor ao bailio? — perguntou Little John.

A brisa aumentou e, justamente nesse momento, um pequeno punhado de neve foi lançado pelos ares e depois para o chão perto de nós. Senti o vento cortante e, se eu não tivesse sido criado por homens cristãos, teria interpretado isso como um sinal, um indício de que coisas ruins estavam para acontecer. Apesar de minha criação, por um momento eu *de fato* acreditei nisso. Que algo ruim estava por atravessar nosso caminho.

Little John, se percebeu alguma coisa, não disse nada. Olhei para ele, diretamente em seus olhos.

— Até o fim — respondi. — Até o fim.

20

A comemoração seguiu até tarde e foi noite adentro. Dadas as circunstâncias, e sem querer desapontá-lo, evitei conversar com Robard a respeito da sua vontade de ir atrás do homem responsável pela morte de seu pai. Will Scarlet voltou com um veado que caçou na floresta, e este foi limpo e preparado. Desfrutamos de uma refeição espartana, porém deliciosa, à mesa da senhora Hode. Era fácil perceber o quanto Robard gostava de estar em casa, e amaldiçoei o destino por haver levado o pai dele e estragado o retorno do meu amigo.

Peguei Maryam observando-o atentamente, sabendo, assim como eu, o quanto ele era cabeça quente e capaz de atos bruscos. Entretanto, à medida que a noite passava, ele pareceu relaxar um pouco, como se o pior da sua raiva tivesse se abrandado. Quando chegou a hora de dormir, achei que, talvez, na manhã seguinte, o veria com a cabeça mais fria.

Maryam havia tomado banho e penteado o cabelo. Usava uma nova túnica que a senhora Hode tinha dado um jeito de encontrar e ajustar para que lhe servisse. Seu manto com capuz havia sido lavado e remendado, e Maryam parecia absolutamente radiante. Ria e brincava com Robard e os homens, que obviamente gostavam da companhia dela – embora também estivesse evidente que ela os deixava nervosos, pois se lembravam de suas habilidades com as adagas.

Quando nossa refeição terminou, Tuck, Little John e eu preparamos nossa cama no chão do salão principal da casa, perto da lareira. Insistimos que dormíssemos no celeiro, mas a senhora Hode não quis nem ouvir nossos argumentos. Robard foi para o seu quarto, nos fundos da casa, e Will, Allan e os outros partiram para suas próprias casas, que ficavam ali mesmo na propriedade. Maryam ganhou uma cama no andar de cima, perto dos aposentos da senhora Hode. Caímos no sono rapidamente. Tinha sido um dia cheio e estávamos todos exaustos. Dormir dentro de uma casa e cobertos por cobertores quentinhos, mesmo que no chão duro, era um agrado que muito nos era bem-vindo.

Não tenho certeza do que me acordou antes do amanhecer. Meu sono, em geral, era profundo e sem perturbações, mas talvez um rangido do assoalho ou o farfalhar de roupas passando perto de mim tenha me feito despertar. O fogo então era um leito de cinzas cuja luz alaranjada emitia um brilho suave, iluminando a sala apenas o bastante para identificar silhuetas disformes. Ouvi os roncos de Tuck e John, depois o som da porta da frente rangendo vagarosamente ao se abrir e fechar. Me coloquei de pé e fui investigar imediatamente do que se tratava. Eu havia dormido com as minhas roupas de sempre; portanto, só precisei prender minha espada no cinto e sair sorrateiro da casa.

Depois que saí pela porta, corri os olhos pelo jardim para ver quem estava saindo àquela hora e vislumbrei Robard seguindo na direção do celeiro, onde os cavalos estavam guardados. Minhas suspeitas foram confirmadas. Ele não havia desistido da intenção de confrontar o bailio do condado e ainda esperava sair sem ser visto. Assim evitaria que sua mãe, Maryam e eu tentássemos convencê-lo do contrário.

O ar da madrugada estava gelado, e o chão, coberto por uma camada espessa de neve. A meia lua estava baixa no céu, o que indicava que o dia só iria raiar dentro de algumas horas. Uns poucos flocos de neve pairavam na brisa, mas o céu estava se tornando limpo e não era possível avistar nuvens na direção do leste.

Segui Robard até o celeiro, e não fiz questão de fazê-lo de forma silenciosa. Nós três estávamos viajando há meses, sempre em guarda, em constante alerta para qualquer perigo — surpreender um arqueiro do rei na calada da noite nunca era uma boa ideia. Ele já havia fechado a porta do celeiro, mas eu a abri e entrei. Uma pequena lâmpada a óleo ardia de um gancho perto das baias dos cavalos, mas Robard não estava em nenhum lugar à vista.

— Robard? — chamei. Não respondeu. — Robard, sou eu, Tristan. Eu sei para onde você está indo. Não faça isso sozinho. Vamos conversar primeiro.

O celeiro continuava em silêncio.

Dei um passo para a frente e olhei para a parte superior do celeiro, onde se guardava o feno. Esforcei-me para observar cada um dos cantos escuros, mas ainda assim não localizei meu amigo. Como ele havia desaparecido?

— Robard, sei que você consegue me escutar. Acredite em mim quando digo que entendo seus sentimentos. Nós dois perdemos... — Por um instante, as palavras me faltaram, pois a imagem das cruzes na trilha até St. Alban invadiu minha lembrança, e a tristeza ameaçou brevemente me dominar novamente. — Saiba apenas que compartilho da mesma tristeza que você. Mas, por favor, imploro que não faça isso.

À minha frente havia outra portinha que levava até o curral do lado de fora, e me perguntei por um momento se não julgara mal a intenção de Robard. Talvez ele não tivesse conseguido dormir e simplesmente saíra para caminhar e espairecer a cabeça. Porém, descartei essa ideia; ele não teria deixado uma lâmpada acesa num lugar onde seria fácil começar um incêndio.

Bem quando eu estava prestes a chamá-lo de novo, senti uma mão no meu ombro. Pulei assustado.

— Não faça isso... — falei, virando-me para encarar meu amigo.

Mas, antes que pudesse lhe perguntar onde ele achava que estava indo, seu punho enluvado me acertou direto na mandíbula, e desabei no chão, inconsciente.

Senti uma cutucada no peito, e meus olhos se abriram.

— Robard, pare com isso. Não há tempo...

Olhei para cima e não vi Robard, mas sua mãe, Little John, Maryam, Anjo e Will me observando. Havia luz suficiente para enxergá-los com clareza, o que significava que já devia ser de manhã, e então me sentei. Little John me ajudou a me pôr de pé.

— Onde está meu filho? — sua mãe perguntou para mim, enquanto esfregava minha mandíbula dolorida.

— Ele não está aqui? — perguntei a Will.

— Não, ele não está em lugar nenhum, mestre Tristan. Já procuramos em toda parte — respondeu Will.

— Cadê a árvore? — perguntou Little John, dando um risinho ao notar meu rosto machucado.

— O quê? Não entendi — retruquei.

— A árvore em que você trombou. Parece que você levou uma pancada feia. Foi cortesia do seu amigo?

— Foi — respondi com um suspiro. — Eu o ouvi saindo da casa mais cedo e fiquei preocupado, ele possivelmente estava a caminho de Nottingham. Tentei impedi-lo, mas apareceu de fininho e me acertou. Não sei há quanto tempo ele se foi.

— Que tolice. Quando eu colocar as minhas mãos nele... — Maryam se interrompeu, corando, ao se lembrar da mãe de Robard.

— Não se preocupe, rapariga. Ele puxou ao pai, puxou sim. Teimoso como uma mula ele era, e Rob é como se fosse farinha do mesmo saco... — A senhora Hode sacudiu a cabeça e juntou as mãos, preocupada. — Ele não é capaz de enfrentar o bailio do condado, esse garoto bobo. Ele tem uns cinquenta beleguins. O que vou fazer?

Lágrimas se formaram em seus olhos, e meu coração se derreteu no meu peito. No pouco tempo em que a conhecera, eu havia visto o amor e a bondade com que ela tratava todos que conhecia. A volta do seu filho lhe trouxera grande alegria depois do que deviam ter sido meses horríveis de tristeza e solidão. Robard era meu amigo, de fato, e irmão de espírito, se não de sangue. Naquele momento, decidi que iria trazê-lo de volta para ela. Vivo.

— Não se preocupe, senhora Hode. Nós vamos trazê-lo.

Estendi o braço para pousar a mão no ombro dela, e ela, em vez disso, me deu um abraço fervoroso em troca, enterrando sua cabecinha no meu peito. A lã grossa do meu manto abafou seus soluços.

— Bom Deus que estais no céu, obrigada, rapaz. Por favor, faça isso. Traga-o de volta para mim.

— Will, vamos precisar que nos guie até lá, se concordar — falei.

Olhei para ele. Pelo que havia visto no breve tempo que passamos juntos, ele era alguém que eu gostaria de ter ao meu lado numa luta. Este era seu território, e Allan e os outros o obedeceriam antes de me seguirem.

— Certo, rapaz. Conheço o caminho. E, se estiver disposto a assumir o comando, estou com você. Allan e o resto dos homens irão segui-lo também, quando lhes disser para fazer isso. Vamos lutar por Robard, pela senhora Hode e por qualquer um do nosso povo. Eu e os rapazes nos saímos bem perambulando por Sherwood, roubando uma bolsa aqui e ali. Mas você é um soldado, e se a gente tiver que enfrentar o bailio do condado lhe imploro para que cuide da parte estratégica.

— Tudo bem — respondi. — Obrigado, Will. Poderia, então, cuidar dos seus homens? Vamos nos preparar agora.

Will saiu do celeiro apressado.

— Little John, sei que você e Robard tiveram suas diferenças e que essa briga com certeza não é sua. Mas, se estiver disposto, com certeza você seria de grande ajuda.

Little John coçou sua barba espessa enquanto segurava o cajado com a outra mão gigante. Por um momento, achei que iria embora e pegaria a estrada mais uma vez, o que até estaria em seu direito. Em vez disso, ele sorriu.

— Por que não? Já sou um homem perseguido. O que são mais algumas leis quebradas? — Com uma piscadela, deu um tapinha suave na cabeça da mãe de Robard. — Além disso, não conte a ele, mas comecei a gostar do jovem Robard. Ele tem coragem, isso tem. Pode perder a cabeça de vez em quando, mas é um batalhador. Estou dentro.

— Excelente. Vamos selar os cavalos e partir. Senhora Hode, a senhora poderia fazer a bondade de ir chamar o irmão Tuck? Quero que vá conosco.

Em poucos minutos, os cavalos já tinham comido, bebido água e sido selados. Enquanto aguardávamos a volta de Will, Maryam afiou as adagas em uma pedra de amolar no celeiro. Robard havia deixado a espada de batalha de Sir Thomas e eu a emprestei a John. Ele a tirou da bainha e a brandiu uma ou duas vezes. Parecia um brinquedo em suas mãos. Anjo andava de um lado para o outro no jardim, nervosa, como se soubesse que Robard estava desaparecido. Tuck veio até o celeiro com a senhora Hode e levamos os cavalos até o jardim, onde esperamos por Will e os demais. Eles chegaram alguns momentos depois.

— Tristan — disse a Senhora Hode para mim enquanto todos nós montávamos em nossos cavalos e nos preparávamos para ir embora. — Você tome muito cuidado. O pai de Robard desobedeceu esse homem no primeiro dia em que o viu. Ele é vaidoso, malvado e maligno. É, sim. Seu nome é William Wendenal e você não vai encontrar criatura mais vil nessa terra de Deus. Cuidado, jovem escudeiro, estamos quase sem homens aqui em Sherwood. Cuide-se agora e traga meu Robard de volta para casa.

— Vamos tomar cuidado — falei no momento em que começamos a viagem e, por fim, dizendo para ela não se preocupar.

Afinal, pensei, enquanto os rostos de Sir Hugh, da Rainha Mãe, de Ricardo Coração de Leão e do Alto Conselheiro do Languedoc cruzavam meus pensamentos, combater os vaidosos e malignos era, aparentemente, a minha especialidade.

21

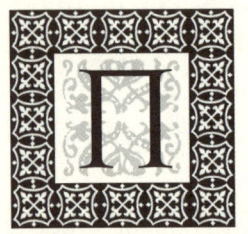

Nottingham era uma versão menor e mais compacta de Dover. A diferença era acentuada pela localização de Nottingham no denso interior do norte do país, repleto de florestas, enquanto Dover ficava no litoral, o que a fazia parecer ainda maior com a vista do mar como pano de fundo. Nottingham, contudo, tinha uma praça de mercado de bom tamanho, diversas lojas e outros edifícios amontoados na praça central. Entretanto, tal como havíamos visto em outras cidades e vilas ao longo da nossa viagem para o norte do país, os tempos difíceis haviam chegado ali também e não havia o nível de atividade e de comércio que seria de esperar. O lugar estava quieto; poucos vendedores eram vistos na praça e somente alguns pequenos grupos de pessoas andavam a esmo.

— Que dia é hoje, Will? — perguntei.

— Não sei, meu lorde. Tendemos a perder a conta dos dias aqui na floresta. Não temos padre em Sherwood agora e não conseguimos nem saber quais são os dias santos. Que os santos nos perdoem — respondeu ele.

— Tenho certeza de que já perdoaram, Will. Só fico pensando se, por acaso, não seria domingo. E, por favor, pare de me chamar de "lorde". Com toda certeza, não sou um nobre.

Ele sorriu, deu de ombros e olhou para baixo, observando a cidade. Chamaríamos uma atenção nada bem-vinda se entrássemos em Nottingham num domingo, ainda mais levando armas e mostrando disposição para lutar. Porém, parecia haver gente o bastante para indicar que não era domingo.

— Onde vamos encontrar o bailio do condado? — perguntei. — E existe alguma coisa a mais que você possa me dizer a respeito dele?

— Ele fica no meirinhado. É ali naquela torre alta perto do centro da cidade, e a prisão é bem ao lado. Ele veio para cá direto da corte do príncipe João, é o que dizem — respondeu Will, apontando para o edifício. — Como a senhora disse, ele é um homem vil, vaidoso e pomposo. Isso é só o que posso lhe dizer, senhor. Ah, e que se ele me pegar, assim como qualquer um dos rapazes aqui, vamos parar na forca, com certeza.

— Vamos fazer o possível para que isso não aconteça. Algo me diz que vamos encontrar Robard no meirinhado mesmo — falei. — Vamos em frente.

Descemos a encosta e entramos na cidadezinha. As poucas pessoas que estavam na rua prestaram pouca atenção em nós. Paramos e desmontamos em frente a uma pequena estalagem, a cerca de cinquenta metros da prisão. E, dito e feito, o cavalo de Robard estava amarrado a um poste bem na frente dela.

— Quantos beleguins o bailio do condado tem à sua disposição, Will? — perguntei.

— Não sei direito, rapaz. Eles estão em número maior do que nós — respondeu ele. — Acho que, do jeito como os tempos estão difíceis, muitos homens passaram a se oferecer para trabalhar aqui em troca de comida e teto pra morar.

Outra situação ideal, pensei. Estávamos em desvantagem numérica e eu me apresentava em território desconhecido. Endireitando minha túnica, enfiei a mão no meu alforje e retirei de lá o anel de Sir Thomas. Coloquei-o no meu dedo. Bati toda a lama que pude das minhas botas e puxei a espada para a frente do meu cinto, tentando me tornar apresentável.

— O que você vai fazer? — perguntou Maryam.

— Não sei bem ainda — respondi. — Vocês esperem aqui. Tentem atrair o mínimo de atenção possível. Little John, por favor, posicione os homens do outro lado da rua, em frente à prisão. Fiquem de olhos bem abertos. Will, acho melhor se você e seus homens parecerem desinteressados. Não retesem nenhum arco, nem soltem nenhuma flecha ainda, mas fiquem a postos. Robard provavelmente já foi jogado na prisão, e eu vou ter de tirá-lo de lá, de um jeito ou de outro. Maryam, fique com John e vigie a porta. Se eu não voltar daqui a um tempo razoável, é bom vocês dois entrarem no meirinhado e... me ajudarem. Venha, Anjo — chamei.

Sentou-se de onde já estava deitada no chão e, embora cansada da longa e vigorosa caminhada, veio ansiosamente ao meu lado.

Desci a rua tentando parecer importante e determinado, caso alguém estivesse observando a minha aproximação. A porta de entrada do meirinhado não tinha guardas. Entrei sem bater. Dentro dele encontrei uma sala ensombrada, e sua iluminação fraca vinha de duas janelas, de ambos os lados da porta. Penduradas nas paredes, estavam lâmpadas a óleo, mas o assoalho de madeira e a falta de qualquer mobília ou decoração davam à sala uma qualidade amedrontadora e funesta.

— Alô! — gritei.

Um corredor levava para fora da sala principal, e o som de passos ecoou no assoalho de madeira. Dentro de segundos, um homem alto e magro entrou. Estava esplendidamente vestido com uma túnica de veludo cor de púrpura, perneiras imaculadamente brancas e uma capa curta vermelho-escura ao redor dos ombros. Seus olhos eram frios e azuis, e sua barba bem aparada estava salpicada de pelos grisalhos. Era difícil adivinhar sua idade, mas tinha uma aparência um tanto confiante. Se era o bailio do condado, não seria facilmente persuadível.

Ele me encarou com total desdém, mas nada disse.

— Procuro o bailio do condado de Nottingham — disse eu.

— Já o encontrou — retrucou ele.

— Ah, obrigado, senhor — falei. — Sou Tristan de St. Alban dos Pobres Soldados de Cristo do Templo de Salomão, e eu...

— Você é um cavaleiro do Templo? — escarneceu ele, mal acreditando no que eu dizia. Anjo, sentada ao meu lado, deu uma rosnada. Mandei que parasse de rosnar. Ele olhou para baixo e ficou lívido, como se eu tivesse cometido um pecado mortal ao trazer um cachorro para dentro do seu meirinhado.

— Oh, não, senhor, não um cavaleiro. Sou um escudeiro, na verdade. Fui enviado até aqui para resolver uma questão de grande urgência para a Ordem. Estou em busca de um homem — disse eu, tecendo a minha teia.

— E de que modo isso é da minha conta? — perguntou ele.

— Bem, senhor, o nome dele é Robard Hode, da Floresta de Sherwood. Ele recentemente voltou para casa depois de prestar distintos serviços nas Cruzadas, e... posso lhe perguntar qual é sua graça, senhor? — perguntei.

O homem torceu o nariz.

— Meu nome é William Wendenal. E o seu tal Robard Hode chegou aqui agora há pouco, fazendo acusações insanas. Ele foi rendido pelos meus beleguins e agora padece na minha prisão. Não posso acreditar que tal rufião possa ser de algum interesse para a Ordem.

— Compreendo, senhor, com toda certeza. E pelo que ouvi falar, ele é do tipo temperamental. Porém, há questões na Ordem que envolvem mestre Hode e que preciso resolver. Tenho uma carta aqui do meu cavaleiro, Sir Thomas Leux, pedindo a assistência de qualquer um que eu encontrar, com os agradecimentos e elogios dos Cavaleiros Templários.

Retirei a carta de Sir Thomas do meu alforje, esperando que o oleado a tivesse preservado bem o bastante para que continuasse legível. Por que eu não havia checado isso antes de entrar? De qualquer forma, não havia tempo para isso. Entreguei-a a Wendenal, mostrando o anel de Sir Thomas no meu dedo e, sinceramente, esperei que isso fosse o suficiente para convencê-lo de que eu era um legítimo *servo* da Ordem.

Não foi.

— Está achando que sou um tolo, garoto? — desdenhou ele, devolvendo-me o pergaminho sem sequer ler o que estava escrito.

— Garanto ao senhor que não — repliquei com o máximo de sinceridade que consegui reunir.

— Ótimo. Então, você vai entender perfeitamente bem quando lhe disser que não tenho nenhuma intenção de entregar o meu prisioneiro a você — disse ele, empurrando a carta de Sir Thomas contra a minha mão.

— Isso é realmente lamentável, senhor. O que posso fazer para convencê-lo da seriedade desse assunto? — implorei.

— Nada. Agora, leve o seu cachorro e saia já daqui. Caso contrário, serei obrigado a fazer meus beleguins o acompanharem.

Dando um suspiro pesado, enrolei o pergaminho com a carta de Sir Thomas e a recoloquei no alforje.

— Lamento por tê-lo incomodado, senhor — falei. — Entretanto, se puder ter mais um minuto da sua atenção.

O bailio já havia voltado as costas para mim. Quando olhou por cima do ombro, seus olhos se arregalaram ao ver minha espada a meros centímetros de seu pescoço.

— O que significa isso!? — exclamou ele com autoridade.

— Receio que devo insistir para que o senhor me leve imediatamente até o prisioneiro.

22

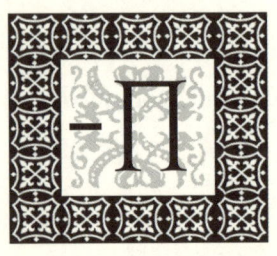

Pão faça um ruído sequer — falei. — Não alerte seus beleguins, senão vai perder uma orelha.

Mantive a voz baixa. Anjo se levantou e rosnou, indo rapidamente até o corredor e farejando o ar.

— Quieta, garota — falei para ela.

— Você é um tolo — sussurrou o bailio do condado. — Meus beleguins...

Empurrei a espada para ainda mais perto do pescoço dele, e suas palavras morreram ali.

— Um pio, um grito, até mesmo um suspiro pesado e atravesso minha espada em você — falei. — Está me entendendo, senhor? Isso pode acabar rápido, sem ferimento algum, se prestar bem atenção. Quantos beleguins estão servindo na cadeia?

— Eu não vou lhe contar nada... — gaguejou, mas outra estocada da minha espada o convenceu a falar a verdade. — Dois. Somente dois.

— Excelente — falei. — Agora, vire e ande silenciosamente pelo corredor. Você vai nos levar direto até mestre Hode sem chamar ou alertar ninguém, está claro?

— Você não vai...

— Está claro!? — repeti entredentes, movendo a espada ainda mais para perto da garganta dele.

Com extremo cuidado, William Wendenal, o bailio do condado de Nottingham, virou-se e caminhou pelo corredor. Anjo foi na frente, o nariz ainda constantemente farejando o ar, e eu segui atrás dele, com a ponta da espada pressionando a sua lombar. O corredor era tão espartano quanto a sala de que havíamos acabado de sair. Por cima do ombro do bailio pude ver uma iluminação à frente que levava a um ambiente maior, provavelmente a cadeia.

Anjo deu um ganido baixinho e presumi que fosse por sentir o cheiro de homens à frente ou talvez por ter sentido o cheiro de Robard. Pedi que ela se calasse e continuamos seguindo adiante.

— Tenho autoridade para enforcar você por isso — ameaçou Wendenal.

— Senhor, há uma longa lista de pessoas muito mais poderosas do que o senhor que já ameaçaram me enforcar e, no entanto, aqui estou. Silêncio.

A caminhada pelo corredor pareceu ter levado uma eternidade. A cada passo, eu pensava duas vezes sobre o meu plano. Meu coração esmurrava o peito quando entramos num salão amplo de paredes de pedra, com uma série de celas de barras de ferro ao longo da parede dos fundos. Dois beleguins estavam sentados a uma grande mesa à minha esquerda. De início, eles não conseguiram compreender a situação. Mas, depois que viram a minha espada apontada para as costas do bailio, puseram-se de pé num salto e sacaram suas próprias espadas.

— O primeiro de vocês que andar até mim será responsável pelo derramamento de sangue do bailio — falei com o máximo de calma que pude expressar.

Eles ficaram parados feito estátuas. Quando arrisquei um olhar para as celas, meu coração afundou, depois bateu com toda a sua força, tamanha a minha raiva. Havia três celas, cada uma com quase três metros de lado. E estavam lotadas de homens, no mínimo dez ou quinze em cada, todos imundos e esfarrapados. O cheiro deles quase me esgotou. Eles estavam tão apertados uns contra os outros que mal havia espaço para se mexerem.

— O que esses homens fizeram para serem tratados assim? — inquiri.

— Eles se recusaram ou se mostraram incapazes de pagar os impostos devidos à coroa — insistiu o bailio.

— Meu Deus. E o senhor acha que tem o direito de trancá-los como animais? — quase gritei.

— Eles quebraram a lei. Há um...

— Basta! — interrompi-o.

Não consegui ver Robard entre a lotação das celas. Estavam cheias demais. Porém, Anjo facilmente o encontrou e disparou até a cela do meio, espremendo-se entre as barras para passar. Assustados, os homens ali dentro se moveram para os lados enquanto ela corria até Robard. Ele se encontrava sentado, encostado na parede dos fundos, e estava em péssimo estado. Parecia ter sido espancado severamente e sua cabeça estava tombada no peito, mas, quando Anjo pulou em seu colo, Robard levantou a cabeça e me olhou com seus olhos inchados.

— Eu estava imaginando quando você chegaria — gemeu ele.

— Consegue se levantar? Andar? — perguntei.

Ele assentiu com a cabeça, e dois homens da cela o ajudaram a ficar de pé.

— Me desculpe pelo seu maxilar — disse ele.

— Não se preocupe. Maryam bate mais forte do que você — respondi.

Eu ri quando disse isso, e ele também. Não que eu estivesse mentindo. Maryam realmente batia com muita força.

Ao observá-lo mancar devagar em direção às grades, meu sangue ferveu. Se eu não tivesse jurado obedecer o Código dos Templários, teria acabado com o bailio do condado, indefeso ou não.

— Diga a seus homens para destrancarem as celas — ordenei.

Eu esperava uma resistência parcial ou qualquer ameaça da força que me aguardava, mas Wendenal deu de ombros e caminhou até o beleguim com o grande molho de chaves que guardava no bolso e abriu a porta da cela do meio em obediência.

— Venha, Robard, temos lugares aonde ir — falei.

— Um momento, Tristan — disse ele enquanto atravessava a porta da sua cela.

Pensei que o beleguim talvez pudesse acertá-lo, mas, com outro olhar na minha direção, ele conteve a mão. Robard primeiro apanhou a sua espada e depois as chaves. Com tanta rapidez quanto seu estado enfraquecido permitia, ele destrancou as celas restantes.

— Todos vocês estão livres. Agora vão. Voltem a seus lares e suas famílias. Se tiverem juízo, juntem-se a mim em Sherwood. Graças a este homem, não temos muito, mas dividiremos o que temos. Se vocês são inimigos da tirania, procurem-me lá — disse ele.

Alguns dos homens, de tão exaustos e castigados que estavam, permaneceram ali, com medo demais de se mexer. Porém, finalmente saíram das celas. Alguns mancando e andando alegremente, outros ajudando os doentes e sem firmeza. Começaram vagarosamente, depois se apressaram enquanto passavam por mim e seguiam pelo corredor até o meirinhado.

Robard cutucou o beleguim com sua própria espada para que entrasse na cela e ali o prendeu. De repente, o outro beleguim entrou em ação. Anjo latiu em advertência e eu gritei. Wendenal tentou se desvencilhar, mas o agarrei pela gola de sua capa e o segurei com firmeza, fazendo questão que pudesse sentir a ponta da minha espada contra suas costas. Enquanto o beleguim avançava, Robard escancarou a porta da segunda cela e acertou o homem diretamente no rosto. Ele cambaleou e caiu no chão como um saco de batatas.

Gemendo pelo esforço, Robard arrastou o homem inconsciente até a cela do meio e o trancou ali dentro.

— Certo, bailio do condado — disse ele. — Para dentro.

— Você é insano. Vou fazer com que vocês dois sejam enforcados por isso — vociferou Wendenal.

Eu o empurrei com aspereza, e ele tropeçou para dentro da última cela vazia. Robard girou a chave na fechadura e sorriu, embora isso parecesse causar-lhe dor. Ele arrastou os pés pela sala e enfiou as chaves em seu cinto, depois apanhou seu arco e a aljava no canto em que estavam empilhados.

— Eu vou encontrá-los — ameaçou Wendenal por entre as barras, com a voz cheia de ira. — Meus homens e eu iremos caçá-los e os dois vão para a forca!

Robard voltou até a cela e encarou Wendenal por entre as barras.

— Meu nome é Robard Hode, filho de Robard Hode II, e considero você seu assassino. Estou voltando para minha terra na Floresta de Sherwood, por isso, se pretende me enforcar, encontre-me lá caso consiga... ou ouse. Aproveite a sua estadia na sua própria prisão, bailio do condado.

Robard foi mancando até mim e pousou a mão em meu ombro. Seu rosto estava cheio de hematomas e arranhões, e sentia dificuldades em se mexer, embora tentasse disfarçar.

— Eu sabia que você viria me buscar — disse ele.

— Você faria o mesmo. Na verdade, já fez.

— Sim. Então o que sugere que a gente faça agora? — perguntou ele.

— Corra — respondi.

— Acho que é o melhor plano que você já fez — disse ele.

Então, com Anjo latindo e nos guiando pelo corredor, e o mais rápido que os ferimentos de Robard permitiam, nós corremos.

Não havíamos chegado à porta da frente quando os gritos de Wendenal e seus beleguins começaram. Atravessamos a porta em disparada até a rua e piscamos ante a claridade. Maryam correu até o lado de Robard e o puxou para um forte abraço. Havia alegria em seu rosto, em mistura com a raiva que ela sentia por vê-lo tão surrado. Por um momento, brinquei com a ideia de mandar Maryam até a cadeia com suas adagas e deixá-la acertar as contas com o bailio.

Tuck e John se juntaram a nosso pequeno grupo, e vi Will e seus homens do outro lado da rua se preparando, retesando os arcos. Tuck rapidamente examinou os braços e as mãos de Robard e sacudiu a cabeça para mim, fazendo um gesto que se assemelhava a um graveto sendo partido em dois.

— Tuck diz que você não quebrou nada — falei.

— Sério? Peça para ele verificar de novo, se não se incomoda, porque com certeza a sensação é de que quebrei. — Robard sorriu, irritado. Isso só fez Maryam abraçá-lo com mais força ainda, e dessa vez ele chiou de dor. — Calma, Maryam. Essa rodada você ganhou — brincou ele.

Allan se aproximou rapidamente com nossos cavalos.

— Little John, alguns homens com certeza logo vão sair por aquela porta. Consegue se preparar? — perguntei.

Enquanto ajudávamos Robard a montar na sua sela, uma janela acima da prisão se abriu e surgiram duas mãos segurando uma besta.

— Oh! — gritou Will em alarme.

Ele e três de seus homens deram um passo para a frente de seus esconderijos e atiraram uma saraivada de flechas na direção da janela, fazendo com que o homem ali recuasse antes de ser atingido.

A porta da prisão se escancarou e dois beleguins saíram dela.

— Parem em no... — tentou dizer um deles, mas o cajado de Little John atingiu o homem em cheio na barriga e o fez cair no chão.

O beleguim atrás dele já tinha a espada em punho, mas, antes que pudesse se mover, Little John acertou a mandíbula dele com seu cajado e ele caiu na rua enlameada, inconsciente. O outro homem, tonto, tentou se levantar, mas John deu um soco com sua mão enorme em seu queixo. Ele caiu e não se mexeu mais. Com grande rapidez, John sacou um bom pedaço de corda da sua túnica e amarrou uma das pontas com firmeza na grande maçaneta de madeira da porta. Amarrou a outra ponta num poste ali perto, o que tornou impossível abrir a porta de dentro.

Espectadores curiosos se reuniram na rua em frente à cadeia e, quando viram Little John e Will Scarlet derrotando os homens do bailio, muitos deles comemoraram. O barulho atraiu mais cidadãos para investigar a comoção. Antes de montar seu cavalo, Allan Aidale subiu em um barril ali perto e gritou:

— Ora, ora, devem ser os Homens Felizes de que ouvimos falar! Eles vieram testar o bailio do condado! Só eles conseguem fazer frente a ele! — Então, ele exortou a multidão a entoar: "Homens Felizes! Homens Felizes!"

Com os vivas do povo da cidade ecoando em nossos ouvidos, incitamos os cavalos a galoparem e seguimos a toda velocidade para a Floresta de Sherwood.

23

Robard — perguntei, enquanto galopávamos —, você acha que essa é uma boa ideia?

— O quê? — perguntou ele, cerrando os dentes.

Pude sentir seu sofrimento. Meu quadril ainda doía pelo ferimento, embora os bálsamos de Tuck tivessem aliviado a dor consideravelmente, mas eu sabia o quanto era dolorido cavalgar em tais condições.

— Ir direto para Sherwood. Por que não nos escondemos em algum outro lugar?

— Poderíamos, mas para onde? — rebateu ele. — Em Sherwood, temos onde nos esconder, o povo está do nosso lado e conhecemos o terreno muito mais do que ele. Isso já vai nos dar uma grande vantagem. Além disso, não podemos deixar minha mãe desprotegida.

Supus que Robard tivesse razão, mas não conseguia deixar de me preocupar. Havíamos conquistado mais um inimigo poderoso, e tinha certeza de que, quando o bailio do condado espalhasse a notícia sobre o que fizemos, Sir Hugh logo ficaria sabendo do nosso paradeiro. Ele não daria a mínima para o povo de Sherwood, o terreno ou qualquer outra coisa. Atacaria sem piedade, não importando onde fosse nosso esconderijo.

Cavalgamos em silêncio. Não havia nada a ser dito. Precisávamos abrir a distância entre nós e Nottingham. Depois, precisávamos de descanso e comida. E de um plano.

As florestas se adensaram enquanto seguíamos sob o que restava da luz diurna. Embora fosse inverno, a quantidade de árvores aumentou, e a beleza completa da paisagem se revelou. Ainda cavalgando, pensei no quanto aquele lugar devia ser glorioso na primavera e no verão.

Perto do crepúsculo, saímos da trilha principal e cortamos caminho pela mata antes de apearmos perto de uma fonte, para dar água aos cavalos. Robard quase despencou da sela, depois andou de pernas duras para trás e para frente, tentando aliviar a dor dos ossos. Enquanto aguardávamos, Will e seus homens fizeram uma vistoria em nossos cavalos, inspecionando os cascos e as pernas da frente.

— Eles estão prestes a desabar, Rob — disse Will a Robard.

— Eu sei, mas não falta muito — retrucou ele.

Observei com fascinação no momento em que Allan subia numa árvore perto de nós. Ele continuou subindo, indo cada vez mais alto pelos galhos.

— O que ele está fazendo? — perguntei.

— Observe — disse Robard.

Ele finalmente atingiu um ponto onde os galhos da árvore se dividiam em duas partes maciças, enfiou a mão dentro de um buraco no tronco e retirou de lá um pequeno embrulho, enrolado em alguma espécie de tecido. Outro embrulho foi retirado após o primeiro, e ele os soltou em um lugar onde puderam ser apanhados com todo o cuidado por um dos homens de Will. Enquanto Allan descia, os outros homens desembrulharam cada uma das trouxas para revelar talvez três dezenas de flechas.

Balancei a cabeça cheio de espanto quando Robard, Will e o resto dos homens reabasteceram suas aljavas com um estoque novo de flechas. Fiquei maravilhado com a engenhosidade deles.

Logo depois do cair do dia, voltamos a entrar no jardim da casa dos Hodes. A senhora Hode se mostrou tomada por alívio ao descer correndo as escadas e puxar Robard para um abraço tão apertado que ele gritou de dor.

— Oh! Cuidado, mãe, estou meio machucado — disse ele, tentando sorrir.

Com a mesma rapidez com que ela o havia abraçado, também o libertou de seus braços para lhe dar um tapa forte no rosto.

— Ai! Por que fez isso? — gritou ele.

Ela tornou a lhe dar um tapa, mas ele viu o que estava para acontecer e estendeu os braços para impedi-la.

— Seu teimoso, cabeça de jerico! Homem tolo! Igualzinho ao seu pai, até pior! O que estava pensando quando me deu um susto tão grande assim? Ir embora para ser morto quando acabou de voltar para mim? Eu devia cortar um galho e lhe dar uma sova daquelas no seu couro, que bem merece!

Robard pareceu encabulado.

— Você é um senhor de terras agora, Robard. O seu povo olha para você em busca de orientação e proteção, do mesmo jeito que olhava para o seu pai e o pai dele antes dele. E o que você faz na primeira chance que tem? Vai procurar briga. Você tem sorte de não ter sido enforcado! — Ela estava bravíssima, e Robard logo percebeu que não havia o que fazer, a não ser deixá-la consumir a irritação.

— Desculpe, mãe — disse em voz baixa. Isso provocou outra série de golpes dela, de que ele tentou se proteger o máximo que seu corpo dolorido lhe permitia.

— Eu lhe mostro as suas desculpas! Já vi cavalos que têm mais juízo do que você! Não posso aguentar isso, Robinzinho. Perdi seu pai e não posso perder você — chorou ela, e com lágrimas percorrendo a face correu de volta para dentro da casa.

Ficamos ali parados em silêncio, chocados com a cena que presenciamos, e então Maryam encarou Robard.

— Não a vejo assim tão brava desde...

Ele não conseguiu terminar a frase, já que o punho direito de Maryam surgiu do nada e acertou a ponta do queixo dele. Completamente desprevenido, Robard voou para trás e caiu no solo gelado.

— Concordo com tudo o que a sua mãe disse. E se você fizer algo parecido de novo vai preferir ter ficado na cela.

Ela o deixou esparramado no chão e seguiu a senhora Hode para dentro da casa.

Little John subitamente teve um acesso de tosse, que parecia muito com risadas abafadas, atrás do seu punho gigantesco. Robard me olhou sem entender, esperando alguma espécie de explicação.

— Não olhe para mim — falei, enquanto o ajudava a se pôr de pé. — Fui criado num monastério, lembra?

Robard deu de ombros e tentou alongar as costas doloridas. Tinha um ar sério, mas estava obviamente feliz por estar em casa.

— Sr. Little John — disse Robard, estendendo a mão —, eu lhe devo um pedido de desculpas. Você ficou ao nosso lado e veio me ajudar em Nottingham quando eu nada fizera para merecer isso. Tristan, como sempre, tinha razão a seu respeito.

Little John aceitou a mão estendida de Robard sem hesitação.

— Não tem problema, rapaz. O que aconteceu naquela ponte velha é passado para mim. Mas agora você está a salvo em sua casa. É melhor eu ir andando.

— Em relação a isso — interrompeu Robard —, você será bem-vindo se resolver ficar. Como pode ver, há trabalho a ser feito aqui. Há muito o que um homem com mãos firmes possa fazer. Tristan, eu e Maryam ficaremos afastados por um tempo, e gostaria de ter alguém aqui para ficar de olho nas coisas. Will é um bom homem, mas pertence aos campos e à floresta. Não há salário, mas você terá comida e um teto, se desejar. Quando houver dinheiro, eu lhe dou minha palavra que você será tratado com justiça.

Little John não precisou de muito tempo para pensar na oferta de Robard.

— É a melhor oferta que recebi em um bom tempo.

Os dois apertaram as mãos.

— Se não se importa — continuou John —, gostaria de começar logo. Acho que vou dar uma olhada na sua forja no celeiro. Tristan, acho que, depois do que aconteceu na cidade, você e Robard devem ter muito o que conversar. Então, talvez possa chamar Tuck para vir comigo. Vamos analisar a situação e verificar o que precisa ser feito antes que o bailio do condado apareça.

Não haveria mais muito tempo de luz do dia, mas segurei a mão de Tuck e apontei para Little John e o celeiro distante, e ele imediatamente entendeu. Tuck pegou as rédeas de Charlemagne e seguiu com obediência.

— Ele tem razão — falei, olhando para os dois que se afastavam. — Precisamos nos preparar, Robard. O bailio virá atrás da gente. Não irá permitir que o que fizemos saia impune. E tenho certeza de que vai avisar a corte do príncipe João para pedir mais dinheiro e contratar mais beleguins. Vai oferecer um prêmio pelas nossas cabeças. E, se a notícia dos nossos feitos chegar à corte, você sabe que ela será sussurrada no ouvido de Sir Hugh.

Eu me senti culpado. Lembrar o que Sir Hugh tinha feito com St. Alban, mesmo antes de saber que eu estava com o Graal, só me fez estremecer. A ideia de que ele pudesse trazer sua vingança para Robard e a família dele era mais do que eu podia suportar.

— Talvez seja melhor eu partir — falei. — Se eu for embora sozinho e me fizer visível, fizer uma trilha para Sir Hugh seguir, talvez ele não venha até aqui. Mesmo assim, você ainda teria de lidar com o bailio do condado. Talvez fosse melhor para todo mundo se você levasse a sua mãe embora e encontrasse um lugar para se esconder na floresta.

Robard me olhou, enojado.

— Ficou maluco? Primeiro, eu nunca abriria mão da terra dos Hode sem lutar. Segundo, você não duraria nem um dia tentando achar o caminho daqui até o norte da Inglaterra e depois na Escócia sozinho. Agora me escute, pois essa é a última vez que vou dizer isso. Fiz uma promessa a você, jurei que estaria ao seu lado até o fim. Nada mudou. Nenhum bailio do condado, Sir Hugh ou seja lá o que for vai interferir no que acertamos, em terminar o que começamos. Está entendido?

Meus olhos quase se encheram de lágrimas, mas eu assenti com a cabeça.

— Ótimo. Estamos acertados. Venha comigo, tem uma coisa que gostaria de lhe mostrar — disse ele. — Mas, antes, também gostaria de pedir desculpas pelo que aconteceu no celeiro hoje de manhã. É que... eu sabia que você conseguiria me convencer a não fazer o que fiz, e estava tão cego de raiva que não podia deixar isso acontecer. Era a única coisa em que conseguia pensar em fazer. Espero que me perdoe — disse ele, estendendo a mão. Eu a apertei, dizendo a ele que entendia.

Subimos os degraus da escada da varanda e entramos na casa. Na parte de dentro da porta havia uma série de ganchos feitos com galhadas de cervos, onde Robard pendurou o arco e a aljava. Retirei minhas espadas e o segui até a sala principal, onde eu havia dormido na noite anterior. Na extremidade havia uma lareira, e acima dela uma grande espada repousava sobre dois ganchos de madeira.

Robard apanhou a espada e a entregou para mim. Era velha — eu podia ver pelo couro desgastado do cabo e pelas marcas no aço. Portanto, a lâmina ainda estava afiada e pude sentir o quanto pesava. Não era grande como a espada de batalha de Sir Thomas, mas um dia tinha sido uma ótima arma.

— Essa espada pertenceu ao avô do meu avô — explicou Robard. — Ele a usou em Hastings quando Harold venceu Willy, o Bastardo. Foi a sorte e o embuste que trouxeram a vitória em relação àquele porco normando naquele dia.

— É linda — falei. Robard não me desmentiu.

— Sim, é mesmo, e está pendurada aqui desde a volta dele, há mais de cem anos. Nós, os Hodes, sempre respondemos ao chamado do rei e da Nação mesmo quando o rei é uma vergonha, como o Coração de Leão. — Robard cuspiu na lareira ao mencionar o nome de Ricardo. — Minha família mora nesse mesmo lugar há centenas de anos. Meus ancestrais remontam aos aventureiros vikings, e lutamos com disposição contra os reis saxões. Porém, William mudou tudo. Seja como for, ele ganhou a luta e se proclamou rei, e nós Hodes juramos obediência e continuamos a apoiar a coroa. Meu pai costumava dizer que não houve um rei normando que valesse meia cruzeta até o rei Henrique II. Entretanto, cumprimos o nosso dever. Papai disse: "Lutamos pelo trono, nem sempre pelo homem que está sentado nele." E, quando não conseguimos pagar os impostos que a coroa exigia de nós, fizemos um acordo e o honramos. Fui servir ao rei e dei ao Coração de Leão dois anos da minha vida em troca do perdão da dívida do meu pai.

— Não sei bem se entendo aonde quer chegar, Robard — falei.

— Onde quero chegar é: fui até Nottingham tomado de raiva, preparado para matar William Wendenal pelo que fez com meu pai. Como geralmente é do meu costume, fui até lá possesso de ódio e sem pensar. Os beleguins dele me acertaram e me atiraram na cadeia com o resto do meu povo, e ele sentiu grande prazer em citar a lei para mim. Eram impostos disso e dívidas daquilo, como se nós naquelas celas não fôssemos nada além de camponeses ignorantes que não tinham direito a nada, a não ser aquilo que a coroa nos oferece, se tanto. — Ele ergueu a espada para que eu pudesse vê-la melhor. — William Wendenal virá atrás de mim com toda a sua força, e eu irei derrotá-lo, fazer com que ele preferisse antes nunca ter ouvido falar no nome Hode. Enquanto eu estava ali naquela cela de cadeia, percebi que a lei está do lado dele. Não importa o que diga ou faça, o que importa é o que está escrito. E não posso lutar contra isso, porque nem sei o que estou combatendo. Você precisa entender o seu inimigo antes de poder derrotá-lo, e meu inimigo não é apenas o bailio do condado de Nottingham, é a lei que ele representa.

— Compreendo, Robard, mas o que você pode fazer? — perguntei.

— Preciso saber contra o que estou lutando, Tristan. Durante os muitos anos que nós Hodes aqui vivemos fizemos o bem pela terra e pelo nosso povo. Recolhemos uma porção justa da colheita de cada homem que trabalha em nossos lotes de terra. Em troca, receberam a nossa proteção. Nos tempos difíceis e nas más colheitas, todos tinham menos para dar. A justiça era decidida com base no que era justo e verdadeiro, e cada homem tinha a chance de se justificar perante seus companheiros, não importando do que estivesse sendo acusado. Antes de partir para a guerra, havia mais de trinta famílias trabalhando na terra dos Hodes, e meu pai e o pai dele antes dele jamais tomaram uma decisão sem pensar no que era justo para o nosso povo. Era o nosso costume, mas agora isso é passado. Agora, estamos à mercê de um rei e seus bailios do condado que não fazem mais nada a não ser nos atacar com palavras. Palavras que não podemos entender. — Ele se ajoelhou e cutucou os pedaços de tronco da lareira, atiçando as brasas para que as chamas pudessem acender novamente.

— Robard, o que você está buscando? Como posso ajudar? — perguntei.

Quando ele se levantou, tinha a expressão mais séria que eu já tinha visto no seu rosto.

— Meu pai se foi, Tristan. Sou o senhor agora e é certo que vou perder nossas terras se não puder aprender essas leis, e então atacá-los com as mesmas palavras. Vou lutar pela minha terra e pelo meu povo, e vou morrer por eles se preciso for, sem pensar duas vezes. Mas se existe uma coisa que o Coração de Leão me ensinou é que, se é preciso lutar, lute com inteligência.

Ele colocou as mãos nos quadris e encarou as chamas durante alguns minutos.

— Não vou pedir isso de brincadeira, Tristan. E agradeço se você não rir da minha solicitação — disse ele.

— Claro que não, Robard — retruquei.

Passou-se um instante enquanto diversas emoções eram passadas em seu rosto. Orgulho, raiva, frustração e constrangimento, mas finalmente determinação.

— Tristan, quero que me ensine a ler.

24

A noite havia esquentado um pouco em comparação ao frio que fizera de dia. Sentamos ao redor do grande fogo da cozinha e nos desfrutamos do jantar da senhora Hode. A comida era escassa, com pouca carne, mas ela fez um ensopado encorpado com a carne de cervo disponível e assou pão fresco, antecipando o nosso retorno. Depois que a raiva pela aventura louca de Robard havia passado, o bom ânimo da senhora Hode voltou a prevalecer. Enquanto se alimentava perto do fogo, com Maryam a seu lado, ela nos entretinha com histórias engraçadas da infância de Robard.

— Quando ele era só um garotinho, não devia ter mais do que quatro anos, o pai lhe fez um pequeno arco e cortou as setas de algumas flechas para que pudesse praticar. Ele adorou aquilo. Andava pelos campos atirando em qualquer alvo que encontrava. Certa manhã, decidiu ir até o pasto atrás do celeiro para caçar. Mestre Hode criara um touro desde bezerrinho e lhe deu o nome de Henrique, em homenagem ao rei, e para Henrique nenhum dos Hodes era bem-vindo em seu gramado. O pior é que Robard decidiu que iria caçar o velho Henrique. Ele não sabia que as flechas dele não iriam entrar

naquele couro grosso e que só fariam o touro ficar ainda mais bravo.
– Ela começou a rir, e o rosto de Robard corou.

– Mãe, por favor... – implorou ele. Mas todo mundo pediu que ele se calasse.

– Só ouvimos o Robinzinho gritando com toda a força que tinha. Era perto da hora do jantar, eu e o pai dele estávamos bem aqui, nesse mesmo lugar, quando o vimos passar correndo, o mais rápido que as suas perninhas permitiam. Tinha chovido na noite anterior, e Robard disparou direto até a cerca do curral, com o velho Henrique a não mais que alguns passos atrás dele. Ele mergulhou de cabeça pela cerca e aterrissou de cara na lama. Ficou coberto dos pés à cabeça, se ficou! – Ela gargalhou e nós fizemos o mesmo, e até Robard se juntou a nós.

Antes do jantar, Little John, Maryam, Robard e eu havíamos discutido o que fazer com relação ao bailio do condado. Todos concordamos que ele logo viria atrás de nós e que precisávamos nos preparar.

– Quando você acha que ele vai atacar? – perguntou Little John.

– Assim que conseguir reunir seus beleguins e prepará-los. Eu me sentiria melhor se soubesse quantos homens ele tem à sua disposição – respondi.

Depois de mais debates a respeito, Robard mandou Will e alguns dos homens guardarem o portão durante a noite. Era improvável que o bailio do condado chegasse até onde estávamos, assim de imediato – ele precisaria reunir mandados de busca e organizar sua equipe. Além do mais, não achávamos que se arriscaria a atacar de noite, não quando cada homem de Sherwood tinha um arco longo.

O pedido de Robard para que eu o ensinasse a ler havia me deixado um pouco na defensiva. A preocupação dele era genuína, e pedir aquilo era algo difícil para Robard. Prometi que o faria aprender a ler sem perda de tempo e, na verdade, acreditava que ele seria um aprendiz rápido. Eu ate já dera a primeira aula, rascunhando seu nome na terra do pátio, mostrando a ele as letras e seus respectivos sons. Mais tarde naquela noite, eu o peguei praticando escondido ao lado do fogo enquanto desfrutava da companhia de seu povo. Desenhava as letras na terra com uma flecha no desenrolar da conversa ao seu redor.

Depois do jantar, a conversa continuou, e pedi licença para caminhar pelo terreno e esticar as pernas. Little John me seguiu.

— Algo na sua cabeça, rapaz? — perguntou ele.

— Sim, se chama William Wendenal. Ele vai chegar aqui em breve e virá com força total. Robard e eu o prendemos na sua própria cadeia e libertamos todos os seus prisioneiros. Ele não vai deixar que algo assim passe em branco.

— Com certeza, não — concordou Little John, olhando para trás, observando as pessoas felizes ao redor do fogo. — Provavelmente é certo e apropriado deixar que desfrutem desta noite, mas amanhã é melhor nos prepararmos para a luta.

Mais um plano, pensei. Depois que eu entregasse o Graal em Rosslyn, se um dia o fizesse, esperaria me mudar para um país onde os planos jamais fossem necessários.

— John, você serviu no exército. O que viu ali? Que vantagens temos em relação a esse bailio? — perguntei.

Ele ficou em silêncio por um momento, pensando.

— Temos no mínimo doze bons homens: Will e seu bando, mais as mãos que ficaram aqui para ajudar a Senhora Hode. Todos eles sabem atirar com o arco longo; é algo bem natural. Isso é capaz de manter um homem a cavalo a distância. Posso fazer mais pontos na forja e na bigorna que estão no celeiro. Portanto, nisso estamos bem. Mas, se o bailio e seus homens se aproximarem, se tivermos de lutar corpo a corpo, a coisa não vai ser tão fácil assim. Estamos em desvantagem numérica e não somos páreo para as espadas e os machados deles. Sem falar que provavelmente também trarão bestas.

Concordei com a cabeça. As bestas, porém, não eram a minha maior preocupação. Seu arco não podia ser retesado por um homem a cavalo e, numa batalha acirrada, os arqueiros com arcos longos conseguiam atirar quase vinte flechas para cada disparo de besta. O que me preocupava mais era Will e seus "Homens Felizes". Andar pela floresta como bandidos e atacar vítimas desavisadas era uma coisa, mas vencer combatentes treinados, equipados e a cavalo era outra. Por um momento, senti-me tal como nas muralhas de Montségur, desejando ter Sir Thomas e um regimento de Templários ao meu lado.

Então me veio uma imagem. Eu me lembrei do dia anterior, quando havíamos galopado pela Floresta de Sherwood em direção à casa de Robard. Paramos na fonte, e Allan Aidale subiu na árvore para apanhar um estoque de flechas. Robard, Will, Allan e os outros se sentiam em casa na floresta. Eles a usavam para obter comida, abrigo e qualquer coisa de que precisassem. Ali estava a nossa vantagem. Não podíamos combater com o bailio numa luta direta. Mas, com certeza, podíamos usar a floresta contra ele.

— No que você está pensando? – perguntou Little John.

— Estou pensando em uma árvore oca – respondi. Quando lhe contei o meu plano, ele sorriu e me deu um tapinha no ombro.

— Amanhã, então – disse ele enquanto seguia até o celeiro para dormir. Iríamos nos levantar de manhã cedo para implementar meu plano, e todos precisávamos descansar.

Na manhã seguinte, o vento se movia do oeste, e o tempo esfriara. Quando saí da casa, a brisa era congelante. Mas pensei em algo que o irmão Rupert sempre dizia, "o que vale para um, vale para o outro", significando que, se sofreríamos com frio, o bailio do condado e seus homens também sofreriam. Se tivesse de apostar, diria que Robard e o povo de Sherwood eram muito mais capazes de tolerar o frio do que Wendenal e seus homens. Mais uma coisa de que poderíamos tirar vantagem.

O mingau estava fervendo sobre o fogo. Will, Robard e o resto dos homens estavam por perto, com a aparência de que tinham muito o que fazer, mas não faziam a menor ideia de por onde começar. A primeira ordem era preparar nossas defesas e escolher o terreno onde iríamos lutar.

— Bom-dia, Tristan — disse Robard. — Bom-dia para todos vocês — disse ele aos homens reunidos em volta do fogo. — Todos sabem o que aconteceu comigo em Nottingham. Fui atrás de Wendenal porque o considero um assassino. Ele pode dizer que só está cumprindo a lei, mas não há paz para quem tira o que não é seu em nome de uma lei injusta. Vai haver confusão, provavelmente uma ou duas batalhas antes de tudo isso acabar. Então, se vocês não têm estômago para isso, podem ir agora. Se têm, fiquem, mas apenas se estiverem comprometidos a ficar ao meu lado.

Robard aguardou um momento, observando os olhos de todos ao seu redor. Havia novos homens reunidos ao fogo aquela manhã, e eu fiquei momentaneamente animado pelo fato de haverem respondido ao chamado do seu senhor. Haviam ouvido a notícia do retorno de Robard e aquilo lhes dera esperança. Estavam firmes e fortes, como Will e Allan estiveram. Ninguém se esquivou ao dever ou foi embora, mas, pelo contrário, todos consentiram no olhar de Robard com olhos límpidos e coração puro.

— Ótimo. A maioria de vocês já conhece meus amigos, Tristan e Maryam. Viajei muitos quilômetros com os dois e tivemos nossa cota de dificuldades. Nós e aquela cadela amarela ali — disse ele, sorrindo e apontando para Anjo, que ficou de pé nas patas de trás e balançou o rabo ao receber atenção.

"Durante o tempo que lutei com o Coração de Leão..." — Ele interrompeu o que dizia para cuspir no fogo.

— Robinzinho! Não tem bons modos!? — exclamou a senhora Hode, dando-lhe um safanão no braço.

— Desculpe, mãe, mas só de mencionar o nome dele, a bile me sobe a garganta. E todo dia que passei ali só desejava voltar para cá. Para cultivar nossa terra, cuidar do solo, caçar na floresta e viver minha vida do mesmo modo como meu pai viveu, e o pai dele e todos os Hodes antes disso. Tristan e Maryam estiveram comigo em cada passo da volta para casa e não existe gente melhor que eles em nenhum lugar. Então, o que estou contando a vocês é o seguinte: para mim e minha mãe, eles são Hodes. Quando eles falarem, é como se eu mesmo tivesse dito as suas palavras. Meu pai foi o senhor antes de mim e agora é a minha vez. Assim declaro. Se algum de vocês tiver algum problema com isso, pode ir embora. Não haverá ressentimentos.

Ninguém se mexeu.

— Ótimo. Eu sabia que podia contar com vocês. Parece que teremos um longo e rigoroso inverno antes de tudo isso terminar, mas prometo a vocês que haverá dias melhores pela frente. Se eu sei de uma coisa é que o Tristan aqui tem uma ideia de como lidar com William de Wendenal. Portanto, digo para escutarem o que tem a dizer e, depois, mãos à obra.

Robard encolheu os ombros para mim. E eu lhes contei o meu plano.

25

Precisávamos de duas coisas. Primeiro, de um "coelho" para Wendenal caçar, algo que viesse atraí-lo até o terreno de nossa escolha. Mandaria cavaleiros para encontrar a força dele e pediria que, quando a localizassem, fizessem de tudo para serem seguidos. Que se mantivessem fora de alcance, mas que deixassem Wendenal e seus homens verem que estavam ali e fizessem o possível para que os perseguissem.

Eu não tinha ideia de quantos beleguins ele traria. Will estimava que ele provavelmente reuniria cinquenta só de Nottingham, ou mais, se conseguisse deslocar homens dos condados vizinhos. Sem ter certeza, fizemos planos como se uma grande força viesse atacar a casa dos Hodes.

Trabalhamos com desespero para estarmos prontos de uma vez. Não saber quando o bailio do condado apareceria deixava todos nervosos, mas eles canalizaram a ansiedade para a execução de suas tarefas. Os patrulhadores voltaram com cavalos descansados no fim da tarde e relataram não ter visto nenhum sinal de homens vindo em nossa direção. Tínhamos aproveitado bem o tempo e, àquela altura, já tínhamos quase tudo organizado.

A manhã seguinte também foi fria, com neve no chão. O céu estava enevoado e coberto de nuvens.

Robard ordenou que todos preparassem suas armas. As cordas dos arcos foram trocadas e as aljavas foram abastecidas com flechas. Havia tensão no ar, uma vez que a ameaça do ataque pairava pela floresta como uma fera invisível.

Ao meio-dia, Wendenal mordeu a isca. Os cavaleiros de Will, um camarada alto e magro que todos chamavam de Cutter e seu companheiro, Clarence, uma versão menor de Tuck, entraram a galope pelo jardim. Ouvi o som do martelo de Little John batendo na bigorna, e Robard gritou para que todos se reunissem.

— Ele está vindo, mestre Hode — informou Cutter. — Não deve estar a mais de cinco quilômetros atrás de nós.

— Bom trabalho. Chegou a hora, todo mundo! Aos seus lugares! — gritou Robard. A fazenda e o jardim se transformaram em uma agitação de atividades, enquanto Will Scarlet e seus arqueiros apanhavam as aljavas e desapareciam entre as árvores. Little John e o irmão Tuck também tinham papéis a desempenhar e foram até suas devidas posições. Robard e eu, que já tínhamos cavalos selados à nossa espera, estávamos prestes a sair quando Maryam chamou Robard.

— Tem certeza de que não posso ir com você? — perguntou ela.

Ele segurou as mãos de Maryam entre as suas perto do fogo, ao lado da Senhora Hode.

— Eu gostaria de ter você ao meu lado até mesmo se estivesse lutando com o próprio diabo em pessoa. Mas, se isso der errado, preciso de você aqui para proteger minha mãe. Não estou pedindo isso à toa — disse ele.

— Eu sei. E provavelmente é melhor que eu fique. Afinal de contas, esse *é* um dos planos de Tristan e isso é quase certeza de que deve dar errado — disse ela, sorrindo. — Não se preocupe, Robard, prometo que o bailio do condado de Nottingham não vai colocar nem um dedo sequer na sua mãe querida. — Ela passou um braço protetor ao redor da senhora Hode, que sorriu. Ela e Maryam haviam se tornado quase inseparáveis desde a nossa chegada.

— Você sabe que estou ouvindo, não sabe? — perguntei.

Robard riu, deu um beijo rápido na bochecha de Maryam e subiu no seu cavalo. Anjo pulou de onde estivera sentada, aos pés de Maryam, pronta para nos seguir, mas pedi que ela ficasse. Ela ganiu, mas obedeceu. Batemos as rédeas e viramos as montarias para a trilha de entrada. Eu estava cavalgando Charlemagne, e Robard me encarou com uma preocupação debochada.

— Tem certeza de que não quer um cavalo mais veloz? — zombou ele. — Talvez você possa precisar.

— Não. Charlemagne e eu temos história juntos. Além disso, o bailio do condado precisa acreditar que você é um simples fazendeiro, e eu, um escudeiro inexperiente. O fato de montar um cavalo de tração é um elemento do meu plano — retruquei, o que era uma mentira total e completa. Charlemagne era calmo e confiável, e cavalgá-lo acalmava os meus nervos.

— Claro — disse Robard. Cavalgamos em silêncio por alguns minutos. — Você entende que isso provavelmente não vai dar certo.

— Verdade, mas até agora temos orgulho de nós mesmos, não é? — repliquei.

Robard murmurou baixinho consigo mesmo, e eu só consegui entender as palavras *mal* e *pela graça de Deus*.

Ao seguirmos pista afora para enfrentar mais um inimigo, as árvores altas estavam majestosas contra o céu de inverno e ajudavam a cortar o vento. A respiração dos cavalos saía em grandes arfadas de névoa. Quando chegamos ao portão, paramos e aguardamos. Durante vários minutos, permanecemos em silêncio, e nossa ansiedade era cada vez maior.

— Você não acha que ele desistiu, não é? — perguntou Robard.

— E homens como ele desistem? — rebati.

— Verdade.

A floresta estava silenciosa. O único som era o ranger ocasional dos galhos quando o vento passava pelas árvores. Então, a distância, veio o som de homens a cavalo. Eles estavam se movimentando devagar e com deliberação, mas o ranger do couro e o som dos cascos eram inconfundíveis.

Saquei a espada e a segurei presa ao cabeçote da sela. Robard preparou uma flecha, segurou o arco longo com a mão esquerda e as rédeas com a direita. Charlemagne bufou, e o cavalo de Robard relinchou quando os dois sentiram o cheiro da tropa que se aproximava.

Os homens finalmente surgiram entre as árvores: William Wendenal aparecia na frente de vinte e quatro beleguins. Ofereci a Deus uma prece silenciosa pela arrogância de o bailio acreditar que uma força tão pequena seria suficiente contra nós. Ele estava talvez a meia légua de distância quando nos viu, e sua postura mudou. Endireitando-se na sela, esporeou seu garanhão e incitou seus homens adiante. Em instantes, a coluna parou a vinte metros de nós.

Os beleguins estavam bem armados com espadas e machados de batalha, mas não traziam arcos longos, pelo menos não que pudesse ver, nem mesmo bestas. A maioria usava túnicas de couro e calções de montaria, mas não havia sinal de armadura ou cota de malha. Os dedos de Robard passavam ansiosamente pelo arco longo. Parecia que Wendenal tivera pouco tempo para equipar seus homens, ou então estava esperando que nos rendêssemos sem luta.

— Calma — falei em voz baixa. — Vamos ouvir o que tem a dizer.

— Por ordem do rei e de seu soberano ministro príncipe João, você, Robard Hode, e você, Tristan de St. Alban, estão presos! — Ele enfiou a mão na dobra da túnica e retirou de lá um pequeno pergaminho enrolado. — Tenho aqui um mandado que afirma o que estou dizendo.

— Bom, então está tudo resolvido — falei sarcasticamente.

— Se o senhor veio me prender, aconselho que vire agora mesmo, volte pelo mesmo caminho em que veio até Nottingham e nunca mais ouse pisar aqui novamente. O senhor está na terra dos Hodes. Se pretende me tirar daqui, aviso que vai precisar de bem mais do que um pergaminho — declarou Robard.

— Você desobedece voluntariamente uma ordem direta e nos conformes da lei dada por um oficial devidamente jurado do rei? — perguntou William Wendenal.

Um breve ar de preocupação passou pelas suas feições. Ele raramente enfrentava resistência. Estava acostumado ao poder do seu ofício, mas o havíamos humilhado em Nottingham, ao prendê-lo em sua própria cadeia. Ele não poderia deixar as coisas como estavam e obviamente esperara que aquela demonstração de força nos fizesse cair de joelhos.

— Eu a desobedeço tão voluntariamente quanto sou capaz. Sei o que é a justiça, bailio, e não é o que o *senhor* serve!

— Então, vocês não me dão escolha a não ser usar a força para subjugá-los — retrucou Wendenal.

— De fato — disse Robard. — Na verdade, estava contando com isso!

E com aquelas palavras, ele ergueu seu arco, mirou no bailio e atirou. Como já era nossa intenção, o disparo aterrissou no chão, a alguns metros da montaria de Wendenal. Viramos nossos cavalos rapidamente e os esporeamos para voltar pelo mesmo caminho em que havíamos vindo. Um rápido olhar por cima do meu ombro me mostrou que Wendenal agitava os braços e ordenava que seus homens avançassem.

Os cascos dos nossos cavalos ribombavam como trovões em meus ouvidos. Fizemos de tudo para garantir que estivéssemos distantes o suficiente de Wendenal e seus homens. Se meu plano desse certo, diminuiríamos e muito o desejo dele por uma batalha corpo a corpo. Passamos galopando pelo primeiro marco, um pano vermelho que eu amarrara numa árvore perto da trilha.

— Agora! — gritei. Por meio do barulho dos nossos cavalos, ouvi um ruído seco provocado por um machado. No dia anterior, tínhamos derrubado uma árvore de bom tamanho e amarrado cordas nas suas duas pontas, depois a erguemos bem alto por cima da copa das árvores, onde a amarramos. Uma corda no meio da árvore a prendia à trilha e criaria um pêndulo gigantesco quando fosse solta. O tronco estava escondido de vista e, quando os beleguins passaram a galope atrás de Wendenal, a corda que o prendia no lugar foi cortada. O tronco oscilou para baixo em um arco perigoso, atingindo o fim da tropa e derrubando seis beleguins de suas selas.

Wendenal, que seguia a todo vapor atrás de nós, não percebeu que tinha acabado de perder um quarto da sua força.

— Venha, sua cobra inútil! — gritou Robard para Wendenal, virando-se na sela para atirar outra flecha na direção dele. Robard não tinha intenção de acertar o bailio, mas queria garantir que ele continuasse nos perseguindo.

Cerca de cem metros à frente, passamos por outro marco. Mais um grito e dois homens de Will, um de cada lado da trilha de entrada, puxaram uma corda comprida que estava escondida no chão por folhas secas e grama. A corda se levantou em um segundo, ancorada a outro tronco que ficava do outro lado da trilha. Os dois homens rapidamente a envolveram ao redor de uma árvore para segurá-la no lugar e então foi a vez dos beleguins da frente da tropa serem lançados pelos ares, longe dos seus cavalos. Quatro cavaleiros caíram com força no chão. Atrás deles, os outros homens montados puxaram as rédeas, pois seus cavalos estavam assustados e confusos com os corpos que caíam na frente deles.

— Agora! — gritei mais uma vez, e então uma grande rede que havíamos tecido com cordas e escondido embaixo de uma camada fina de terra na trilha foi alçada até sua posição, atrás da tropa. Ela foi rapidamente amarrada a duas árvores robustas por Tuck e Little John, o que impediu os doze homens restantes de recuarem. Uma saraivada de flechas, vinda das árvores, os manteve presos embaixo da rede.

Robard e eu puxamos as rédeas a fim de parar os cavalos e viramos para encarar Wendenal, que continuava atrás de nós.

— Acabe com isso, bailio! — ordenou Robard quando Wendenal parou sua montaria a poucos metros de nós. — Antes que seus homens se machuquem ainda mais. Não pedimos nada além de que vá embora. Vá enquanto é tempo e se esqueça de tentar arrancar a terra dos Hodes.

Wendenal olhou para trás de si, para a confusão em que seus beleguins subitamente se viam envolvidos.

— Adiante! — berrou ele. — Levem esses homens em custódia! É uma ordem!

Mas Will, Allan e os outros arqueiros, escondidos no alto das árvores, impediram que os catorze beleguins restantes, ainda em boa forma, dessem sequer três passos.

Enfurecido, Wendenal ordenou de novo que atacassem, e outra saraivada de flechas chegou ainda mais perto dos seus homens. Estavam todos assustados. Todo homem ajuizado que já havia participado de um combate temia os arqueiros, e ali as flechas estavam surgindo como se num passe de mágica. Eu sorri.

— O senhor não pode vencer aqui, Wendenal — disse Robard. — Vá embora antes que as coisas piorem.

Por um momento me ocorreu que eu talvez houvesse julgado mal aquele homem. Nada o abalava. Com um grito, ele sacou a própria espada, brandindo-a bem alto, e esporeou o cavalo na direção de Robard. Com uma calma quase sobrenatural, Robard saltou do seu cavalo, preparou tranquilamente uma flecha e atirou. A flecha zumbiu pelos ares, atingindo Wendenal no braço. Ele berrou e deixou cair a espada, depois despencou do cavalo.

Gemendo de dor e olhando com olhos esbugalhados para a flecha que estava em seu braço, o bailio do condado conseguiu, de algum jeito, se pôr de joelhos. Robard desmontou e andou lentamente até ele, depois chutou sua espada para longe. Wendenal tentou se levantar, mas a dor que sentia era grande demais.

Robard preparou outra flecha em seu arco.

— Robard! — gritei. — Ele está indefeso!

Robard apontou a flecha diretamente para o centro do peito de Wendenal. Apesar de se contorcer de dor, ele não recuou, nem implorou pela própria vida. "Nós o derrotamos hoje", pensei, "mas a luta não terminou."

— O senhor tem sorte, bailio, por meu amigo Tristan de St. Alban estar aqui para guiar a minha consciência, pois, se ele não estivesse, despacharia o senhor agora mesmo sem pensar duas vezes. Escute bem o que vai acontecer. O senhor invadiu os limites da propriedade dos Hodes. Veio até aqui sem ser convidado...

— Você é um criminoso! — berrou Wendenal. — Tenho um mandado devidamente emitido...

— Não dou a mínima para seu mandado, sua pilha miserável de estrume de furão. Você é um tirano e um metido a valentão. Saiam agora mesmo, você e seus homens, da Floresta de Sherwood. Suas armas e cavalos ficam aqui, como compensação pelas transgressões que cometeram contra o povo de Sherwood. Ordene a seus homens que larguem as espadas, levem os feridos e saiam. E não voltem mais.

— Eu voltarei — zombou Wendenal. — Disso tenha certeza, Hode! Sua vida está com os dias contados! E a sua também, escudeiro. Vou trazer cem homens da próxima vez, duzentos se preciso for. Você realmente acha que seu bandinho infeliz de camponeses pode fazer frente contra mim?

Robard não disse nada, mas manteve o arco retesado. Por um momento, achei que a decisão dele poderia enfraquecer e que soltaria a flecha. Então, fui distraído por diferentes sons e movimentos, primeiro à minha direita, depois à minha esquerda. Homens se movimentavam pela floresta, e temi por um instante que houvéssemos sido cercados. Que, de algum modo, Wendenal nos tivesse enganado.

Por entre as árvores, porém, apareceu o povo de Sherwood. Reconheci diversos rostos dos que havíamos libertado da cadeia em Nottingham. Eles estavam vestidos como Will e seus homens, e haviam trazido suas famílias também. Cada um carregava uma espécie de arma: espadas velhas, bestas ou arcos longos, alguns tridentes e machados. Assumiram posições dos dois lados da trilha, cercando o bailio e seus beleguins.

— Robard — falei em voz baixa.

— Estou vendo — disse ele. — E você, Wendenal?

O bailio do condado não desviou o olhar do nosso enquanto cada vez mais pessoas surgiam das florestas ao redor da trilha. A fria resignação que expressavam coloria seus rostos.

— Mestre Hode — disse um dos homens da cadeia. — Achamos que o senhor poderia ter problemas. Depois do que nos disse em Nottingham, bem, conversamos e decidimos que, se está pronto para fincar o pé quanto ao que é certo, também estamos. Estamos com o senhor, lorde Hode!

O povo soltou um ressoante viva.

Robard sorriu e abaixou o arco, depois devolveu rapidamente a flecha à sua aljava.

— Aí está a sua resposta, bailio. Você não está enfrentando apenas um. Aqui na Floresta de Sherwood, você está enfrentando um exército de homens livres. Agora faça o que eu disse. Reúna seus beleguins e saia das minhas terras. É uma longa caminhada até Nottingham. Will Scarlet! — berrou ele. — Mostre o caminho para fora da propriedade aos nossos visitantes nada bem-vindos!

Will desceu alegremente da árvore onde estivera escondido.

— Certo, rapaz, farei isso.

— Eu voltarei, Hode! — vociferou o bailio do condado. — Não pense que isso acabou!

— Não penso nada do tipo. Se você quiser mais, pode vir. Estaremos à sua espera. Mas, por hoje, terminou.

Robard se virou nos calcanhares e saltou para cima do seu cavalo. Com um sorriso e uma piscadela, cavalgou de volta pela trilha e deixou William Wendenal ajoelhado na terra, ainda segurando seu braço ferido. Segui Robard enquanto os vivas do povo de Sherwood ressoavam pelos ares.

26

Mas Rob — implorou a senhora Hode —, ainda não consigo entender. Você acabou de voltar para mim. Por que precisa ir embora novamente? É quase Natal, Rob! Seu povo precisa de você aqui. E se o malvado bailio do condado voltar? O que vai acontecer?

— Mãe — disse Robard calmamente. —, não sei de que outra maneira posso explicar isso para a senhora. Há algo que preciso fazer. Tristan está cumprindo uma missão importante, e Maryam e eu prometemos ajudá-lo até que ela termine. Não posso voltar atrás na minha palavra.

— Senhora Hode — falei em voz baixa. Ela me fitou com olhos cheios de lágrimas, o que imediatamente me fez sentir egoísta e ingrato pela hospitalidade que ela havia nos oferecido. — Acho que a senhora não terá nenhum problema com o bailio. Nós demos a ele muito o que pensar sobre ontem e tenho certeza de que vai demorar até voltar a atacar novamente. Além disso, Tuck e Little John vão ficar cuidando das coisas. Eles sabem o que fazer. — Na verdade, eu não fazia a mínima ideia se iríamos ou não retornar, mas esperei que aquilo a fizesse se sentir melhor.

Maryam e eu ficamos sentados nos cavalos enquanto Robard abraçava sua mãe com carinho, suas grandes mãos espalmadas nos ombros dela. Lágrimas se formaram nos olhos daquela senhora e rolaram pelas suas faces, e eu não via descrição para a culpa que sentia.

Os dias seguintes à nossa "vitória" sobre Wendenal tinham sido alegres, cheios de risos e comemoração. Houve música e dança, e cada uma das famílias dos campos ao redor trouxe a comida que tinha para dividir com todos. Will e seus homens foram até a floresta e caçaram veado e porco-do-mato. Grandes banquetes foram preparados. Fizeram enormes fogueiras e entoaram canções noite adentro. Organizaram partidas improvisadas de luta livre, e Little John derrotou todos os que ousaram desafiá-lo. Histórias do arco-da-velha foram contadas por todos, e a sensação mútua era de felicidade e paz, por mais que fossem apenas temporárias.

Robard e Little John beberam grande quantidade de cerveja, e antes do fim da noite estavam sentados à beira da fogueira, cantando abraçados a plenos pulmões, como irmãos que não se viam há muito tempo. A maioria do povo de Sherwood, que nos dera auxílio quando necessitamos, havia sofrido muito naqueles últimos meses, e Robard e sua mãe cuidaram para que todos pelo menos ficassem com a barriga cheia.

Em gratidão, muitos dos homens se ofereceram para ajudar Robard a consertar os edifícios e as cercas da sua propriedade. Com tantas mãos a mais, a fazenda dos Hodes logo estava apresentável novamente. E Robard foi inteligente em não deixar que a sua vitória sobre o bailio do condado lhe subisse à cabeça.

Ele explicou para todo o povo de Sherwood o que vira em Montségur e como os cátaros haviam usado um chifre para avisar as pessoas da iminência de perigo. Na semana seguinte, construímos torres de observação por toda Sherwood. Little John conseguiu fabricar um chifre de vaca para cada estação, que poderia ser tocado para avisar da aproximação de qualquer força militar ou policial. Todos na floresta foram instruídos a ir para a casa dos Hodes se fossem soados três toques breves do chifre.

Mas, enquanto trabalhávamos, eu me preocupava. William Wendenal seria obrigado pela sua posição a reportar aos seus superiores o que havia acontecido. E, na minha cabeça, assim que a notícia chegasse na corte do príncipe João, Sir Hugh, sem sombra de dúvida, saberia do nosso paradeiro. Isso colocaria todos ali em um perigo ainda maior. Sir Hugh viria com o máximo de Templários que conseguisse angariar, e eles não seriam tão fáceis de derrotar quanto uns poucos beleguins destreinados e inexperientes.

Eu não poderia estar ali quando Sir Hugh chegasse e assim arriscar a colocar em perigo qualquer pessoa do povo de Robard. Porém, quando contei a Robard e Maryam que eu pretendia viajar sozinho para Rosslyn, não quiseram me ouvir. Sabia que era melhor não tentar ir escondido; eles iriam simplesmente me seguir. Portanto, decidimos partir juntos. A parte difícil foi explicar isso à mãe de Robard e a Tuck.

Tuck se tornara um herói para as pessoas de Sherwood. Graças a seu hábito de monge, elas o tratavam como um padre, embora não conseguisse rezar nenhuma missa, nem ouvir confissão nenhuma. Com suas poções e ervas, ele tratava dos doentes e fracos, e tornou-se seu padre em espírito. Alguns até o chamavam de padre Tuck.

Quando disse adeus a ele, apontei para nós três e fiz um gesto de andar com os dedos. Afastei as mãos, indicando que ficaria longe por algum tempo. Apontei para a senhora Hode e dei um tapinha no peito dele, indicando que deveria ficar com ela e cuidar dela. Ele assentiu, estalou a língua e aninhou meu rosto entre suas mãos gentis antes de me dar um enorme abraço. Depois disso, selou Charlemagne e nos forneceu algumas sacolas de pano cheias de comida, poções, utensílios de cozinha e outras coisas de que necessitaríamos.

Após Robard jurar em nome do seu pai que ele retornaria, sua mãe finalmente concordou em deixá-lo ir. Ela sacudiu um dedo, apontando para mim.

— Você é um ótimo rapaz, Tristan de St. Alban. Não sei qual a missão que o leva até os escoceses, um povo horrível, posso acrescentar. Mas, seja lá o que for, traga o meu Robard de volta para mim. Inteiro, está me ouvindo?

— Sim, senhora Hode, prometo — falei. Sem outra palavra, ela nos deixou rapidamente e desapareceu dentro da casa.

Por sorte, Little John havia viajado certa vez para a Escócia e conhecia parte daquelas terras. Em um velho pedaço de pergaminho, desenhou para nós um mapa tosco.

— Rosslyn fica ao longo do rio Esk, a sul de Edimburgo. Rodeiem Leeds — acho que lá vocês encontrarão muitas tropas e Templários aboletados — e sigam para o norte. Se encontrarem o rio Esk, encontrarão Rosslyn, com toda certeza. Mas, rapaz, o lugar não passa de um vilarejo de nada. O que o leva até lá?

Fiquei indeciso, sem saber o que dizer a John, e, embora confiasse nele, não lhe contaria sobre o Graal. Não havia necessidade de colocar a vida dele em risco. Ele finalmente levantou uma das mãos antes que eu pudesse balbuciar uma resposta.

— Não se incomode em explicar, Tristan. Não é da minha conta, seja como for. Mas uma coisa: fique de olho nos clãs — disse ele.

— Clãs? — perguntei.

— Sim. Os escoceses pertencem todos a diferentes clãs, e a maioria deles não gosta muito dos demais. Minha mãe é escocesa e quase a expulsaram por se casar com um inglês. Eles brigam entre si como dois texugos num saco. Eles são maus, e alguns são os combatentes mais ferozes que você verá em toda a sua vida. Se tivessem a ideia de se unir, tirariam os ingleses do nosso solo mortal e jogariam todos para dentro do mar. Só que não conseguem parar de discutir entre si, quase que o tempo inteiro. Portanto, tome cuidado com quem fala ou faz amizade, pois cada amigo que você faz na Escócia o torna inimigo de outra pessoa.

Que notícia maravilhosa, pensei. Obrigado mais uma vez, Sir Thomas, por essa missão. Quantas formas mais eu encontraria de fazer inimigos?

— John Little — disse Robard, dando um passo à frente. — Obrigado pela sua ajuda. Sou grato por você proteger meu lar e minha família na minha ausência. Estarei em eterna dívida com você.

Little John não hesitou. Estendeu a mão, e ele e Robard apertaram as mãos um do outro com entusiasmo.

— Bom, você ainda me deve duas cruzetas por atravessar minha ponte. Mas me sinto honrado com o seu pedido. Não se preocupe. Sei que Will Scarlet está acostumado a administrar as coisas, e vou fazer de tudo para que ele acredite que continua encarregado disso, mas ficarei de olho em tudo até você voltar.

Robard montou seu cavalo e nós três estávamos prestes a partir. O Graal estava a salvo no meu alforje e Anjo estava ali perto, balançando o rabo na antecipação de uma nova aventura.

— John — falei. — Mais um favor. Daqui a dois dias, quero que mande alguns homens até Nottingham. Não deixe que cheguem perto demais do bailio, mas faça com que visitem as tavernas e a praça do mercado, e conversem sobre o que aconteceu aqui. Permita que deixem escapar que estamos indo para o norte, na direção da

Escócia. Quero que a notícia de que partimos chegue a Wendenal. Espero que isso mantenha Sir Hugh longe de Sherwood. Acho que Wendenal ainda não está pronto para preparar outro ataque, mesmo que acredite que fomos embora. Ele sabe que o povo inteiro está contra ele e vai esperar um pouco, a fim de planejar e reunir suas forças. Mas precisamos que Sir Hugh persiga *a gente* em vez de ameaçar algum de vocês.

Little John assentiu com a sua cabeça gigantesca.

— Não se preocupe. Eu sei o que fazer e vou garantir que seja feito. Se Sir Hugh aparecer por essas bandas, vou fazer com que parta atrás de vocês bem antes de entrar em Sherwood. Mas tem certeza que é isso o que você quer?

— Sim, tenho — afirmei.

Dei-lhe um pequeno adeus, chutei de leve as laterais do corpo de Charlemagne e fui adiante na direção da trilha ladeada de árvores que levava para a saída da propriedade de Robard. Maryam e ele davam acenos de despedida a todos, e seus cavalos trotaram ao meu lado. Anjo andava rápido na nossa frente, balançando a cauda e latindo animada. Cheirou o chão e disparou para um lado e para o outro enquanto galopávamos pela trilha. Passamos por baixo da placa de madeira que dizia Hode e viramos os cavalos rapidamente para o norte.

Era hora de dar um fim ao que começamos.

27

Quanto mais perto chegávamos da Escócia, mais eu me preocupava com o paradeiro de Sir Hugh. Era só um formigamento no meu pescoço, mas eu tinha a sensação de que ele estava fechando o cerco. Enquanto viajávamos, o inverno se aprofundou, e todas as noites tivemos a necessidade de fazer uma fogueira ou então, mais uma vez, nos arriscarmos a morrer congelados. Eu teria preferido ficar em estalagens ou até mesmo buscar abrigo nos celeiros dos fazendeiros ao longo do caminho, mas fazer isso só facilitaria que nos encontrasse.

Eu estava muito assustado e esquivo durante a viagem, duvidando a cada passo do caminho daquilo que havia decidido. Todas as noites, eu ficava olhando o fogo durante horas, tentando determinar o passo seguinte de Sir Hugh. Onde ele atacaria? Como eu completaria a minha missão e ao mesmo tempo impediria que ele arrasasse meus amigos e suas famílias? Eu não conseguia pensar em nenhuma resposta fácil, a não ser aquilo que Robard e Maryam já haviam dito: que ele só pararia a sua busca pelo Graal quando sua vida chegasse ao fim.

Como Robard fizera na França, cavalgou separado de nós durante o dia. Como montaria ele escolhera um ruão veloz que tinha grande energia. Por isso, todos os dias ele patrulhava as redondezas, indo bem longe à frente, depois voltava rodeando até nossos flancos, para ter certeza de que o inimigo não nos pegaria de surpresa.

Ele e Maryam estavam muito mais relaxados nessa viagem do que eu. Antes de deixar a terra dos Hodes, Robard dera a Maryam um arco longo e uma aljava, e quando ele voltava a cada noite das suas patrulhas dava aulas de tiro ao alvo para ela. O arco de Maryam era uma versão menor do dele e, pelo meu julgamento, estava se tornando bastante proficiente no que estava sendo ensinada. Adagas e um arco longo: ela seria letal em dobro. Robard explicou que ela levaria tempo para desenvolver os músculos da parte superior do corpo a fim de esticar o arco completamente, mas não demorou para que logo estivesse atingindo troncos de árvore a quarenta ou cinquenta passos de distância.

Também arranjamos tempo para dar continuidade às aulas de Robard e rabiscávamos palavras na terra perto da fogueira, noite após noite, praticando sem parar. Ele rapidamente dominou escrever e ler seu nome, o alfabeto, algumas palavras e frases simples. E, quanto mais avançávamos, mais ele conseguia aprender.

Certa noite, Robard voltou ao nosso acampamento com um pergaminho enrolado embaixo do braço e um enorme sorriso no rosto. Andou alegremente até mim e sorriu enquanto eu lia aquilo:

PROCURADO
Morto ou vivo,
Robard Hode, da Floresta de Sherwood,
por crimes contra o Rei.
Recompensa oferecida por William Wendenal,
Bailio do Condado de Nottingham.

Olhei para a expressão dele sem entender.

— Reconheci os nomes *Robard Hode* e *Floresta de Sherwood* — disse ele. Ah, era por isso que ele estava sorrindo. — Mas o que diz o resto?

— Diz que você está sendo procurado por crimes contra o rei e que uma recompensa é oferecida por William Wendenal — expliquei.

— Ótimo! Um preço pela minha cabeça! — exclamou ele, mais alegre do que antes. — Encontrei isso num poste itinerário de uma vila que visitei esta manhã. Aí diz o quanto eu valho?

— Bom, não, não especifica o seu valor — retruquei.

— Como você consegue fazer piada disso? — reclamou Maryam, balançando a cabeça. — Não tem graça nenhuma.

— Com certeza tem! — disse Robard. — Se há um preço pela minha cabeça, eu quero ter certeza de que não estão me vendendo abaixo do valor. Além disso — continuou ele, estendendo o pergaminho para que ela pudesse lê-lo por si mesma —, você não está orgulhosa de eu ter conseguido ler o bastante a ponto de reconhecer minha própria pena de morte?

Maryam sacudiu a cabeça, exasperada.

— Sim, Robard, estou bastante orgulhosa de você. Mas continuaria orgulhosa mesmo que você não soubesse ler uma só palavra. Isso não é nada para brincar. Durante todo esse tempo em que viajamos juntos, você só queria voltar para a sua família. E, depois de ver sua terra e seu povo, entendo por que estava tão ansioso. Mas isso... — Ela sacudiu o pergaminho para ele. — Isso muda tudo! Você não está a salvo aqui. Fez do bailio do condado um inimigo e, com o desespero dos tempos de hoje, muitas pessoas vão se voltar contra você por causa da recompensa, e...

Robard rapidamente tirou uma flecha da sua aljava e soltou-a. Ela foi parar numa árvore a pouca distância. Ele havia agido com tanta rapidez que não tive tempo para reagir e, de início, achei que estivéssemos sendo atacados. Desajeitadamente, saquei a espada e Maryam se abaixou, esticando as mãos em busca das adagas.

— Isso é o que penso de William Wendenal e do preço que ele colocou pela minha cabeça. Vocês dois que se acalmem. O bailio do condado não é ninguém para se temer. Ele revelou quem realmente é em Sherwood. É um tremendo de um covarde. E pela sua recompensa pode beijar meu...

— Robard! — exclamou Maryam.

— O que foi? — indagou ele, fingindo ignorância.

Com um suspiro exasperado, Maryam saiu em passos pesados até a floresta. Anjo aparentemente tomou suas dores e andou ao lado dela.

— Por que ela está tão chateada? — perguntou Robard para mim.

— E você me pergunta? — falei. — Quantas vezes preciso lembrar a você que fui criado num monastério? Talvez ela ache que você está sendo descuidado, recusando-se a reconhecer o quanto a sua vida está em risco. Você sabe que, depois que isso aqui acabar e você voltar para Sherwood, as coisas não estarão em paz. Não enquanto William Wendenal estiver por lá.

Robard desabou num tronco perto da fogueira.

— Bah — desdenhou ele, chutando uma das lenhas em chama com a bota. — Wendenal não me preocupa.

Deixamos a conversa de lado. Logo Maryam estava de volta de seu breve retiro e todos nós caímos num sono intermitente, revezando-nos em turnos para montar vigília.

Na manhã seguinte, comemos um café da manhã leve com os mantimentos da trouxa de comida que Tuck havia nos dado e então Robard partiu, como era seu costume.

Mais tarde, rodeamos a cidade de Leeds e continuamos seguindo para o norte. O interior havia se tornado cada vez mais remoto e não cultivado, com densas florestas e matas, e era difícil encontrar uma trilha clara. Cruzávamos para um lado e para o outro, tentando nos movimentar com rapidez, mas a paisagem não colaborava.

Alguns dias depois, finalmente passamos pela cidade de Gateshead e viajamos melhor ao longo da costa. Estávamos firmemente estabelecidos nos limites escoceses, e as palavras de Little John me vieram à mente de novo, me lembrando de me preocupar com os clãs. Todas as manhãs, enquanto Robard se preparava para suas patrulhas, eu implorava que ele não se metesse em nenhum conflito com ninguém. A última coisa de que precisávamos era de escoceses raivosos nos perseguindo, além dos guardas do rei e dos Templários que Sir Hugh havia conseguido alistar para a sua causa. Ele prometeu que não faria isso. Durante diversos dias não falou com ninguém.

Certa noite, Robard voltou ao acampamento e pediu para ver o mapa improvisado que Little John fizera para nós.

— Qual era o nome do rio que levava a Rosslyn? — perguntou ele.

— Rio Esk — respondi. — Por quê?

— Eu o encontrei — disse ele. — Há um vilarejozinho não muito longe daqui, ao norte, e perguntei a um ferreiro se ele conhecia esse rio. Disse que eu tinha primos que moravam por lá, a sul de Edimburgo. Ele não foi um camarada muito simpático. Os escoceses não são língua solta. Mas consegui arrancar dele a localização, e dito e feito, fui até lá e encontrei o rio.

Estávamos quase chegando. Ao acender a fogueira naquela noite e sentar para conversar, ponderei sobre nossos passos seguintes. Deveríamos chegar a Rosslyn no dia seguinte. Senti excitação e nervosismo ao mesmo tempo. Depois de meses de viagens desesperadas, o fim da minha jornada estava próximo.

Enquanto o fogo arrefecia, todos nós ficamos em silêncio, e imaginei se Robard e Maryam não estariam pensando o mesmo que eu. De repente, Anjo soltou um rosnado grave e gutural, se levantando logo em seguida. Entramos em choque ao reconhecer que nosso acampamento estava rodeado por dez homens a cavalo. Todos usavam kilts e carregavam grandes machados de batalha, além de diversos outros instrumentos para matar e mutilar.

Não precisávamos nos preocupar em encontrar os escoceses, pois já haviam nos encontrado.

28

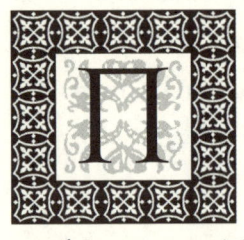

Pós três nos colocamos de pé, costas contra costas, com nossas armas em mãos. Anjo rosnou e latiu, ficando bem na minha frente. Os homens nada disseram e seus cavalos permaneceram imóveis. Os rostos deles estavam pintados com uma combinação esquisita de cores. Um deles, que não brandia uma arma, incitou seu cavalo para diante.

— *Baanoitch pracum vceiss igulmnt* — disse ele.

— O que ele disse? — sussurrou Robard para mim.

— Não tenho certeza. Acho que ele disse que ia comer a gente — respondi de volta.

— Como é? — gritou Robard.

— Acho que ele disse "boa-noite" — sugeriu Maryam.

— Achei que ele tinha dito "comer vocês" — retruquei.

O homem a cavalo nos observou conversar por um instante.

— *Vceissta im prropdad d' McCullen* — disse ele.

— O que disse agora? — perguntou Robard.

— Algo a respeito de alguém chamado McCullen e sua cesta — falei.

— Não, ele disse que está com o próprio McCullen. Eles parecem ter acabado de vir de um combate ou de estarem prestes a partir para um — disse Maryam.

— Tristan, melhor ver se você consegue conversar com eles e nos tirar dessa — falou Robard.

— Eu? Por que eu?

— Você escolheu esse lugar para acamparmos; a culpa é sua — respondeu ele. — Além disso, você me deu instruções específicas para não falar com nenhum escocês.

— O quê? Não, foi Maryam quem encontrou esse lugar, não eu — retruquei.

O homem que supus ser o líder deles, uma vez que foi quem falou, incitou o cavalo a se aproximar um pouco mais de nós. À luz da fogueira, pude ver seu rosto um pouco melhor e imediatamente desejei não ter visto. Cicatrizes corriam pelo seu rosto como uma pilha de galhos, e estavam em toda parte: sobre os dois olhos, ao longo do queixo e uma em particular que começava na orelha esquerda, descia pela bochecha e sumia por baixo da gola do seu manto.

— *Quitraiss vceiss ess'orr?* — perguntou ele.

— Olá, meu nome é Tristan. Poderia perguntar o seu nome?

O homem inclinou a cabeça para trás e olhou para mim como se estivesse tentando me focalizar. Eu segurei o cabo da minha espada com força e fiquei imaginando se não teria infringido algum antigo costume escocês ao perguntar o nome dele. Conhecendo a minha sorte, eu provavelmente havia acabado de chamá-lo para um duelo.

O homem rosnou:

— *Soo o cond d' McCullen. Vceissta inmia prropdad.*

Ele era um conde com sua própria idade? Algo a ver com uma cesta?

Olhando para o homem e seus nove companheiros a cavalo, decidi que a diplomacia era nossa única opção. Devagar e com grande deliberação, devolvi a espada à bainha e levantei as mãos na minha frente.

— Tristan! — disse Robard entredentes. — O que você está fazendo? Enlouqueceu?

— Não vamos lutar para sair dessa encrenca, Robard. Estou pensando que talvez a gente esteja nas terras desse camarada e que ele está me pedindo uma explicação de por que a invadimos — respondi.

"Se invadimos suas terras, pedimos desculpas e iremos rapidamente embora — falei ao homem."

Ele me olhou do alto do seu cavalo, depois desmontou devagar, sem nunca tirar os olhos de nós três. Lentamente caminhou na minha direção até estar a uma braçada de distância. Era mais alto do que eu, por quinze centímetros no mínimo, e parecia ainda mais amedrontador de perto.

— *Issué bla esáda* — disse ele, apontando para a espada de batalha de Sir Thomas nas minhas costas. Era impossível entender o que ele dizia. Ele queria a espada? Pretendia roubá-la de mim?

Levantei a mão esquerda e lentamente, usando apenas as pontas dos dedos, puxei a espada da bainha. Era tão pesada que quase a derrubei, mas consegui evitar a queda. Segurei a lâmina com a mão direita e a entreguei para ele, que a examinou de perto.

— *Vce ee cruzad?*

Então, entendi: ele queria saber se eu havia voltado da guerra.

— Sim, sim! — disse eu, assentindo vigorosamente. — Acabamos de voltar do Ultramar.

Aquela palavra chamou a atenção dele.

— *Ootramar? Vce ee un Templário?*

— Sim, senhor, sou da Ordem, mas não um cavaleiro — respondi, depois me perguntei se eu não cometera um erro. E se ele considerasse os Cavaleiros Templários seus inimigos?

— Bela lâmina — disse ele, devolvendo-me a espada. — *Vceissta cunfom?*

Eu não sabia o que fazer ou dizer. Sem entender o que ele dizia, tive medo de que minhas palavras seguintes pudessem ser as minhas últimas, caso eu dissesse a coisa errada. Para meu imenso alívio, ele repetiu o que dissera e fez um gesto de levar uma colher à boca. Ah, sim!

— Se estamos com fome? Sim, estamos — falei, o que era verdade, pois ainda não havíamos comido.

O homem deu uma ordem e diversos cavaleiros desmontaram. Das sombras eles surgiram, segurando diversas sacas e potes que antes estavam amarrados aos cavalos. Fiz sinal para Robard e Maryam, e os dois abaixaram as armas.

— Acho que eles vão nos dar comida — falei.

— Tem certeza de que não vão nos comer? — brincou Robard.

— Tenho certeza de que não — respondi.

O homem se ajoelhou perto do fogo e observou seus homens prepararem a refeição. Em pouco tempo, uma perna de veado estava assando sobre o fogo e os homens passaram ao redor um saco de pão. Cada um de nós apanhou um pequeno pedaço.

— Meu nome é Tristan — disse eu novamente, estendendo a mão. O homem a segurou e quase esmagou cada um dos ossos dela com seu aperto.

— *O cond d' McCullen* — disse ele.

Finalmente me dei conta de que ele era conde de algum lugar chamado McCullen que supus ser uma fazenda ou casa senhorial ali perto. Ou talvez o nome dele fosse McCullen. Não dava para ter certeza.

Ele partiu um pequeno pedaço de pão e o estendeu para Anjo, que continuava entre nós. A determinação dela se dissolveu ao ver o pedaço de comida na mão dele. Anjo foi para mais diante e abocanhou o pão, depois permitindo que o homem a coçasse atrás das orelhas.

— *Prond vceissta ind?* — perguntou o conde. Quanto mais ele falava, melhor eu conseguia entender seu pesado sotaque.

— Estamos viajando para Rosslyn — respondi.

Os olhos dele se arregalaram e, antes que eu pudesse falar algo, um pequeno machado saiu do manto dele. O homem o atirou tão rápida e facilmente que quase não vi a arma sendo lançada, a não ser quando já estava presa a uma árvore a três metros de distância de onde estávamos.

Aparentemente, eu dissera a coisa errada.

29

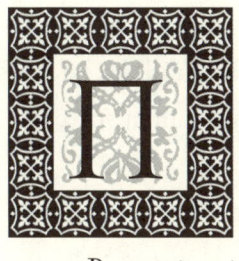

Ninguém se mexeu. Todos no acampamento caíram em silêncio. Maryam e Robard ficaram imóveis em espanto, temerosos de sacarem suas armas, com olhos arregalados. O conde me encarou, carrancudo.

— *Purrqvceissta ind p'Rosslyn?* — perguntou ele, coçando com os dedos da mão direita o cabo da espada que estava pendurada na lateral do seu corpo.

— Bem... sabe... estamos indo para lá encontrar uma pessoa — respondi.

— *Quem ceissvãoncontraalá?*

Eu realmente não tinha mais certeza do que dizer ou fazer. Não podia saber ao certo, mas parecia que o conde e seus homens estiveram lutando contra alguém, talvez no norte da Inglaterra ou quem sabe outro clã. Quando soube que éramos cruzados, fez algum julgamento interno e talvez tenha nos aceitado como almas afins. Com certeza, ele não era ninguém com quem mexer e eu não poderia revelar minha verdadeira missão, mas uma mentira bem próxima da verdade talvez funcionasse.

— Preciso entregar uma carta ao padre William numa igreja de lá — respondi.

— *Paidr William?* — perguntou ele.

Concordei com a cabeça e sorri, desejando que o escocês enraivecido tivesse certeza de que eu era seu amigo.

— *Purrqvceissta atrssd' paidr William?* — perguntou ele.

— Servi com o irmão dele no Ultramar. Lamento dizer, mas ele foi morto em combate. Estou levando as suas últimas palavras ao padre William.

Isso foi tudo em que consegui pensar na hora e, assim que as palavras saíram da minha boca, percebi que ele poderia facilmente descobrir meu embuste. E se soubesse que o padre William não tinha irmão? Ou quisesse ver a carta? Conhecendo a minha sorte, ele *seria* irmão do padre William.

— *Oh, pobr' paidr William* — disse ele. Abaixou a cabeça, fechou os olhos e rezou silenciosamente por um momento, depois se benzeu.

"*Dimanhan vam levr vceisslá*", acrescentou ele.

Robard e Maryam haviam relaxado, mas continuavam desconfiados.

— Ele disse que não gosta de manhã, "de manhã vamos cessar"? — perguntou Robard.

— Não, ele disse que vai nos levar a Rosslyn de manhã.

— Maravilha — disse Maryam, sem nem um pouco de sinceridade.

Os escoceses eram excelentes cozinheiros de acampamento, e nós os ouvimos rir e contar histórias de suas aventuras até altas horas da noite. Não conseguimos entender nem uma palavra do que diziam, mas tivemos medo de ser mal-educados. Pela risada deles, as histórias eram aparentemente engraçadas e cheias de aventura. Nunca iremos saber. Então chegou a hora de descansar, e todos caíram ali mesmo onde estavam sentados e foram dormir.

— Será que deveríamos tentar ir embora? — sussurrou Robard.

— Acho que não. O conde pode se sentir insultado. Vamos tentar dormir um pouco e nos preocupar com isso de manhã — falei.

Porém, a última coisa que fiz foi dormir. Tinha medo de que outro clã chegasse e nos assassinasse durante o sono. Os cavalos do conde e de seus homens pareciam carregados de saques e despojos. Alguém com certeza deveria estar atrás deles. Por fim, o sono me dominou e me lembrei da advertência de Little John: "Cada amigo que você faz na Escócia o torna inimigo de outra pessoa."

Dormi um sono intermitente, acordando a cada poucos minutos para ficar de olho nos meus novos "amigos".

Uma sacudidela me fez acordar. Olhei para cima e vi a perna de alguém que calçava uma bota. Depois, ouvi as palavras: *"É dimanhan. Corrd."* O quê? Não fazia sentido. Será que alguém estava dizendo que eu precisava de uma corda? Mas o dia ainda nem tinha raiado!

Quando acordei completamente, descobri que a bota pertencia ao conde. Ele repetiu as palavras e, àquela altura, eu estava desperto o bastante para entender. Ele dizia que era hora de acordar. Levantamos e vimos os homens do conde já montados e preparados para partir. Reunimos nossos pertences apressadamente e, sem muitas delongas, também estávamos prontos para ir.

O conde subiu em seu cavalo, um grande garanhão preto.

— *Rosslyn fic n'nort.*

— Ele acabou de dizer: "Rosslyn fica no norte" — disse Robard, entusiasmado por haver decifrado a afirmação do conde.

— Eu sei, eu ouvi — falei.

Seguimos atrás do conde, mas à frente da tropa de homens dele.

— Você acha que isso é uma boa ideia? — perguntou Maryam.

— Não. Sim. Não sei. Primeiro achei que não, mas talvez se ele nos mostrar o caminho para Rosslyn seja menos provável termos problemas inesperados com seus compatriotas — respondi.

— Isso se não nos depararmos com um escocês maior, mais malvado e com mais homens ainda — disse Robard.

— Obrigado por mencionar isso, Robard — repliquei sarcasticamente.

— Eu faço o que posso — disse ele.

Cavalgamos pelos campos a manhã inteira e, ao contrário de nós, o conde entrava nas cidades e vilas sem pensar duas vezes. Ninguém pareceu prestar nenhuma atenção em nós, mas eu sabia que nós chamávamos uma certa atenção de qualquer forma e fiquei preocupado que Sir Hugh, em breve, viesse a saber de nossa presença ali.

Logo depois do meio-dia, atravessamos o rio Esk e subimos em um alto promontório, que mais tarde descobri que os locais chamavam de Vale de Rosslyn. Era um lindo lugar, com morros que deviam ser magnificamente verdes no verão. O som da água corrente fazia a floresta e a terra ao nosso redor parecerem vivas, com seu próprio pulso e coração.

No meio da pequena vila de Rosslyn, estava o pináculo de uma igreja. Eu torci para que fosse a Igreja do Santo Redentor que Sir Thomas me instruíra a encontrar. Meu coração pulou de alegria só de pensar.

Então, com a mesma rapidez com que minhas esperanças tinham se elevado, foram esmagadas. Pendurado no portão da vila havia um estandarte templário, e meia dúzia de Templários guardava a entrada.

Sir Hugh estava nos esperando.

30

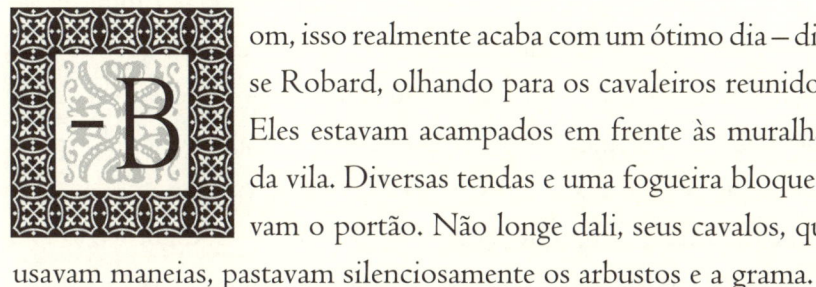

Bom, isso realmente acaba com um ótimo dia – disse Robard, olhando para os cavaleiros reunidos. Eles estavam acampados em frente às muralhas da vila. Diversas tendas e uma fogueira bloqueavam o portão. Não longe dali, seus cavalos, que usavam maneias, pastavam silenciosamente os arbustos e a grama.

O conde e seus homens recuaram alguns passos para ficar fora de vista de qualquer um que porventura estivesse observando lá de baixo.

Eles pareciam impacientes para se pôr logo a caminho. Algo me dizia que o conde não estava mais em suas próprias terras e que provavelmente teria problemas com outro clã caso demorasse demais. Cavalgou ao meu lado e ofereceu sua mão.

— *B'a sort prvceiss* — disse ele. Se eu contasse como nossa sorte andava... Apertamos as mãos e estremeci com seu aperto mortal. Observamos o conde e seus homens sumirem por entre as árvores.

— Gente adorável — disse Robard.

— Acho que poderia ter sido pior — comentei.

— Claro, afinal de contas, poderiam ter nos comido. Agora, em vez disso, temos de enfrentar Sir Hugh e uma grupo de Templários.

Robard sempre se deliciava em apontar os diversos desafios das nossas situações.

— Como Sir Hugh sempre nos encontra? Como sabia para onde você estava indo? — perguntou Maryam enquanto voltávamos para o topo do vale, a fim de estudar a cidade.

Não pude responder, pois ao encontrá-lo ali cheguei a uma terrível conclusão: alguém do círculo próximo de Sir Thomas devia ter sido espião de Hugh.

— Não sei. Quando Sir Thomas confiou o Graal a mim, falou de um pequeno círculo de cavaleiros dentro da Ordem que sabia da existência do cálice. Tinha sido seu dever solene protegê-lo. Ninguém mais, nem mesmo os irmãos cavaleiros além daqueles poucos, sequer imaginava que essa relíquia era real. Entretanto, devia ter suspeitado de que algo ou alguém fora infiel ao Código, senão não teria me instruído a entregar o Graal a um padre em vez de a um Templário.

Na verdade, nada daquilo importava mais. Eu iria encontrar o padre William e fazer como Sir Thomas ordenara. Mesmo que Sir Hugh já tivesse nos derrotado ali e mesmo que fosse um mistério como ele sempre conseguia estar um passo à nossa frente, era hora de terminar logo com aquilo tudo.

— E agora? — perguntou Robard.

— Vamos esperar até a noite cair. Vou entrar de fininho na cidade, tentar descobrir o máximo possível sobre esses cavaleiros e se Sir Hugh tem algum refém. Se eu puder encontrar o padre William, farei com que saia escondido da cidade e ele então poderá decidir o que fazer com o Graal.

— Não vamos permitir que você vá sozinho — disse Robard, mas o ignorei.

A tarde estava quase no fim. Encontramos um bosque de árvores alimentado por uma fonte e demos água aos cavalos. As árvores os esconderiam um pouco, mas eu duvidava que Sir Hugh mandasse patrulheiros ou guardasse o lugar com piqueteiros. Ele estava esperando que eu fosse até ele.

Passamos horas de ansiedade, antecipando a noite. Maryam afiou as adagas em uma pedra, e Robard cuidou do seu arco, inspecionou cada uma de suas flechas, depois demorou em examinar diversos embrulhos delas que ele havia amarrado na parte de trás da sela do seu cavalo. Andei de um lado para o outro, extremamente nervoso, enquanto Anjo dormia.

— Por que não vamos embora, simplesmente? — sugeriu Robard, por fim. — Podemos voltar para Sherwood. Vocês dois são bem-vindos a ficar lá pelo tempo que quiserem. Vamos deixar Sir Hugh esperando aqui até que envelheça e fique fraco.

Maryam sorriu quando Robard mencionou voltar para Sherwood, e sua expressão me disse que, quando isso terminasse, voltar para a casa dela no Ultramar não estaria mais no topo da sua lista de prioridades. Por algum motivo, o olhar dela me lembrou Celia, e pensei em como quase preferiria voltar à França, preso no interior de Montségur, a ficar congelando nas florestas da Escócia.

Balancei a cabeça.

— Não posso. Sir Thomas me disse que o Graal estaria a salvo aqui. E se Sir Hugh estiver retendo o padre William contra a sua vontade? E se o tiver assassinado? Não posso simplesmente ir embora sem saber qual a sorte dele.

— Então, você vai continuar com o plano? — perguntou Robard. — Tentar entrar escondido na vila à noite? Sozinho?

— Não haverá lua esta noite. Vou conseguir entrar de alguma maneira e descobrir o que aconteceu com o padre William. Se Sir Hugh não o houver prendido, tentarei convencê-lo a ir embora comigo. Se ele houver virado refém, voltarei até aqui e planejarei nosso próximo passo.

— Você devia me deixar entrar em seu lugar — disse Maryam. — Sou mais furtiva do que você.

— É mesmo, mas você e Robard provavelmente terão de me resgatar quando esse plano falhar — brinquei.

Depois do pôr do sol, eu me preparei. Enquanto aguardava, pensei muito sobre meus passos seguintes.

— Chegou a hora — falei.

— Tristan — disse Robard —, devíamos ir com você.

Sacudi a cabeça, e Robard soltou um suspiro frustrado.

— Você andou muito para chegar até aqui e quer terminar isso sozinho. Eu entendo. Só tenha cuidado. Se você não se sair bem, se não conseguirmos resgatar você, o que devemos fazer?

— Se eu não voltar, vocês dois devem voltar para Sherwood. Não pensem em tentar me resgatar. Vocês dois já fizeram mais do que suficiente. Se estiverem certos, Sir Hugh está à nossa espera — e sou eu quem ele quer. Se eu conseguir encontrar o padre William, vou me esforçar ao máximo para trazê-lo para cá. Mas, se eu não voltar até de manhã, não esperem por mim. Vão embora daqui para um lugar seguro.

— Mas, Tristan... — disse Robard. — E o Graal?

— Fiz tudo o que podia, Robard. Sir Hugh e eu iremos terminar isso agora, e o Graal ficará a salvo. Ou morrerei tentando defendê-lo. Isso já foi longe demais.

Deixei meus amigos para trás, esperando não transparecer o que sentia naquele momento.

Que, se Sir Hugh estava mesmo esperando por mim na cidadezinha ali embaixo, talvez jamais os veria novamente.

31

Rosslyn era provavelmente a menor vila que eu já tinha visto, completamente cercada por muralhas. Devia ser porque, como dissera Little John, na maior parte do tempo os escoceses estavam lutando, e as muralhas, portanto, haviam se tornado um meio de defesa obrigatório. Se Rosslyn era habitada por gente parecida com o conde McCullen, então a muralha fazia todo sentido. Depois de ver o conde e seus homens de perto, eu conseguia imaginá-los dos dois lados de uma barreira daquelas – tanto atacando quanto defendendo.

Levei algum tempo para identificar como seria possível descer o morro. Eu rodeara a vila inteira, protegido pela floresta, procurando uma maneira de entrar ou sair. Havia um portão nos fundos que dava para uma estrada em direção ao norte. Seis cavaleiros guardavam cada entrada. Não havia homens nas muralhas a leste e oeste, pelo que pude ver, mas eu achava que haveria mais cavaleiros dentro da vila patrulhando as ruas ou vigiando a igreja. Contei até quinhentos para garantir, mas nenhum guarda apareceu nos parapeitos. Nem os cavaleiros que guardavam os portões fizeram ronda pelo perímetro das muralhas. Como não havia ninguém vigiando de cima das muralhas, aquela poderia ser uma maneira de entrar. Também podia ser justamente parte do plano de Sir Hugh deixar as ameias propositadamente desprotegidas, na esperança de me atrair para dentro da vila. Talvez ele não tivesse gente suficiente para guardar todas as entradas. Por fim, isso não importava: eu precisava entrar.

As muralhas de pedra tinham cerca de três metros e meio de altura. E esse era o meu próximo obstáculo. Não havíamos trazido corda conosco. Eu não acreditava que conseguiria escalar as muralhas sem auxílio. Retirei-me para a floresta e dei de encontro com uma pilha de galhos em um local onde o campo tinha sido limpo para plantação. Ainda não era cultivado, mas havia diversas mudas e madeiras de diversos tamanhos, delimitando o campo em uma área improvisada, repleta de tocos de árvore empilhados ao acaso. Encontrei um galho de mais ou menos quinze centímetros de diâmetro e uns quatro metros de comprimento. Usando minha espada curta, cortei seus ramos e improvisei uma espécie de escada. Eu estava bem longe dos portões e achava que os cavaleiros não iriam me ouvir. Quando completei as alterações, coloquei a escada em cima do ombro e fiquei feliz por ser leve o bastante para conseguir carregá-la.

Voltei para a linha de árvores que ficava de frente para a muralha. Ainda não havia sinal de alguém nos parapeitos, nem no chão embaixo. Agachado o mais próximo possível do solo, desci o morro me arrastando em direção à muralha. Eu me movimentava de um jeito incômodo, pois assim forçava o meu quadril machucado de modo excruciante, mas não podia me arriscar a arrastar a árvore, devido ao barulho que isso iria fazer.

Com sorte, atingi a base da muralha e prendi minha escada em seu alto num ângulo ligeiramente agudo. Subi os degraus improvisados com cuidado. Na metade da subida, um dos ramos não conseguiu suportar meu peso e estalou alto, assim que pisei nele. Caí contra o tronco e pensei que poderia desabar no chão, mas consegui me segurar. Aguardei um momento, temendo que o barulho tivesse atraído alguém, mas ninguém veio, e por isso continuei subindo.

Quando alcancei o topo, puxei a escada para cima e a passei acima do parapeito, depois a coloquei apoiada contra a muralha para que estivesse ali, caso precisasse dela para escapar. Uma escada próxima na parte interna da muralha me levou para dentro da cidade. Saquei a espada e abri caminho até a construção mais próxima. Senti o cheiro de animais; ali devia ser um estábulo ou criadouro de algum tipo. Desse ponto vantajoso, espiei a rua abaixo, a qual levava para o centro da vila. Aqui e ali, pude identificar algumas tochas acesas, e a luz fraca saía das janelas de uns poucos edifícios.

O instinto de defesa me aconselhava a ser cuidadoso. Aguardei, contando até mil antes de me mover novamente. Meu objetivo era chegar até a igreja, mas ao longo do caminho eu checaria cada uma das direções em busca de alguma armadilha.

Analisei a rua diante de mim por um bom tempo. E, enquanto eu assim pudesse ousar, iria devagar, rodeando cuidadosamente e disparando de sombra em sombra, buscando qualquer cobertura que pudesse encontrar, sempre mantendo o pináculo da igreja na minha vista e ficando de olho em quaisquer guardas, cavaleiros ou pessoas que pudessem estar à minha espera.

Por fim, consegui chegar à igreja. Ah, como eu queria que houvesse um sinal, qualquer coisa que me indicasse que era para lá que certamente deveria ir! Palavras pintadas na porta seriam extremamente úteis: TRISTAN, POR FAVOR, ENTREGUE O GRAAL AQUI. Correndo de construção em construção, rodeei a igreja, procurando me familiarizar com todas as formas como poderia entrar ou sair dali. Para uma vila tão pequena, era uma estrutura de bom tamanho, e eu supunha que também servia de lugar de adoração para muitas pessoas que viviam do lado de fora das muralhas da cidade. Entretanto, parecia que só contava com uma única porta de entrada.

Com cuidado, e o mais discretamente que pude, fui até as sombras da porta da frente. Dei uma última olhada para trás de mim, ergui a maçaneta de madeira pesada e empurrei, esperando que as dobradiças não rangessem de modo a alertar alguém. Abri a porta somente o bastante para deslizar para dentro.

Olhei para minha espada e senti uma tremenda onda de culpa por entrar numa casa do Senhor com uma arma na mão e maldade no coração. Ofereci uma prece rápida, pedindo a Deus que perdoasse esta transgressão, assim como esperava que Ele houvesse perdoado tantas outras transgressões minhas, e pedi que Ele entendesse que eu estava ali para cumprir a obra Dele e que a espada talvez pudesse ser necessária. Também pedi ao Senhor para discutirmos essa questão mais tarde, pois estava muito ocupado no momento.

O vestíbulo da igreja estava silencioso e vazio, mas iluminado por duas lâmpadas a óleo colocadas nas paredes, uma de cada lado da porta que levava à capela. Corri rápido até a porta e vi que a capela estava deserta, a não ser por uma figura solitária, vestindo um manto marrom de padre, ajoelhada diante de um altar iluminado por velas, perdida em suas preces. Ainda desconfiando de uma suposta armadilha, abracei a parede da capela e fui para diante, com a espada na mão.

Temia o pior. Eu estava a poucos passos de distância, mas não conseguia ouvir nenhuma recitação, nem nenhum som vindo do padre. Quando já estava perto o bastante para tocá-lo, falei em voz baixa.

— Desculpe, mas o senhor seria o padre William? — perguntei.

Ele não emitiu uma resposta. Estendi minha mão livre para tocá-lo no ombro. Quando fiz isso, ele tombou para a frente: seu corpo se retorceu e caiu de cara no altar.

Puxei o capuz do seu manto para trás com a ponta da espada e sufoquei um murmúrio de susto. Um homem morto me encarava. Suas mãos estavam unidas na frente do seu corpo, presas em uma eterna oração. Eu havia chegado tarde demais. O padre William estava morto.

32

Sir Hugh havia matado outro inocente, e eu não conseguira impedi-lo. Virei o corpo, esperando que ele e seus homens aparecessem subitamente, mas a igreja continuava deserta. Corri de volta pelo corredor entre os bancos e escancarei a porta da frente. Ninguém à vista. Onde ele estava? Por que me atormentava? Devia saber que eu estava ali. Por que não se mostrava?

Não consegui entender por que mataria o padre William e deixaria o corpo na igreja, se não estivesse me observando o tempo inteiro. Será que tinha sido descuidado? Acreditaria que sou tão tolo que, de qualquer maneira, cairia cegamente na sua armadilha?

Respirei fundo e disparei para fora da igreja, depois atravessei correndo a praça e me abriguei numa alameda entre fileiras de lojas. A cidade continuava em silêncio. Eu me perguntei se Sir Hugh teria forçado todos a saírem, tornando mais fácil guardar e controlar o lugar até minha chegada. Porém, era improvável que ele conseguisse evacuar uma vila inteira cheia de escoceses brigões, ainda que de tamanho tão modesto, com apenas uns poucos cavaleiros.

Seguindo a alameda até a rua seguinte, mantive as costas contra a parede e espiei pelo canto. Analisei cada porta, telhado e esconderijo potencial, mas não vi nada nem ninguém em evidência. Por um momento, desejei que Anjo estivesse ali comigo, pois o nariz dela e sua audição teriam sido uma vantagem e tanto.

Sem querer correr direto para uma emboscada, fiz outro caminho cheio de voltas para voltar à muralha onde eu escondera a minha escada. Depois de ter certeza de que ninguém estava me seguindo ou esperando para me pegar desprevenido, substituí o tronco encostado na muralha e subi descendo pelo outro lado. Fiquei no vilarejo durante boa parte da noite, e a luz começava a aparecer no leste. Seria um dia amargamente frio, mas mal notara a queda de temperatura.

Voltei o mais rápido que pude até o acampamento onde havia deixado Maryam e Robard. Com a morte do padre William, não tinha ideia do que fazer com o Graal, mas me preocuparia com isso mais tarde. Sair dali era minha primeira prioridade.

Quando cheguei a um lugar de onde era possível olhar para a vila lá embaixo, fiquei chocado ao ver que os cavaleiros que guardavam a entrada haviam sumido. Só restavam suas barracas e fogueiras. Para onde teriam ido?

Enquanto o sol nascia, flocos de neve desciam do céu. O vento aumentara, e meu rosto e minhas mãos já estavam gélidos. Uma sensação de pavor tomou conta de mim enquanto me aproximava do bosque onde eu havia deixado Maryam e Robard. Onde estava Anjo? Ela teria me farejado chegando e teria vindo correndo para me cumprimentar. Algo estava muito, muito errado.

Por um instante, a vegetação se adensou e achei que havia me perdido. Logo depois, ouvi um relinchar familiar através da vegetação rasteira e vi Charlemagne amarrado a uma árvore. Ele relinchou ainda mais com a minha chegada e eu dei um tapinha em seu lombo. Ele estava selado e pronto para partir, mas as sacolas de comida que

Tuck havia preparado para nós, assim como o embrulho de flechas que eu havia carregado amarrado à parte de trás da sela, tinham sumido.

Será que Robard e Maryam haviam levado minhas palavras ao pé da letra? Talvez eu tivesse demorado demais em Rosslyn e eles pensaram que eu tinha sido capturado, e então obedecido minhas instruções de fugir? Não. Não podia ser. Robard e Maryam eram teimosos e jamais seguiriam minhas instruções. Eles viriam me encontrar, caso pudessem. Algo devia tê-los assustado. Eu não era nenhum rastreador, mas teria de descobrir para onde haviam ido.

Subi na sela e estava prestes a esporear Charlemagne quando avistei uma das flechas de Robard caída no chão, nos limites do nosso acampamento. Eu poderia muito bem não tê-la visto, mas parei e a analisei por um momento. Não estava presa ao chão, de ponta. Estava caída e apontava para o sul, bem para a direção de onde havíamos vindo no dia anterior.

A flecha me fez parar um pouco. Podia até ter caído por acidente de um dos embrulhos que carregavam nas suas selas ou caído sem querer das suas aljavas quando montaram os cavalos.

No entanto, tinha certeza de que não era o caso. Robard tratava suas flechas como ouro. Ele jamais seria tão descuidado. A flecha era um sinal. Eles foram para o sul.

Manobrei Charlemagne na floresta. O sol estava raiando, porém a neve caía mais carregada. Puxei o capuz do meu manto para cima, protegendo meu pescoço, e continuei cavalgando.

Aproximei-me do promontório que havíamos subido no dia anterior, embaixo do qual corria o rio Esk. O vento aumentou e a neve machucou meu rosto, mas enquanto me aproximava do alto espinhaço avistei um pequeno grupo de pessoas a cavalo na minha frente. Puxei as rédeas de Charlemagne para que parasse a alguns passos de distância.

Sir Hugh estava montado em seu cavalo à minha frente, no meio de uma fileira de cavaleiros. Em cada um dos seus lados, ainda em seus cavalos, estavam Robard e Maryam com as mãos amarradas às costas.

33

Escudeiro — disse Sir Hugh com ódio.

— Sir Hugh. O que o traz a estas bandas? — Eu me esforçava para manter a voz calma.

Uma visão das cruzes na trilha que levava a St. Alban se destacou na minha mente. A imagem do pobre irmão Tuck sozinho na floresta ali perto, desprovido do único lar que conhecera. Todo o horror que o mundo conhecera por causa desse arremedo vil e maligno de um homem relutava dentro de mim.

Robard e Maryam pareciam arrasados. Movi meus lábios em silêncio para formar a palavra *Anjo*, e Robard deu de ombros. Ele não sabia o que havia acontecido com ela. Por que ela não os avisara da chegada de Sir Hugh?

Havia seis cavaleiros montados de cada lado dos prisioneiros. Alguns carregavam lanças, e a maioria trazia espadas presas no cabeçote das selas. Eles bloqueavam o caminho que levava do cume do espinhaço até o rio lá embaixo. Não havia escapatória para mim. Era o fim.

Mas, na verdade, eu estava preparado para isso. Sir Thomas não podia pedir mais de mim. Ele havia me dado uma ordem e eu a cumprira o melhor que pudera. Não deixaria Sir Hugh matar meus amigos. Por nada neste mundo. Além do mais, não desistiria sem lutar.

— Onde ele está, garoto? — inquiriu Sir Hugh.

— Onde está o quê? — retruquei.

Sir Hugh sacou a espada com velocidade e a segurou apontada a centímetros do pescoço de Maryam.

— Quem morre primeiro? — sorriu ele. Nem o próprio Deus poderia compreender o quanto eu estava cansado do rosto dele. O quanto desejava esmagar aquele rosto com a minha bota.

— Não conte a ele, Tristan — disse Maryam. — Você não pode deixar este suíno...

As palavras dela foram interrompidas pelo corte destro de Sir Hugh no pescoço dela, abrindo uma pequena ferida. Maryam nem se abalou, mas Robard enlouqueceu. Começou a gritar e tentou desmontar do seu cavalo, mas o cavaleiro ao seu lado lhe deu um forte safanão no rosto. Robard cambaleou para trás e quase caiu da sela, continuou ereto, espantado, mas ainda xingando.

— Deixe os dois em paz, seu patife miserável — falei. Soltei as rédeas de Charlemagne e agarrei a ponta do alforje com a mão direita. Se alguma vez precisei do poder do Graal, era naquele exato momento, mas não ouvi nenhum zumbido, nenhuma vibração ou música que passara a reconhecer nas ocasiões arriscadas. Em algum ponto do caminho, eu devo ter pecado, e Deus me desertou.

Devagar e com grande deliberação, desmontei. Sir Hugh continuava parado em seu cavalo, observando-me com atenção, mas com leve confusão nos olhos.

— Certo, Sir Hugh — falei, enquanto retirava a espada de batalha de Sir Thomas de seu lugar costumeiro às minhas costas e a atirava para o lado. Sem nunca desviar os olhos dele, saquei minha própria espada. — Vamos terminar com isso. — Coloquei-me em posição e aguardei.

Os olhos de Sir Hugh se arregalaram, primeiro de fascinação, depois com divertimento.

— Tristan, não! — berrou Maryam, depois que Sir Hugh saltou de seu cavalo.

Os cavaleiros saíram da linha reta que estava na minha frente para formar um círculo improvisado ao nosso redor, sendo que dois continuaram ao lado de Robard e Maryam. Eu não desviei nem por um segundo os olhos de Sir Hugh, ignorando o vento e a neve que batiam em meu rosto. Minha mão segurava o punho da espada com tanta força que achei que explodiria. A ira fervia em meu estômago enquanto olhava Sir Hugh como um falcão olharia para um rato do campo. "Prepare-se", falei a mim mesmo.

— Hoje deve ser meu dia de sorte — provocou-me Sir Hugh. — Vou matar você, seus amigos *e* apanhar o Graal. — Ele tentou me atrair com estocadas e fintas, mas eu era paciente. Não deixaria que me instigasse a atacá-lo com raiva cega.

— Diga-me, escudeiro — falou ele. — Como é chegar tão longe, tão perto, apenas para falhar? Acho isso bastante divertido. Sir Thomas devia ter sido mais cuidadoso ao escolher seus escudeiros.

— Está esperando me matar com suas palavras? — perguntei. — Ou vai lutar de verdade?

O rosto de Sir Hugh ficou vermelho de raiva e ele atacou com tremenda fúria. Brandiu a espada em um arco perigoso, voltado para baixo. Sua lâmina chocou-se contra a minha e faíscas voaram no ar de inverno quando nossas espadas se prenderam momentaneamente. A força do golpe dele quase me fez cair de joelhos, mas consegui empurrá-lo de novo para trás e ganhar espaço entre nós.

Já era suficientemente ruim eu estar duelando com um espadachim superior, mas, à medida que a neve se amontoava aos nossos pés, o chão se tornava úmido e escorregadio. Sir Hugh deu uma estocada e mirou a ponta da espada direto em meu peito. Eu empurrei sua lâmina para o lado e consegui me desviar.

— Você não pode vencer, escudeiro — zombou ele, tornando a atacar.

Bloqueei seu golpe, mas ele era forte demais, e sua lâmina passou de raspão pelo braço que eu usava para segurar a espada, no ponto onde ele se conectava com o meu ombro. Por um breve segundo, não senti nada, só que depois a dor me atravessou. Ele riu quando o sangue escureceu minha túnica. A grande determinação que sentia me impediu de demonstrar minha angústia. Suas satisfações não viriam de mim.

Trocamos golpes, e eu brandia a espada como um louco. Sabia que deveria ficar calmo, mas estava cada vez mais difícil conter minha raiva. Meus golpes choveram em cima de Sir Hugh, mas ele rebateu cada um deles com facilidade.

Minha respiração já estava ofegante. Rodeamos simultaneamente. Sir Hugh correu em minha direção mais uma vez e eu desviei, girando o corpo e atingindo-o no braço que não segurava a espada.

Ele deu um salto para trás e olhou para o ferimento, chocado.

— Aparentemente, nós dois sangramos, Sir Hugh — falei.

Ele me atacou com uma saraivada de golpes. Eu só consegui segurar a espada com as duas mãos e mantê-la à minha frente, tentando me afastar da lâmina dele. Ele abriu um corte profundo no meu antebraço esquerdo, e desta vez gritei. Depois, outro golpe quase me atingiu no peito, mas pulei para trás o bastante para evitá-lo, e a espada dele então cortou meu braço e a alça do meu alforje, que caiu no chão.

Lutei para me livrar do alforje com medo de tropeçar. Meus braços de repente estavam fracos e sentia dificuldade de erguer a espada. Maryam e Robard gritavam instruções para mim, mas não conseguia me concentrar no que estavam dizendo.

Sir Hugh estava a talvez seis passos de distância de mim, e o alforje repousava no chão entre nós. Ele rodeou pela minha esquerda e eu reagi, rodeando-o pela sua direita. Apesar do frio, eu suava. Sentia-me fraco. Ele veio para cima de mim novamente, mas eu estava tão exausto que não consegui levantar minha espada a tempo e, então, ele abriu um corte feio no meu peito. Ele riu, depois chutou minha barriga, e caí no chão. Me prostrei e mal consegui me pôr de joelhos. O suor que escorria para dentro dos meus olhos, o vento lancinante e a neve tornavam ainda mais difícil conseguir enxergar.

Sir Hugh apareceu à minha frente, saindo da neve, com sua espada erguida acima da cabeça. Não sei onde encontrei forças, mas quando ele baixou a espada com força ergui a minha sobre a cabeça, usando as duas mãos. A lâmina dele foi bloqueada, mas com um ruído horrível minha espada se partiu em duas. Eu brandi minha espada quebrada para ele enquanto tentava me levantar, mas Sir Hugh andou para longe do meu alcance.

Então, enquanto o vento golpeava ferozmente o cume do morro, avistei a espada de Sir Thomas, caída no chão a alguns centímetros de distância, quase coberta pela neve. Caí de joelhos e engatinhei na direção dela.

— Olhe só para você! Engatinhando pelo chão como um animal, sabendo que o derrotei. Embora um pouco de crédito eu tenha a lhe dar, escudeiro — disse ele. — Você não é o fracote inútil e insignificante que já foi um dia. Em alguns anos, poderia ter se tornado quase um adversário digno de combate. Mas o que torna isso tudo tão divertido para mim, além do fato de você estar prestes a morrer, é como consegui destruir tudo na sua vida. Você deve ter ido a St. Alban, com certeza. Sabe que queimei aquilo tudo. Já que não dou mais a mínima para Eleanor e o que ela deseja, vou simplesmente matar você. Não importa quem você realmente é.

— Menos conversa e mais luta — falei fracamente enquanto ainda me arrastava pelo chão. Porém, logo me dei conta de que, se pudesse deixá-lo falando, talvez ele se distraísse sem querer. Ele adorava se gabar, e eu precisava apenas de mais alguns centímetros para chegar até a espada.

— Como soube que eu viria até aqui? — perguntei.

— Ah! Seu tolo inútil! Como encontrei você na França? Tenho espiões por toda parte, principalmente dentro da Ordem. Eu ouço e sei de tudo! Sir Thomas achou que poderia manter o Graal longe de mim. Ele era mais estúpido do que você. Jamais soube que eu estava a três passos à frente dele o tempo inteiro. Não foi nada difícil encontrar o local para onde ele havia mandado você ir. Você conseguiu fugir de mim em Dover, mas eu sabia que você acabaria vindo para cá um dia. Só precisava esperar.

Eu estava quase chegando, só mais uns centímetros.

— É melhor aprender a desfrutar da sua própria companhia, Sir Hugh. Mate todos nós e verá que bem isso vai fazer a você. Leve o Graal. Você nunca conseguirá mantê-lo. Você fala demais. Não vai conseguir resistir a contar a alguém o que possui. Então essa pessoa contará a alguma outra e assim por diante. Quando você menos esperar, os verdadeiros Irmãos da Ordem de Sir Thomas irão encontrá-lo e matá-lo — falei.

— Ah, não se preocupe, agora está quase terminado, garoto. Prometo que vai ser rápido. Bom, talvez não. Realmente adoro quando a morte demora um pouquinho. Mas há mais uma coisa que gostaria de lhe contar antes de tirar sua vida. Quero lhe contar o olhar de espanto, surpresa e humilhação no rosto de Sir Thomas quando o matei no altar do Palácio dos Cruzados em Acre. — Os olhos dele se grudaram nos meus, e o vento agitou seus cabelos. O rosnado dele o fazia parecer o próprio diabo em pessoa.

— Não — suspirei.

O ar saiu de meus pulmões. Embora eu tivesse vontade de desviar o olhar, não pude. Curiosamente, o mundo ao meu redor pareceu mudar de cor, e o branco da neve passou a ser um vermelho vivo e quente. Não podia ser.

— Ah, sim — disse Sir Hugh, rindo alegremente. — Que jumento pomposo, seu Sir Thomas, sempre se acreditando superior. Eu o vi enviar você para longe e sabia o que ele lhe dera. Ele estava escondendo o Graal em algum lugar na cidade e não arriscaria que caísse nas mãos dos sarracenos. Então, enquanto ele fechava o altar atrás de você — e que ceninha mais tocante foi aquela, aliás... *Beauseant*, realmente — vociferou ele —, quando ele se virou, riu! De mim! Seu comandante e marechal! Disse que eu havia chegado tarde demais e depois riu de novo. Mas a risada dele morreu ali, assim que atravessei sua barriga com a minha espada. Morreu bem na minha frente...

— NÃO! — berrei. — Você está mentindo! Os outros cavaleiros, Sir Basil, Quincy, alguém teria impedido você! Seu mentiroso!

— Bah! Sir Basil e aquele porco gordo do seu escudeiro já estavam morrendo no pátio àquela altura. Ou estão mortos, ou apodrecendo em uma das prisões de Saladino. Ninguém me viu. Eu segui você pelo túnel, mas perdi sua pista nos campos. Não importa. Eu sabia que você estava indo para Tiro, que Thomas o mandaria para a comendadoria dali. Foi quase fácil demais.

— Você é um mentiroso! — berrei, a raiva me consumindo por inteiro. Tentei me levantar, mas não consegui. Se pudesse, eu o mataria.

— Basta disso — sorriu ele. Levantou a espada até a altura dos ombros e veio para a frente, levando o braço para trás em preparação de um golpe poderoso, um golpe para matar.

Porém, enquanto Sir Hugh veio em minha direção, seus movimentos pareciam diminuir a velocidade. Meus olhos estavam bem abertos e Sir Hugh avançava bem lentamente. Primeiro um passo, depois o segundo e depois o terceiro. Ele ergueu a espada da altura dos ombros, me golpeando. O silvo da lâmina no ar foi mais alto até do que o som do próprio vento.

Desviei para o lado e agarrei a espada de Sir Thomas. Levantei-me e aparei o seu golpe com a lâmina. A força do golpe quase me fez levantar do chão, mas a lâmina de Sir Thomas aguentou firme. Antes que pudesse atacar de novo, rebati e consegui rasgar sua túnica. Não sei de onde encontrei forças, mas nossos aços dançaram, para frente e para trás, cada golpe e estocada lançando faíscas que se agitavam no vento invernal. Enquanto rodeávamos e testávamos um ao outro, achei ter visto um minúsculo sinal de alarme no rosto de Sir Hugh. Ele esperava me despachar rapidamente, porém eu continuava de pé. Sangrando e cada vez mais fraco, mas recusando-me a desistir. Olhei para o alforje que repousava no chão entre nós, quase coberto de neve. O Graal continuava em silêncio.

Eu estava de costas para Maryam e Robard. Os dois davam gritos de encorajamento todo o tempo, enquanto os cavaleiros permaneciam em silêncio. Naquele momento, portanto, suas vozes pareciam distantes, e minha concentração permaneceu fixa em Sir Hugh, que investiu novamente contra mim, fazendo sua espada rodar para frente e para trás como um redemoinho.

Meus olhos ainda estavam enevoados de ira vermelha quando ele me atacou, e sons estranhos me assaltaram. A distância, achei ter ouvido um latido familiar, mas por cima daquilo finalmente distingui: o zumbido baixo e fraco do Graal.

Por um instante, achei que estava fraco demais para erguer a espada e me defender. Sir Hugh havia vencido e esse era o meu fim. Porém, o som suave e musical aumentou de volume e, quando Sir Hugh cruzou o chão entre nós, não sei se por acidente ou milagre, tropeçou no alforje. Ele cambaleou na minha direção, olhando para seus pés por um segundo. Tentou impedir a própria queda, mas era tarde demais. Seu impulso o levou na minha direção, com os olhos arregalados de espanto, e com o meu último quinhão de forças investi com a espada de Sir Thomas, atravessando as costelas de Sir Hugh.

Com um grito desafiador de *"Beauseant!"*, cravei a espada ainda mais fundo na carne dele e, ao fazê-lo, por um momento senti a presença de Sir Thomas, Quincy, Sir Basil, o abade, o irmão Rupert e todos os outros monges – todos estavam ali comigo. E minhas mãos se tornaram as suas quando empurrei a espada com toda a força. Eu tinha a sensação de que estavam mesmo ao meu lado, ajudando-me a livrar o mundo de um grande mal. Com um grunhido, retirei a espada.

Sir Hugh deixou sua própria espada cair no chão. Seus olhos caíram sobre a ferida que sangrava em seu peito. Sangue também passou a escorrer da sua boca, e andou cambaleante ao meu lado. Seu cavalo, que estava atrás de nós, empinou e saiu do caminho, nervoso e assustado com a visão e o cheiro de sangue. Confuso, Sir Hugh levou a mão para baixo e agarrou o alforje. Cambaleou para trás, segurando-o como se fosse tão frágil quanto o ovo de um pássaro.

— Não — disse ele com fraqueza. — Não desse jeito... Não... Seu escudeiro *imundo*... Eu... — Ele olhou para mim e balançou a cabeça. Gritou para os cavaleiros reunidos: — Mate-os... Não deixe que fujam... Ele tem... o Graal... Mate-os.

Fui até ele, e ele ergueu a cabeça, observando enquanto eu avançava.

— Não — disse ele, ainda cambaleando. — Não, não pelas suas mãos... Eu... não... serei... — Sir Hugh desabou no chão, bem na beirada do promontório. Então, para meu horror, começou a deslizar para baixo.

Levando o Graal junto com ele.

34

Pão! – gritei.

Todos permaneceram imóveis. O impulso de Sir Hugh aumentou e duvidei que pudesse alcançá-lo a tempo. De algum lugar me vieram as forças para dar três passos gigantescos na direção em que seu corpo caía e saltei pelos ares, aterrissando com força no chão. Agarrei o alforje pela tira quebrada. As mãos de Sir Hugh ainda seguravam com firmeza o estojo de couro e me perguntei se não seria algo impossível matar este homem. Então, de uma só vez, meu braço arremeteu para a frente e senti o peso de Sir Hugh me puxar junto com ele. Cavei o chão e me agarrei a ele com minhas botas, tentando encontrar um apoio para os meus pés, mas a neve molhada não me dava muita firmeza.

Gemendo e fazendo muita força, lentamente deslizei para a frente, sentindo que, com certeza, eu cairia do penhasco com ele, a menos que alguém interviesse. Pude ouvir gritos e muito barulho atrás de mim, mas então minha cabeça e meu peito estavam para fora da beirada do precipício, olhando para Sir Hugh pendurado, que me olhava também. Os olhos dele estavam quase fechados com a chegada da morte, e a frente da sua túnica já estava encharcada de sangue vermelho, mas ainda assim vociferou a palavra:

— Escudeiro...

Então, soltou as mãos. Os olhos dele se arregalaram e, por um instante, tive a impressão de que ele pairou no ar. Com um urro de agonia e desespero, caiu do promontório e desapareceu com um estrondo no rio abaixo.

Fiquei ali deitado, ofegante e gemendo por causa de tanto esforço que fiz, mas depois trouxe meu corpo para fora da beira do precipício e me pus de pé, cambaleante, segurando o alforje esfarrapado.

Todos estavam espantados, porém Robard e Maryam foram os primeiros a se recuperarem e entrarem em ação. Mesmo com as mãos presas atrás de si, Robard atacou o cavaleiro ao seu lado. Com esperteza, chutou o cavalo nos flancos e recuou. O cavaleiro lutou para controlar o animal enquanto Robard rolava para fora de seu próprio cavalo, de costas. Caiu de pé, gritando e incitando o cavalo com um esmurro em seus ombros, mandando-o em carreira desabalada do círculo fechado diretamente para a trilha onde estavam os dois outros cavaleiros.

Maryam deu seu grito de guerra ululante, o que aumentou o barulho e a confusão. Ela saltou de seu cavalo e disparou por baixo dele, saindo do outro lado e assustando outro corcel. Mas era tarde demais: estávamos em desvantagem numérica, Robard e Maryam não tinham armas e temi que, em pouco tempo, eu fosse sangrar até a morte. Toda a frente da minha túnica estava escura de sangue, e meu braço esquerdo latejava de dor pelo corte que recebera.

Um dos cavaleiros abaixou a lança e esporeou seu cavalo na minha direção. Ele só levaria um momento para atravessar os poucos passos que havia entre nós. Fiquei parado em choque, incapaz de levantar um braço sequer para me defender. Minha visão estava falhando, e o mundo desabou ao meu redor.

Enquanto o cavaleiro se aproximava, concentrei-me apenas na ponta de sua lança. "Que modo terrível de morrer", pensei, "atravessado por um irmão da Ordem." Meu último pensamento era me desculpar por não ter conseguido proteger o Graal como Sir Thomas desejara. Mas, pelo menos, Sir Hugh estava morto. Não importa o que havia acontecido: ele jamais seria o dono do Graal. Eu esperava que isso fizesse Sir Thomas feliz.

Enquanto a morte cavalgava na minha direção, levantei-me o máximo que meus ferimentos permitiam, determinado a morrer de pé. Maryam estava gritando para mim, mas logo tudo aquilo iria terminar. Eu poderia finalmente descansar.

Então, a arma de aço desapareceu repentinamente, e olhei confuso para o cavaleiro, que tombava de costas do cavalo. Só sei que depois ele estava caído no chão, com um tiro de besta atravessado no peito. O quê? Um último instinto de sobrevivência me fez sair do caminho do cavalo desembestado e, embora tenha pulado para o lado, o animal gigantesco mesmo assim colidiu comigo e me fez cair, girando no chão.

Houve mais gritos. Ouvi "Larguem suas armas!" e, subitamente, uma centelha peluda e dourada veio sobre mim. Era Anjo. Ela latiu para mim, e eu tentei me levantar, mas estava dolorido e fraco demais para isso. A cachorrinha lambeu meu rosto, depois farejou o alforje seguro em minhas mãos e, por fim, se sentou em cima dele, como se então fosse dever dela proteger o Graal.

Uma sombra veio no chão à minha frente. Alguém se ajoelhou e pôs a mão no meu ombro. Uma voz falou e parecia familiar. Olhei para cima pensando, por um momento, que Deus estava pregando peças em mim novamente, pois ali ajoelhado estava Sir Thomas e, atrás dele, diversos Cavaleiros Templários em seus cavalos. Todos apontavam bestas para os cavaleiros que haviam acabado de tentar nos matar.

Com o finalzinho da força que ainda me restava, ergui a mão, apontei para Robard e Maryam e disse:

— Por favor, não machuquem esses dois.

Depois me senti cair dentro de um mundo de luz branca e cegante.

35

O murmúrio de vozes me puxou de volta à consciência. Eu estava deitado de costas e podia sentir o calor de uma fogueira. Quando abri os olhos, minha cabeça estava virada para o lado, e o focinho de Anjo, que estava a talvez cinco centímetros do meu rosto, lambeu meu nariz.

Eu quis virar para o outro lado e me sentar, mas a dor dos meus ferimentos me impediu de tal coisa. Estava deitado num catre perto de uma enorme fogueira e sob um céu nublado. Estava frio, mas o fogo me trazia alívio. Meu ombro e meu braço estavam envoltos em bandagens. Um padre estava sentado num tronco cortado à minha direita, também perto da fogueira. Ele sorriu, e eu acenei minha cabeça para ele. Maryam e Robard estavam de pé do outro lado da fogueira, a alguns metros de distância. Robard estava apoiado em seu arco ainda retesado, e Maryam estava a seu lado, olhando para mim com grande preocupação. Ela tinha o alforje nas mãos e, por fim, fez um gesto afirmativo com a cabeça, indicando que o Graal estava a salvo.

Sir Thomas também estava sentado em um tronco, mas à minha esquerda. Meu coração disparou, depois pareceu despencar até o meu estômago, pois ao observar o homem com atenção percebi que não era realmente Sir Thomas. O cabelo desse cavaleiro era de um tom ligeiramente mais claro, e não tinha nenhuma cicatriz marcante ao longo do rosto. Sua barba não era tão espessa e parecia menor.

— Quem... — deixei minhas palavras pairarem no ar, perplexo.

— Você deve ser Tristan — disse ele.

— Perdão, senhor, mas...

— Eu sei. Você deve estar bastante confuso. E com dor. Nós os alcançamos a tempo — disse ele, fazendo um gesto na direção dos meus braços feridos. — E graças à sua amiga peluda aqui — continuou a dizer, apontando para Anjo — que nos encontrou a caminho e não sei explicar por quê, mas nos sentimos compelidos a segui-la a galope. Era quase como se estivesse nos procurando. — Ele estendeu a mão para acariciar as orelhas de Anjo. — Seus ferimentos são sérios, mas conseguimos estancar o sangramento. Como se sente?

— Estou bem. De verdade. São só feridas na carne — respondi.

Ele riu, e meu coração mais uma vez despencou, pois a risada dele era quase idêntica à de Sir Thomas.

— Perdão mais uma vez, senhor, mas quem...

— Meu nome é Charles Leux. Thomas é... foi... meu irmão mais novo — respondeu ele.

Fazia sentido. Sua aparência era tão semelhante à de Sir Thomas que aquilo me deixava incomodado.

— Lamento, senhor — falei. — Ele... Sir Thomas... Antes de morrer... Sir Hugh disse que o matou. Aliás, falando nisso, Sir Hugh morreu mesmo, não é?

Charles sorriu.

— Sim, ele morreu, mas ainda temos de encontrar seu corpo. De qualquer forma, ninguém seria capaz de sobreviver a uma queda daquelas. E fui informado de que você o atravessou com uma espada enorme. Quanto a meu irmão, bem, pode ter morrido enquanto cumpria seu dever de Templário, mas garanto a você, Tristan, que Sir Hugh *não* o matou.

— Como... o senhor sabe? — perguntei.

— Tenho fé. Sir Hugh é... foi... um covarde que se concentrava nos fracos. Jamais enfrentaria Sir Thomas numa luta justa, nem mesmo se meu irmão tivesse perdido os dois braços. — Ele abaixou a cabeça e murmurou uma prece breve, baixinho. — Se meu irmão estiver morto, não terá sido pela mão de Sir Hugh. Ele morreu lutando, de pé, como o guerreiro que era.

Nenhuma das palavras de Sir Charles eram muito reconfortantes. Ele ficou em silêncio um instante, depois tossiu, nervoso.

— Suponho que tenha vindo até aqui com o Santo Cálice do Redentor? — Ele fez uma pausa, esperando que lhe contasse onde estava. — Você está com o Graal? Ele está a salvo?

Algo que Sir Thomas me disse em Acre me veio à mente. Quando me deu o Graal no Salão dos Cavaleiros, disse-me para não confiar em ninguém, que a busca para encontrar e possuir o Graal "transformou até meus irmãos do Templo em cães alucinados, sedentos de glória".

Minha expressão mudou, e Charles percebeu isso imediatamente.

— Você tem muitas perguntas, tenho certeza... — disse ele, e enfiou a mão dentro da sua túnica.

— Robard! — gritei, em advertência.

Como sempre, Robard tinha uma flecha preparada no arco e, em menos de um segundo, a ponta dela estava apontada em direção ao peito de Charles.

— Senhor — disse Robard em voz baixa —, preciso humildemente solicitar que o senhor retire devagar e com cuidado a mão da sua túnica, senão serei obrigado a prendê-la ao peito do senhor.

Sir Charles congelou por um instante, depois sorriu.

— Vejo que Sir Thomas o treinou magnificamente bem. Claro, você tem toda razão de não confiar em mim. Esplêndido, de fato. Mas garanto a você que não pretendo lhe fazer mal algum e que o que tenho aqui irá explicar tudo. Posso retirar? Você vai orientar seu amigo arqueiro a se conter?

— Devagar. Por favor, retire o que é bem devagar — falei. Eu estava fraco demais para lutar, mas senti imenso conforto em saber que Robard estava ali para me proteger.

Sir Charles retirou a mão da túnica e dela tirava uma carta grossa. Quando a estendeu para mim, reconheci o selo de Sir Thomas. A carta se parecia muito com uma que o próprio havia me dado — tantos meses atrás — em Acre. Ele ordenara que a entregasse a um guarda do rei chamado Gaston. Gaston iria levá-la para Londres e entregá-la ao mestre da Ordem. Na época, simplesmente achei que a carta era uma espécie de trâmite rotineiro.

— Isso é para você — disse Sir Charles.

36

Olhei confuso para a carta. Estaria então segurando as últimas palavras de Sir Thomas para mim? Sir Charles sorriu, e meu coração se partiu, pois seu sorriso, tal como sua risada, era muito semelhante ao do irmão.

— O que é isso? — perguntei.

— Algo que Thomas desejava que você lesse. Por que não abre e vê por si mesmo?

— Mas Sir Thomas me disse que esta carta era para o mestre da Ordem — retruquei.

— Às ordens — disse Sir Charles, agitando a mão num pequeno círculo e abaixando ligeiramente a cabeça.

— O senhor... é... o mestre da Ordem? — gaguejei.

— A menos que meus irmãos tenham achado adequado votar para me tirarem do cargo desde que parti de Londres, sim, sou. Sou o mestre. Thomas enviou esta carta por Gaston, que é também um irmão da Ordem, disfarçado de guarda do rei. Cuidado nunca é demais. Os monarcas nem sempre são confiáveis, como tenho certeza de que você já descobriu. Portanto, às vezes ficamos de olho neles, colocando pessoas dentro do círculo. Gaston trouxe a carta para mim, como instruído. Ela estava selada pelo anel de Thomas, não pelo selo da Ordem. Conforme concordamos antes de ele partir para retirá-lo de St. Alban, quando ele me enviasse uma carta selada com seu anel, seria um sinal. Estaria enviando você de volta à Inglaterra e essa carta deveria ser entregue a você e você somente. Por sorte, você não morreu no caminho. Se ler a carta, serão esclarecidas muitas das suas dúvidas, tenho certeza – disse ele.

Com mãos trêmulas, quebrei o selo de cera e abri o pergaminho. Para meu choque e surpresa absoluta, um pequenino pedaço de tecido azul caiu no meu colo, e o reconheci imediatamente. Era o pedaço que faltava do cobertor com que havia sido enrolado quando fui colocado na escada de St. Alban.

Olhei para Sir Charles sem entender e ele assentiu, olhando para o pergaminho.

– Apenas leia. Confie em mim, rapaz – disse ele.

Fiz um sinal para Robard e ele abaixou seu arco. Mas, como se tratava de Robard, manteve a flecha ainda preparada.

Olhando de novo para o pergaminho, descobri que ele estava coberto pela caligrafia precisa e cuidada de Sir Thomas:

Caro Tristan,

O tempo é curto. Temo que, com a saída de Ricardo e seu exército principal de Acre, estejamos expostos e fracos, caso Saladino retorne. Nos dias à frente, pode ser que haja uma missão para você e, caso eu não sobreviva, não desejo que você passe a sua vida inteira sem ter as respostas que merece.

Lembra-se de nossa primeira noite em Dover? Quando o apresentei ao rei Ricardo? Lembra-se da expressão de choque dele ao conhecê-lo?

Isso é porque você é a imagem cuspida e escarrada do seu pai. E o pai de Ricardo e o seu pai são a mesma e única pessoa.

Seu pai foi Henrique II, o antigo rei da Inglaterra. Sua mãe era uma ótima mulher, muito amada por ele. Seu nome era Rosamund Clifford, e lamento informá-lo de que não mais vive entre nós.

Charles e eu servimos na guarda pessoal do rei Henrique. Quando você nasceu, ele e Rosamund sabiam que Eleanor não descansaria até haver destruído todos os herdeiros de Henrique, exceto seus próprios filhos. Esconder você era a melhor alternativa. Melhor que você fosse criado como órfão do que assassinado em seu sono por Hugh ou um dos outros capangas de Eleanor.

Entenda, Tristan, isso não aconteceu por culpa sua. Seu pai estava angustiado por tirar você de Rosamund e, na verdade, creio que ela tenha morrido de tristeza por causa disso. Porém, também sabiam que, a menos que sua existência fosse mantida em segredo, você jamais estaria a salvo.

Seu abade, o padre Geoffrey, era um servo leal de Henrique antes de fazer seus votos. Fomos Charles e eu quem o deixamos na escada da abadia naquela noite. O abade recebeu instruções para que você sempre conservasse seu cobertor azul, e eu guardei esse pedaço para que, quando o dia chegasse, pudesse ser capaz de provar a você quem você realmente é.

Agora receio que não deixarei este lugar, mas antes terei certeza de que pelo menos você saia de Acre. Você merece ter uma chance na vida. Tem direito a terras e um título, caso assim escolha. Charles e a Ordem irão apoiá-lo naquilo que você decidir.

Quanto a Charles, pode confiar nele com a sua própria vida, assim como confiou em mim. Ele é mestre da nossa Ordem, e Sir Hugh morre de medo dele. Ele irá proteger você e ajudá-lo em tudo o que puder. Isto prometemos ao seu pai, um grande homem, um grande rei e um pai que amava seu filho.

Vá em paz, Tristan. Saiba que você foi trazido a este mundo com o mais completo e legítimo amor. Nenhum Cavaleiro do Templo jamais teve escudeiro melhor.

Beauseant,
Sir Thomas Leux,

Ordem dos Pobres Soldados de
Cristo do Templo de Salomão

Minhas mãos tremiam quando encarei Sir Charles.

— Posso? — perguntou ele, estendendo a mão em busca do pergaminho.

Eu o entreguei a ele, anestesiado, e Charles rapidamente leu o que nele estava escrito com um sorriso no rosto. Depois que terminou, dobrou o pergaminho de novo e o devolveu para mim.

— Tão típico do meu irmão — comentou ele, sorrindo como se tivesse uma lembrança agradável.

— Como... Quando... — gaguejei, incapaz de conseguir dizer as palavras.

— Nós cuidamos de você, Tristan. Enquanto crescia, mandamos diversos viajantes até St. Alban para nos darem notícias. Você não sabia de nada disso, e o abade raramente desconfiava. Era a melhor maneira. Antes de partir de Londres para o Ultramar, Thomas e eu tivemos uma conversa. Ele sentia que era hora de colocar você sob nossa proteção, de treiná-lo, de apoiá-lo e quem sabe um dia recebê-lo na Ordem como um irmão. Entretanto, tínhamos de ter cuidado, e talvez Thomas tenha se revelado cedo demais ao mostrar interesse por você. Sir Hugh percebeu isso e quase nos derrotou.

— Mas por que Sir Thomas me deu o Graal? Depois de me tornar seu escudeiro, eu não deveria ter ficado justamente com o meu cavaleiro? — indaguei, sem entender.

— Talvez. Mas o fato de você estar aqui mais do que explica por que escolheu você. Escolheu sabiamente. No começo, discuti com ele. Eu era contra levar você para o Ultramar, mas finalmente entramos em acordo sob uma condição — disse ele.

— Que era...?

— Que ele concordasse em mandar você de volta, caso as coisas ficassem perigosas demais. Ele tomaria todas as providências para enviar esta carta para mim, marcada com o selo dele e com o pedaço do cobertor. Quando a recebesse, deveria guardá-la até que você voltasse aqui ou que ele o enviasse para longe. Thomas sabia que, quando o rei Ricardo decidisse não reforçar as defesas de Acre, a cidade estaria perdida. Portanto, tomou suas providências, mas talvez os sarracenos tenham chegado antes que estivesse preparado. Acho que ele o enviou com o Graal não apenas porque necessitava salvar o cálice, mas também porque isso também lhe dava um propósito. Você foi seu mais leal servo. Ele sabia que você terminaria com isso ou morreria tentando. E, mais uma vez, repito que escolheu sabiamente.

Eu estava surpreso.

— Ainda não compreendo, senhor. Por que eu? Ele poderia ter escolhido qualquer um.

Sir Charles sorriu e olhou para o céu.

— Vamos dizer apenas isso: Thomas e eu servimos lealmente ao seu pai. Ele foi um grande homem e nos ordenou manter você em segurança, não importa a que preço. Assim como você cumpriu a última ordem do seu cavaleiro, fizemos o mesmo, como o rei nos instruiu. Quando Thomas descobriu o rapaz maravilhoso em que você havia se tornado, quis lhe dar a chance de ter uma boa vida. Foi por isso que ele o escolheu.

Fiz um gesto para que Maryam me trouxesse o alforje e quando ela o entregou a mim retirei o cobertor azul desbotado. Abri-o diante do fogo e segurei o pedaço de pano que Sir Thomas havia anexado na carta. O encaixe era perfeito.

— Senhor, isso tudo é... Não consigo... Meu pai era o rei Henrique? — gaguejei.

— De fato era, rapaz. Meu irmão e eu protegemos sua mãe, Rosamund, durante o seu parto. Ele estava arrasado. Havia se casado com Eleanor por motivos políticos apenas. Tratava-se de um casamento sem amor, mas que ao menos trouxe paz temporária para os dois reinos. Assim ocorre com os reis e monarcas. Eleanor voltava para a França sempre que podia, e seu pai passava boa parte do tempo sozinho. Porém, quando encontrou Rosamund sentiu-se feliz. Ela foi o verdadeiro amor do seu pai.

— O que houve com ela? — perguntei. — A carta de Sir Thomas diz que morreu...

— Sim, meu rapaz, lamento dizer, não muito tempo depois do seu nascimento, que foi acometida de uma febre e faleceu. Lamento dizer que você não terá a chance de conhecê-la. Era uma ótima mulher.

O padre que estivera sentado ali o tempo inteiro começou a rezar. Maryam havia voltado para o lado de Robard, e os rostos dos dois expressavam muitas dúvidas, pois se esforçavam para ouvir o que estava acontecendo.

— Então, o que devo fazer? — perguntei.

— Bem, meu rapaz, podemos discutir isso mais tarde, mas primeiro acho que devemos garantir a segurança do Graal.

— Sim, senhor — interrompi. — Eu ainda o tenho.

Enfiei a mão no alforje e puxei o fundo falso, retirando o Graal ainda envolto em seu pano de linho branco. Muito cuidadosamente, entreguei-o a Sir Charles, e, quando o fiz, um peso enorme se ergueu do meu espírito.

— Sir Charles... Há algo que preciso lhe contar... Eu entrei em Rosslyn. Sir Thomas me orientou a entregar o Graal ao padre William da Igreja do Santo Redentor, mas receio que tenha chegado tarde demais. O padre William está...

— O padre William está sentado bem ao seu lado — disse ele, sorrindo.

Olhei consternado para o padre, sem entender.

— Mas como? Quem...? — Eu estava completamente confuso.

— Às suas ordens, Tristan — disse o padre de seu lugar ao lado da fogueira.

— Quando Thomas me enviou a carta para você lá de Acre, era também um sinal — disse Sir Charles. — Acho que ele sabia que o plano tolo de Ricardo de deixar Acre sem reforços significaria outro ataque dos sarracenos. Ele tinha um duplo dever, manter tanto você quanto o Graal em segurança. Quando Gaston chegou com a carta, eu também sabia que era um sinal de que Thomas estaria enviando você para longe com o Graal. Acho que jamais teve a intenção de que você fizesse isso sozinho e tenho certeza de que se arrependeu de não ter conseguido enviar ajuda para você. — Ele fez uma pausa, deixando as palavras assentarem. Acreditei nele. Logo depois que eu dera a carta a Gaston, os sarracenos chegaram. Sir Thomas não teve escolha a não ser me deixar escapar com o Graal. Então, entendia por que ele havia me escolhido. Olhei para Maryam e Robard.

— Está tudo bem, senhor — falei. — Consegui encontrar ajuda sozinho.

Sir Charles acompanhou meu olhar e sorriu para os dois.

— Parece que sim — disse ele.

— Sabíamos que havia irmãos dentro da Ordem que matariam para possuir o Graal. Thomas não podia ter certeza de que sua tentativa de fazer você levá-lo até aqui não seria descoberta. Precisávamos de um plano para o caso de alguém descobrir seu destino ou seguir você. Como aquele canalha do Sir Hugh. Por isso, há várias semanas, substituímos o padre William por um irmão da Ordem, que, tristemente, deu sua vida para proteger o Graal.

— O que vai acontecer com o Graal agora? — perguntei.

— Ele ficará guardado para sempre — disse o padre William. — No nosso pequeno círculo de guardiães, temos planos de construir uma enorme catedral aqui. E dentro dessa casa do Senhor, haverá...

— Perdão por interromper, padre William — disse eu. — Tenho certeza de que o senhor encontrará um lugar seguro para o Graal, mas, por favor, não me conte. Eu realmente não tenho nenhuma vontade de saber.

Três dias depois

37

Meus ferimentos cicatrizaram rapidamente e, durante os dois dias seguintes, ficamos acampados perto de Rosslyn com Sir Charles e seus cavaleiros. Refeições foram preparadas, histórias foram contadas e músicas foram cantadas ao pé da fogueira. Relatamos a Sir Charles nossas aventuras ao longo do caminho e ele desenvolveu grande carinho por Robard e Maryam.

Com as bênçãos de Sir Charles, o padre William desapareceu com o Graal, e fiquei satisfeito por ele ser, enfim, responsabilidade de outra pessoa. O punhado de cavaleiros que havia ajudado Sir Hugh havia sumido de vista e pensei que seria melhor não saber a punição que Sir Charles achara adequada para eles.

Um dos sargentos de Sir Charles cuidou de meus ferimentos e, depois de três dias de descanso e boa alimentação, eu me sentia pronto para partir. A única questão era: para onde eu iria? St. Alban estava destruída. Sherwood era o lar de Robard, e eu não tinha ideia do que Maryam pretendia fazer. Ela estava longe do Ultramar, mas tinha certeza de que, dada a sua dedicação à nossa causa, Sir Charles lhe daria uma passagem de volta, caso assim fosse a vontade dela. Se ela desejava ou não voltar, era outra questão.

Nós três caminhamos pelas ruas da vila de Rosslyn, com Anjo ao nosso lado. Paramos em frente à igreja, e eu me perguntei se o padre William estaria em algum lugar lá dentro, procurando um esconderijo secreto para o Santo Graal até que sua poderosa catedral pudesse ser construída. Por um momento, pensei em como o Graal ainda estaria ali, muito tempo depois que meus ossos virassem pó, escondido em segurança daqueles que poderiam tentar usar suas maravilhas para propósitos escusos.

— O que você vai fazer, alteza? — perguntou Robard para mim.

— Pare de me chamar assim! Não sou uma alteza! — retruquei, mas apenas ligeiramente incomodado. Desde que eu descobrira a minha verdadeira identidade, Robard adorava me provocar com aquilo.

— Sério, Tristan, quais são seus planos? — perguntou Maryam. — Vocês ingleses e suas leis são confusos, mas o que você irá fazer? Sir Charles diz que você tem direito a terras...

— Não quero nada disso — eu a interrompi. — Vocês conheceram Eleanor e Sir Hugh, não conheceram? E eu conheci Ricardo, e bem poderia ter vivido sem conhecer nenhum deles. Não me interessam terras ou títulos, e com certeza não irei reclamar o trono. Nem mesmo com o apoio da Ordem. É demais para mim. Demais mesmo. Desde o Ultramar, vim carregando o peso do Graal. Não tenho nenhuma vontade de carregar nada tão pesado novamente. Tenho planos diferentes em mente — disse eu.

— É mesmo? — perguntou Robard, ainda em tom debochado.

— Sim, Robard, um plano genuíno. Obrigado por perguntar. E vocês dois, o que irão fazer?

Quando os olhos de Robard e Maryam se encontraram, pareciam dançar de alegria. Ela não iria voltar para o Ultramar, pelo menos não naquele momento e talvez nunca.

— Vamos voltar para Sherwood por um tempo — disse Robard. — Maryam nunca viu a floresta na primavera e no verão. Quero mostrar a ela os prados e os campos. Quero que veja as castanheiras e os plátanos brotarem. Há muitas coisas que quero que ela saiba.

Maryam sorriu para Robard e gentilmente segurou sua mão.

— E o bailio do condado? — perguntei.

— O que tem ele? Acho que aprendeu sua lição. Duvido que irá atormentar o povo de Sherwood novamente, não em breve — disse Robard com segurança.

Sorri e assenti, embora não compartilhasse da mesma confiança de Robard. Eu não estragaria o bom humor dele, mas o bailio do condado de Nottingham não me parecia alguém que desistiria tão fácil.

— Mas chega de falar de nós, Tristan. Qual é seu plano? — indagou Maryam novamente, ansiosa.

Quando eu lhes contei, sorriram e me deram um tapinha nas costas.

— Venham — falei. — Vamos encontrar Sir Charles e eu contarei a ele o que decidi. Ele está na barraca dele, em frente ao portão da cidade.

Já tínhamos avançado a rua quando percebi que Anjo não estava onde costumava ficar, andando bem ao nosso lado. Olhei para trás e vi que ela estava sentada na frente da igreja.

— Venha, Anjo! — chamei-a, mas ela não se mexeu.

— Ela está doente? — perguntou Maryam, preocupada. — Ela sempre vem quando você a chama.

— Não sei. Anjo, venha! — chamei mais uma vez.

Porém, ela continuou onde estava. Nós três voltamos até a escadaria da igreja e a observamos. Ela nos olhou de volta, com seus olhos marrons e espertos brilhando à luz da manhã.

— Venha, garota — falei. — Está na hora de ir.

Anjo ganiu, depois se levantou e empurrou a cabeça contra a minha mão. Acariciei sua cabeça e suas orelhas, e ela foi até Robard e fez o mesmo. Quando chegou até Maryam, ela deitou de costas e Maryam afagou sua barriga vigorosamente.

— Anjo — falei. — Pare com isso. É hora de ir.

Ela latiu uma vez, depois disparou e virou a esquina da igreja, indo em direção ao beco que ficava entre a igreja e o prédio adjacente.

— Mas o que... — comecei, e todos saímos correndo atrás dela. Contudo, quando chegamos na esquina e olhamos pelo beco, ela havia sumido.

— Onde ela está? — perguntou Maryam com a voz trêmula, como se fosse chorar.

Lembrei-me então de como eu a havia encontrado, deitada ao sol no beco em Tiro, perto do lugar onde eu havia escondido o Graal. De como ela o havia mantido a salvo e o entregado a mim, quando voltei para buscá-lo. Durante toda a nossa jornada, ela nos guiou, latindo para nos avisar, farejando, nos alertando sempre que o perigo estava por perto. Mas sempre guardando o Graal. Talvez, a jornada dela também houvesse chegado ao fim. Talvez Deus quisesse que ela ficasse em Rosslyn, protegendo o Graal.

— Eu acho que... — falei.

— O quê? — perguntou Maryam, com lágrimas nos olhos.

— Talvez o dever dela seja aqui — respondi.

— Não... — disse Maryam.

Sim, eu sentia que era verdade. Onde o Graal estivesse, lá estaria Anjo. Ela era guardiã dele, não nossa. Olhamos o beco vazio por mais algum tempo, depois nos viramos e saímos em direção ao acampamento dos Templários.

Era hora de novos começos.

38

Robard e Maryam já estavam montados. Em sua generosidade, Sir Charles havia lhes dado dois garanhões descansados e um cavalo de carga com mantimentos suficientes para durar toda a jornada de volta a Sherwood. Ele também disse a Robard que, quando ele chegasse na comendadoria mais próxima, mandaria uma carta a Wiliam Wendenal explicando que Robard Hode havia prestado grandes serviços à Ordem e pedindo que perdoasse todos os seus crimes e transgressões.

— Não prometo que vai adiantar — advertiu Sir Charles —, mas tenho certa influência com o príncipe João, e farei tudo ao meu alcance para que você e seu povo não sejam incomodados por esse bailio incômodo.

— Obrigado, Sir Charles — agradeceu Robard, dando-lhe um pequeno aceno de despedida.

Sir Charles se afastou, dando-me privacidade para me despedir dos meus amigos.

— Cuide-se, Tristan — disse Robard, estendendo a mão. Eu a apertei com firmeza.

— Você também, Robard. Você tem a chance de fazer algo de bom em Sherwood, de ajudar os pobres e os fracos. Se esse bailio... bem... apenas me prometa que você sempre lutará com honra — falei.

— Prometo — disse ele, sorrindo.

Maryam saltou de seu cavalo para me dar um último grande abraço de adeus.

— Tome cuidado. Não estaremos mais do seu lado para salvá-lo de seus planos mirabolantes — disse ela.

— Eu sei. Vou tomar cuidado, prometo. E tente manter Robard longe de encrenca, está bem?

Ela riu e tornou a montar seu cavalo.

— Que encrenca? — perguntou Robard, indignado. — Eu? Encrenca? Ah, acho que não! Você não foi nada além de uma prova daquelas desde que o salvei daqueles bandidos na Terra Santa. Por que todo mundo sempre acha que sou eu quem vai arrumar encrenca?

— Ah, mais uma coisa: cuide de Tuck. Ele é a única família que me restou; bem, vocês sabem, a família que não vai tentar me matar. E sinto que ele encontrou um novo lar em Sherwood. Por favor, tente fazê-lo entender que um dia irei voltar para vê-lo.

Maryam concordou com a cabeça. E Robard me olhou e sorriu.

— O que foi? — perguntei.

— Eu ouvi — disse ele.

— Ouviu o quê? — perguntei.

— Seu vaso. O Graal. No penhasco de Montségur, quando eu estava caindo, eu o ouvi. Um zumbido musical, suave. Foi a coisa mais estranha do mundo. Enquanto eu estava despencando para a morte, não senti nenhum medo, apenas conforto. Eu sabia, não entendo como, mas *sabia* que você iria me apanhar — explicou ele.

— Talvez você seja mais digno do que diz, arqueiro — falei, sorrindo.

— Não seria ótimo acreditar nisso? — perguntou ele baixinho.

Ficamos em silêncio por um momento, sem querer que nosso tempo juntos terminasse. Depois, eles deram rédea aos cavalos e se dirigiram para casa. Eu os observei cavalgando até que desaparecessem de vista.

Sir Charles subitamente apareceu ao meu lado.

— Está pronto, rapaz? — perguntou ele, numa voz que me lembrava tanto a de Sir Thomas que meu coração se condoeu.

— Sim, senhor, estou pronto.

Montamos nossos cavalos. Sir Charles, o belo garanhão de Sir Hugh, e eu feliz de estar sentado mais uma vez em Charlemagne.

— Tem certeza de que não gostaria de outro cavalo? — perguntou ele.

— Absoluta — respondi.

Deixamos Rosslyn, virando para sudoeste, em direção ao litoral. Minha nova vida começaria assim que chegássemos em Dover.

Duas semanas depois, na capela da comendadoria de Dover, eu me ajoelhei diante de Sir Charles, mestre da Ordem dos Cavaleiros Templários. Com a espada de batalha de Sir Thomas, ele me tocou no ombro. Eu havia pedido a Sir Charles para fazer parte da Ordem como cavaleiro. Uma vez que ele era testemunha de que eu era de origem nobre, concordou em me patrocinar. Também concordou com meu pedido de que a cerimônia ocorresse em Dover. Durante nossa viagem de volta da Escócia e nos últimos dias que passamos lá, ele havia me ensinado todas as leis e regras que um Cavaleiro Templário deveria obedecer. Com a sua bênção me ajoelhei diante dele.

Olhei para as tapeçarias que cobriam as paredes da capela, cada qual mostrando momentos de nossa história enquanto Cavaleiros Templários. Observando-as, eu me senti parte de algo, de uma maneira que nunca havia sentido. Não éramos uma ordem perfeita, mas a perfeição não era uma característica humana. Entretanto, homens como Sir Thomas e Sir Charles compreendiam que a honra, o dever e o sacrifício eram mais do que apenas palavras. Eu me juntaria a eles em espírito e me comprometeria a viver minha vida da mesma maneira como eles viviam as deles, preso a um juramento de servir aos menos afortunados, a defender os fracos e os indefesos. Pensar nisso me fazia sentir uma humildade imensurável.

— Em nome do Pai, do Filho e do Espírito Santo, eu o batizo Sir Tristan, Irmão Cavaleiro dos Pobres Soldados de Cristo do Templo do Rei Salomão, com todos os direitos e privilégios que tal posição acarreta.

Os outros irmãos ali presentes deram vivas, e, quando me levantei, Sir Charles me entregou a espada de Sir Thomas, que eu coloquei na bainha em meu cinto. Algum dia, mandaria avisar a Little John que precisava de uma nova espada curta para quando selecionasse um escudeiro. Mas, naquele momento, portar uma espada grande parecia o certo.

— Você é um Irmão Cavaleiro, Tristan. Como se sente? — perguntou Sir Charles.

— Maravilhoso, senhor — respondi, olhando para a minha túnica branca com a cruz vermelha bordada ao longo do peito.

— Já pensou onde gostaria de servir? — perguntou ele.

— Sim, senhor. Já pensei. Com a sua permissão, eu gostaria de ser enviado para uma comendadoria no sul da França.

— É mesmo? Tão longe assim da Inglaterra? — perguntou ele, arqueando as sobrancelhas.

Pensei naquele dia na França em que Celia e eu ficáramos no topo das muralhas de Montségur. Vi o vento açoitar os cabelos dela ao redor do seu rosto e o impossível tom de azul dos seus olhos. Pensar nela novamente me fez sorrir.

— Sim, senhor. Tenho assuntos por lá — respondi. — Assuntos a resolver.

Convento de Godstow, Oxfordshire, Inglaterra
Uma semana depois
Janeiro de 1192

EPÍLOGO

O convento parecia deserto quando atravessei o portão principal a cavalo, mas não havia dúvida de que eu estava sendo observado há algum tempo. Era uma linda manhã de inverno. A primavera logo iria chegar, e seria muito bem-vinda. Na noite anterior, passara um bom tempo polindo minha cota de malha e minha espada, e ambas reluziam à luz cálida do sol. Em Dover, ganhei novas botas e cota de malha, e minha túnica branca continuava relativamente limpa de lama da cavalgada daquela manhã.

Desmontei e amarrei Charlemagne em um poste ali perto. O velho cavalo de tração bateu os cascos na grama embaixo de uma leve camada de neve enquanto eu aguardava pacientemente no pátio.

Por fim, a porta principal se abriu, e uma freira idosa desceu as escadas, aproximando-se de mim com cautela.

— Saudações ao senhor, viajante — disse ela com voz fraca.

— Obrigado, irmã. Meu nome é Tris... Sir Tristan (eu ainda estava me acostumando com aquilo) dos Cavaleiros Templários e gostaria de saber se a senhora poderia me ajudar.

Quando lhe contei o que eu desejava, ela sorriu e, puxando seu manto para si, guiou-me até os fundos do convento para um pequeno cemitério protegido por um portão. Ela apontou para uma pequena lápide de pedra dentro do cemitério e me deixou ali sozinho.

Eu me ajoelhei diante da lápide, o lugar do descanso final da minha mãe. Rosamund Clifford.

Olhando para o céu, fechei os olhos, deixando que o sol morno atingisse meu rosto e, por um momento, imaginei que a luz do sol era o toque da minha mãe me abraçando. Rezei em silêncio, pedindo que Deus lhe concedesse paz, se é que já não o tinha feito. Eu me benzi e levantei. Depois retirei o anel de templário de Sir Thomas do meu manto e o coloquei sobre a lápide. Acreditava que as freiras não iriam aceitá-lo, caso o desse a elas diretamente, mas elas o encontrariam depois que eu partisse. Um anel como aquele, depois de vendido, seria o bastante para alimentar o convento por vários meses. Pensei que isso faria Sir Thomas feliz. Além do mais, agora eu tinha o meu próprio anel de templário.

Olhando para a lápide pela última vez, disse adeus à minha mãe. Saí do cemitério, fechando o portão atrás de mim, e voltei ao pátio onde Charlemagne me aguardava pacientemente. Saltei para a sela e acenei de leve para as freiras que sabia que estavam me observando das janelas.

Depois conduzi o gentil cavalo de tração na direção do portão e, juntos, nos afastamos naquela bela manhã de inverno.

FIM

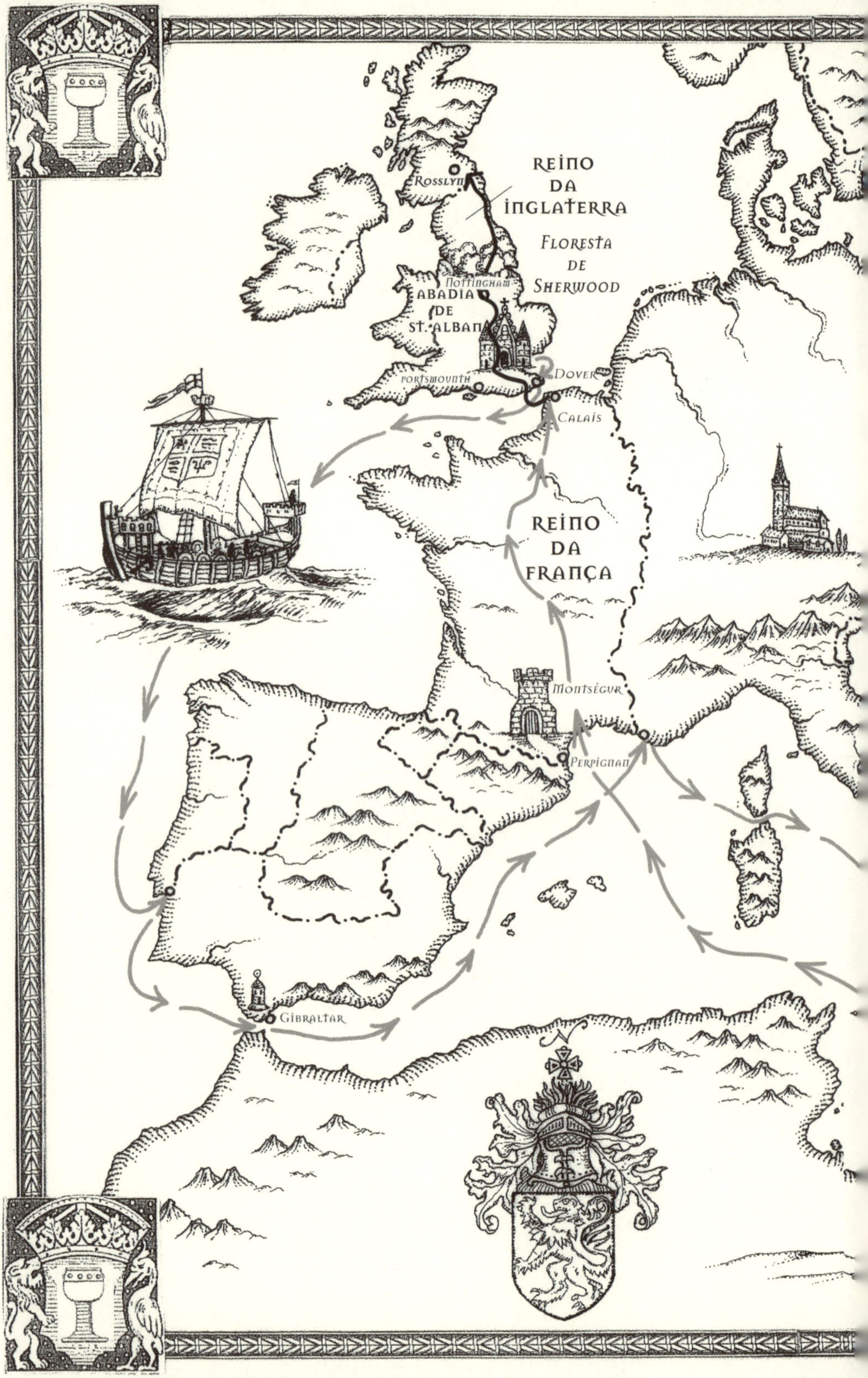
Reino da Inglaterra
Rosslyn
Floresta de Sherwood
Nottingham
Abadia de St. Alban
Portsmounth
Dover
Calais
Reino da França
Montségur
Perpignan
Gibraltar
N

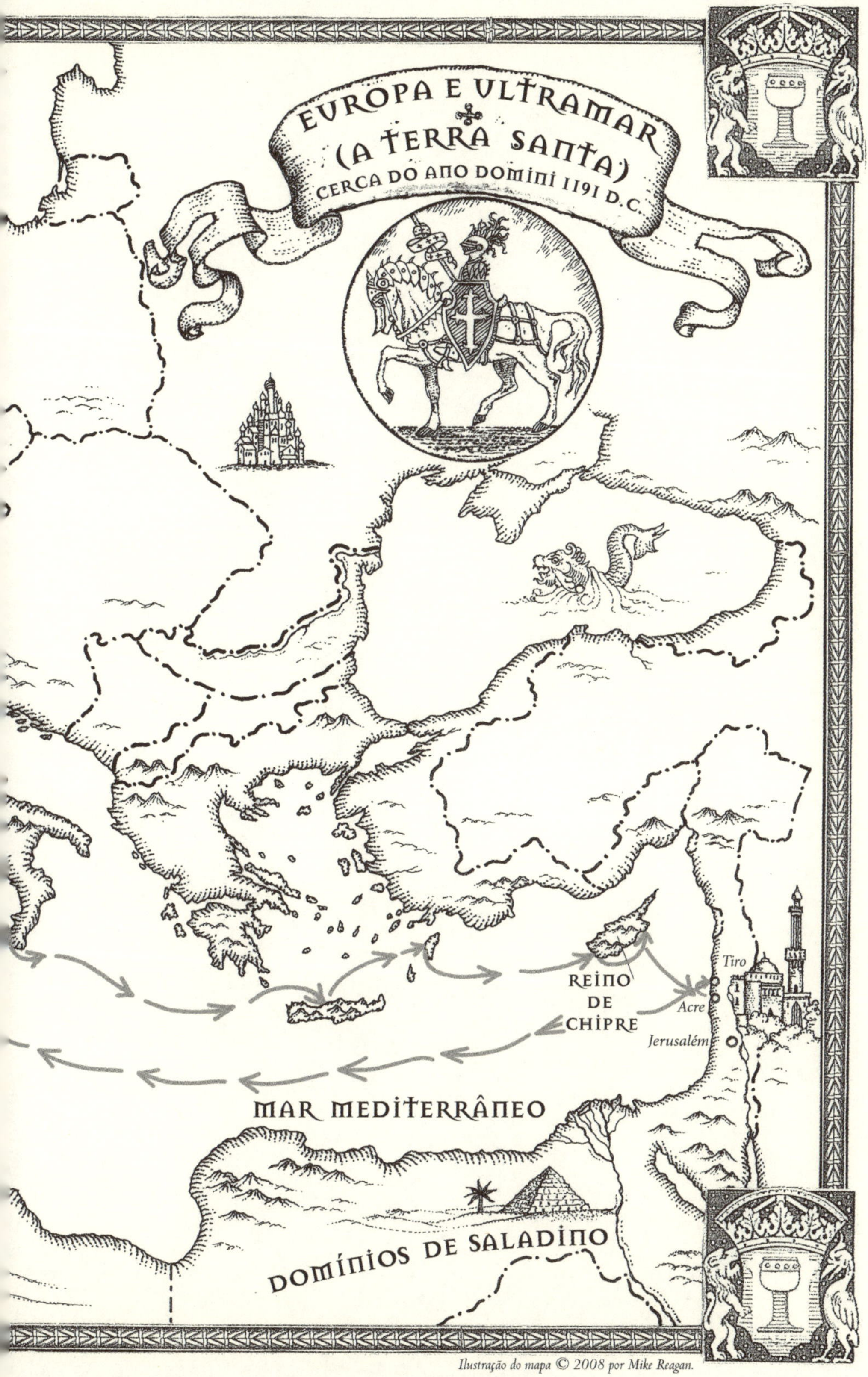

Ilustração do mapa © 2008 por Mike Reagan.

Impressão e Acabamento:
GRÁFICA STAMPPA LTDA.
Rua João Santana, 44 - Ramos - RJ